民主主義の養子たち

昭和19年入学
水戸中学生の群像

三神真彦

論創社

一国の住人たる者は少くとも九つの性格をそなえている。つまり、職業上の性格、民族上の性格、国家に規定された性格、身分上の性格、地理的性格、性別による性格、意識的な性格、無意識的な性格、そしておそらくはさらに個人的な性格の以上九つである。

ロベルト・ムージル『カカーニエン』(池内 紀・訳)

＊目次

装幀／坂口　顯

カヴァー写真提供／関　済美

民主主義の養子たち

――昭和19年入学水戸中学生の群像

＊本書に登場する方々

宮本克、吉村卓也、武藤亮彦、塙治夫、武川康男、川原博行、松尾茂、立川雄三、鈴木昌友、鈴木千里、田辺良夫、永田康平、関済美、高比良和雄（登場順）

第一章　十五年戦争始末

昭和一九（一九四四）年四月、茨城県立水戸中学校に新一年生が入学した。水戸中学は明治一一（一八七八）年の創立で、県内ではもっとも歴史が古い。市の北側の田園地帯を蛇行し、台風が来るたびに氾濫して両岸沿いの田畑を水びたしにする那珂川と、南側の千波湖とその周辺の干拓地に挟まれた、細長い水戸台地の東端の城址に校舎がある。

その年の入学試験は戦時下の特例で内申書と口頭試問、鉄棒、跳び箱などの体力検定によって実施された。水戸市内と郡部から六一七人の応募があり、二五〇人が合格した。当時の学制では中等教育は五年制で義務教育ではなく、男女の共学もなかったので、新入生はすべて男子である。

学校の敷地を囲む濠沿いの土手の桜の蕾がほころび始めた頃、眼下に黒煙を吐いて列車が通る深い濠に架った本城橋を渡って、新入生たちは水戸中学の門を潜った。彼らの服装はまちまちだった。本来の制服は海軍兵学校の制服を模したもので、紺サージの上着は丈が短く、前をホックで止める形式である。水中生になってその制服を着るのが少年たちの憧れの的だったのである。しかし戦時下の衣類の配給制度では制服の調達は難しい。戦時色のカーキ色の国民服の上下を着用した者が多かった。共通しているのは、学帽や戦闘帽に付けた「中学」をデザインした校章、脛に巻いたゲートル、腰にさげた教練手帳を入れたポシェット風の袋である。

一年四ヶ月後の敗戦が迫っていたこの時期、すでに戦争の見通しは暗かったが、新入生たちの顔色は明るく誇らし気で足取りも軽かった。ここで彼らが置かれている時代状況を昭和史の視点で簡単におさらいしておきたい。

昭和六（一九三一）年九月に始まった満州事変は、アジアにおける植民地経営の拡張を熱望していた支配層の思惑を先取りする形で、関東軍の参謀たちによって計画され実行された。満州の植民地化によって内地からの移住を促進し、農業や鉱工業などの資源を確保し、同時に対ソ連、対中国への戦略拠点を構築する狙いがあった。この政府、軍部、財界が一体となった目論見は昭和七年三月の満州国建国で実現された。その必然的結果として昭和一二年七月には支那事変＝日中戦争が始まる。

しかし、広大な中国での戦争が長期化し泥沼化するにつれ、国際社会での日本の孤立は深まった。特に対米関係の悪化は深刻で、戦争継続のための新たな資源確保の必要に迫られた。そこで登場したのが、日本的植民地支配を都合よく言いかえた「大東亜共栄圏構想」である。この構想の赴くところ対米戦争は不可避だった。こうして昭和一六年一二月八日、「朕茲ニ米国及英国ニ対シ戦ヲ宣ス」との詔書が発せられ太平洋戦争に突入する。

太平洋戦争は宣戦布告に先立つ真珠湾奇襲、マレー沖のイギリス戦艦二隻の撃沈で、派手に幕を開けた。マレー半島を銀輪部隊が馳け抜け、シンガポール、香港、マニラ、ジャワ島の占領など緒戦から半年間は威勢のよい大本営発表が続いて、日本中が戦勝気分に沸き立った。ところが現実の戦争は、すぐ壁に突き当たる。昭和一七年六月のミッドウェー海戦で主力航空母艦四隻を失った直後、大本営は南太平洋進攻作戦の拡大中止を決定した。今後はこれまでに獲得した占領地を維持して、その地域での欧米植民地からの民族解放、独立国家の建設によって、大日本帝国を盟主とする大東亜共栄圏を発展させるという青写真を掲げた。

しかし、せっかくの方針転換も戦略と政略の両面でその効果が怪しくなっていく。なによりも戦局がかんばしくない。昭和一七年の後半から一八年にかけて、二万五千名の戦死者餓死者を出したガダルカナル島からの撤退、ニューギニア諸島での相次ぐ敗北、アッツ島守備隊の全滅など、圧倒的に優勢なアメリカ軍にやられっぱなしの状況だった。そうした戦争の現実を、軍と政府はできるかぎり国民から隠蔽しようとした。大本営発表は空想的なまでに戦局を楽観的に報じた。

敗けいくさが続くなかで、政略としての大東亜共栄圏構想も有名無実化する。軍は昭和一八年五月に、マレーとオランダ領インド（現インドネシア）を日本領土に編入し、ビルマとフィリピンを独立させ、同年の一一月、東京で大東亜会議を招集した。しかし欧米の植民地支配を更に露骨な形で継承した大東亜共栄圏構想の実態が明らかになるにつれて、日本は名目上の解放者から侵略者に変り、アジアの人々の心は日本から離れていった。その意味で大東亜会議は大いなる茶番劇だったのである。

それから敗戦まで、国家は奇矯だったが国民はよく耐えた。この間の国家と国民の関係は、末期癌の患者とその事実を告知しない医師との関係を連想させる。病状に無知で限りなく医師を信じる患者である国民は、本土決戦による「最後の勝利」と「神州不滅」に望みを託するほかなかったのかもしれない。

こうした時代状況のなかで生まれ育った水戸中学の新一年生たちは、文字通り「戦争の時代の子供たち」だった。彼らは満州事変の前後一、二年の間に生まれ、日中戦争が始まる前後に学齢に達した。彼らが通学していた小学校が軍国日本の明日を担う少国民を育成するという趣旨から、国民学校と改称されたのは太平洋戦争が始まる年である。日中戦争に続く太平洋戦争を、政府は「大東亜戦争」と命名した。したがって彼ら少国民たちの意識のなかには日中戦争も太平洋戦争もなく、ひたすら「聖戦」としての大東亜戦争のみが存在していたのである。そのような「戦争の時代の子供たち」から抽出したわれわれの主人公たち、一四人の水戸中学同窓生のプロフィールから、この記録はスタートする。

水戸市内の国民学校からは八人が入学した。

宮本克《みやもとかつ》は母方が宮本姓で、母の祖父は水戸天狗党の数少ない生き残りの一人だった。母は水戸士族の娘として厳しく躾られ、東京の共立女子専門学校を出て教職についた。父は水戸の北西、守谷町の生まれ、貧しい農民の子だった。志を抱いて上京し、警視庁の給仕から苦学して立教大学商学部を出て、故郷の太田高女に就職した。そういう父の人柄を見込んだ母の両親に望まれ、水戸高女の教員をしている母と結婚して宮本姓になった。

両親が共に読書家だったので蔵書が多く、克は小学生の頃から改造社版の日本文学全集をよく理解できぬまま乱読した。裸になると漁師のような骨格たくましい少年で、相撲が強く、市の大会にはいつも学校代表に選ばれて活躍した。このまま文武両道に励めば陸軍幼年学校に入れる自信があった。中学一年、または二年修了で受験資格のある幼年学校は百倍の難関といわれる陸軍のエリートコースで、時の首相東条英機大将も東京陸軍幼年学校の出身である。

水戸中学の口頭試問では、尊皇の働きのあった水戸人を三人あげ、その業績を述べよと言われた。即座に『大日本史』を編纂した徳川光圀、弘道館を創設した徳川斉昭と藤田東湖の名をあげ、満足のいく答えができたと思った。

吉村卓也《よしむらたくや》は両親と姉の四人家族の一人息子である。利かん気の風貌でなにごとにも積極的な子供だった。父は県北の日立市の農家の長男に生まれたが、農業を継ぐのを嫌い、二〇歳代のはじめに蚕糸関係の事業を起したが失敗し、水戸へ出て保険会社に勤めた。勧誘の仕事で知り合った農工銀行の頭取に気に入られたのが縁で銀行員に転職した。その後は順調に出世して、上市と呼ばれている住宅街に家も建った。高等教育は受けなかったが、独学で和漢の書に親しみ、物識りの一言居士になった。

卓也が国民学校の五年生の時、水戸市が募集した愛市標語に親子合作で応募した。その作品「先賢の心を生かせ水戸市民」が二等賞になり二〇円の国債をもらった。しかし一等賞になったのが「戦地でも清い水戸市を祈ってる」だと知ると、「なんだ、こっちの方がずっといいのに！」と親子で口惜しがった。

水戸中学に合格した卓也は将来について自信満々だった。水中を出たら江田島の海軍兵学校へ進み、「大和」のような巨大戦艦の艦長になりたいと思っていたのである。

武藤亮彦《むとうりょうひこ》は樺太で生まれた。北海道拓殖銀行の泊居支店に勤めていた父は、亮彦が二歳の時、弁護士資格を取って郷里の水戸市に戻って開業した。男ばかり五人兄弟の三男の亮彦は物心ついた頃、父の実家の養子になった。しかし養父母になじめず、先方も可愛気のない亮彦を扱いかねて一年足らずで養子縁組は解消された。以来ひがみっぽい子供になったと亮彦は考えている。

間もなく父が朝鮮総督府の司法官に就職して、一家は任地の釜山に住んだ。植民地の司法官の生活は豊かで、朝鮮人の女中を三人も傭っていた。子供心にも日本人は威張っていると思った。しかし、父が奥地に転勤したのを機に、母と息子達は丸二年で水戸に戻った。

小学校に入ってからの亮彦は機敏で負けず嫌いの性格が目立つようになる。それが軍人あがりの担任教師の気に入られ、その影響で「絵に描いたような軍国少年になった」と自覚している。亮彦の予定では水戸中学は幼年学校進学までの腰掛けのような場所だった。

塙治夫《はなわはるお》は肉屋の息子である。戦争が長びくにつれ食肉事情は悪化したが、父が仕入れに奔走して店は繁昌していた。店売りは母の担当で治夫も四歳年下の弟と母を手伝った。しかし客に愛想を使う仕事は苦手だったうえ、動物を殺してその肉を売る商売に嫌悪感があった。似たような感情から軍人に憧れる気持ちもなかった。ラジオを聴くのが好きでアナウンサーになりたいと思ったことがある。親しい友だちに打明けると「おまえは声が悪いから無理だろう」とあっさり言われて、なるほどと思ってすぐに諦めた。

痩せっぽちで腕力にも自信のない治夫は大人しくて勉強家の優等生だったが、将来については白紙のまま水戸中学に入学した。

武川康男《たけかわやすお》の父は、福島県の田舎町の役場の助役の息子に生まれた。師範学校を出て女学校の教員になったが満足できず、明治大学の通信教育で法律を学び、司法試験に合格して判事になった。妻は教員時代の教え子である。

康男は父五〇歳、母四二歳のとき、父の任地の栃木県で難産のすえ帝王切開で生まれた。色白で利口な子だったが病弱のため過保護に育てられた。風邪をひくとすぐ学校を休まされる。かわりに学習雑誌から野球や相撲の雑誌まで小説本以外ならなんでも買ってもらえた。学習雑誌に載っている小説までは禁じられなかったので、『国民五年』に連載された海野十三の『大宇宙遠征隊』を夢中で読んだ。四万人の遠征隊が一七〇台の噴行艇に分乗して、はるかムーア彗星にある超放射性元素ムビウムを採りにいく冒険談に興奮した。

昭和一七年、父は茨城県下妻町の判事を勇退して、水戸市で公証人事務所を開いた。当時一一歳の康男には、一八歳年上の兄の寛海がいたが、早く東京に出て西洋音楽の解説や評論で活躍していた。それが両親には気に入らない。康男には官吏や学者など「まともな職業」で出世して欲しい。

水戸中学の口頭試問で軍人志望の有無を訊かれ、「私は体が弱いので銃後でお国に尽くします」と答えると、「そういう消極的な考えではいけない。これから大いに体を鍛えて天皇陛下のために戦地で働ける人間になるのだ」と、試験官に叱られた。


川原博行《かわはらひろゆき》が六歳の時、サラリーマンの父に赤紙が来て支那事変に出征した。五人の子供をかかえた母は繁華街で風呂屋を営んでいる実家で暮らすことにした。二年後父が無事帰還した後もその生活が続いた。老齢の義父母に頼まれて、父はサラリーマンを辞めて風呂屋を継ぐことになった。

風呂屋の近くに水戸では一番の花街があって、芸者衆が毎日化粧前の入浴に来る。小学生の博行は近所の悪童仲間と母屋の屋根伝いに脱衣場を見下す高窓にしのび寄って芸者衆の艶姿を覗き見した。「おれがマセたのはそのせいだ」と、博行は当時を懐しむ。その一方で、幕末に創設された東武館という剣道場に入門した。長身で筋肉質、動作も敏捷だったので上達が早く、国民学校の上級生になると、いっぱしの少年剣士を気取るようになった。

ところが、そうした硬軟とりまぜての子供ながら多忙な生活のためか、楽に入れると思っていた水戸中学の入試に失敗した。仕方なく、当時中学、女学校へ進学しない児童のためにあった二年制の高等科に一年在籍し、次の年、どうやら水戸中学に合格した。少年剣士としては当然ながら軍人志望である。

松尾茂《まつおしげる》も一度水戸中学の受験に失敗している。口頭試問で戸籍上の疑問をつかれ、以後の応答がしどろもどろになり、満足に答えられなかったことが失敗の原因だったと思っている。

受験前に戸籍謄本を見る機会があり、愕然とした。茂と姉が母の両親の子になっている。衝撃と混乱のなかで、不安をいだいて受験にのぞんだのだ。人間不信のはじまりだった。

母を責めると、実父は山口県萩市の資産家の生まれで、母はその家で行儀見習をしていたという。実父が早稲田大学の学生だった頃、帰省中に恋仲になったらしい。いわば身分違いで戸主の認めない仲なので、実父の卒業後、母が上京して同棲生活をはじめた。やがて実父は茨城県知事になった郷里の先輩に従って、県庁の役人になった。母も両親同道で水戸へ移り、内縁関係のまま姉と茂が生まれた。二人が戸籍上、祖父母の子になったのは実父の指示である。数年後、県知事の転任を機会に実父は役人を辞め、東京で事業を起すことになった。水戸に残された松尾一家は千波湖畔の家に住み、祖父母は干拓農地の管理人、母はシンガーミシンの洋裁塾の教師をして家計を支えた。ところが、単身上京した実父は事業に失敗したうえ、借金の尻拭いをしてもらった両親に頭があがらなくなった。その後、実父は東京で女学校の教師になり、両親のすすめる萩の女性と結婚した。真相はともかく、そういう事態になったのは身分違いのためだと、母は今でも考えているようだった。それでも互に未練があったのか、実父は再三水戸を訪れ、やがて弟が生まれた。

茂が一年遅れで水戸中学に入学した当時、松尾家では祖父は亡くなり、祖母は地主から借りた三反ほどの田圃と畑を耕し、母は洋裁塾に出勤していた。入学祝いの万年筆を持参した実父は「おまえたちはいずれ兵隊にとられる。早いとこ幼年学校に入って将校になった方が利口だ」と処世訓を垂れた。

立川雄三《たちかわゆうぞう》は京城市（現在のソウル）の南西、黄海に近い忠清南道の唐津で生まれた。後に登場する永田康平＝鄭康憲《チュン・カンフン》の故郷に近い。

父は水戸市近郊の鯉淵村の貧農の出で、小作人の子が水戸中学と師範学校の両方に合格したと評判になった。どちらを選ぶか迷った末、月謝が免除になる師範学校に入り小学校の教員になって朝鮮に渡った。植民地勤務は手当がつき、昇進も早い。三人兄弟の末っ子の雄三が小学生になる頃には、校長になっていた。しかし処世術の下手な人で、転勤のたびに僻地に移され、最後は朝鮮でもこれ以上はないような山奥の村の校長になった。

そこでの雄三の遊び相手は、朝鮮人の子供しかいない。毎日泥だらけになって遊んだ。取っ組み合いなら年長の子にも負けなかったので、実力で腕白大将になった。しかし、早熟という点では朝鮮の子にかなわない。「おまえ、校長と奥さんが夜なにしているか知っているか」と訊かれてポカンとしていると、懇切丁寧に性教育をされ、好奇心と羞かしさで顔が赤くなった。ギラギラする性欲と儒教的儀礼が混在する国だと、のちに思った。

大東亜戦争が始まった頃から日本人の優越心が露骨になり、子供にまで浸透した。村に住む日本人は、校長一家と駐在所の若い巡査しかいない。雄三が若い巡査のあとに付いて市場へ行くと、巡査は、人が変ったように威張り散らす。屋台が通路にはみ出していると言って蹴倒す。秤が狂っていると言って女子供でも容赦なく殴る。朝鮮人の伝統の白い民族服はケシカランと、老人を追い廻してコールタールを塗りつける。ひどいことをすると子供心に義憤を感じたが、馴れてくると朝鮮人いじめを面白がっている自分を発見した。

昭和一七年に、立川一家の朝鮮生活が終った。父が教職を退き、大政翼賛会の茨城県支部に転職したためである。

大政翼賛会は昭和一五年、当時の近衛文麿首相の発案で、政党政治を廃止したあとの国内に「下意上達」のスローガンを掲げて国民運動をおこす狙いで発足した。しかし政党や労働組合の解散には大賛成した軍部、官僚、右翼勢力などが「下意上達」は天皇親政の国体にそぐわないと猛反対したため、スローガンは「下情上通」と改められ、やがて首相が近衛から東条英機へかわると国民運動色も払拭された。

雄三の父が就職した大政翼賛会は、産業報国会などの職域組織、部落会、町内会から隣組に至るまでの地域組織を傘下に収め、戦時下の「オカミ」の意向を「上意下達」のルールによって国民生活のすみずみにまで浸透させる役割を担っていた。父が、一般国民を教化統制する仕事に情熱をもっていたのか、あるいはうだつのあがらぬ朝鮮暮しに見切りをつける適当な仕事口と考えたのか、その真意を聴く機会は父の死に至るまで訪れなかった。

水戸市内で借家住いをはじめた翌年、家庭内で異変が生じた。水戸商業に転入学して四年を終了した次兄が家族に相談もなく海兵団に志願入隊したのである。雄三とちがって大人しく優しい性格の次兄の突然の発心に、両親は狼狽した。しかし雄三には心当りがある。次兄が学校で、朝鮮帰りは朝鮮人並みと侮られ、執拗ないじめを受けて思いつめていたのを知っていた。海兵団入隊を告げる次兄を、雄三は寝床の中から眺めていた。雄三は水戸中学受験の直前だったが、ハシカと診断されて受験を諦めたところである。両親は残念がったが、雄三本人は中学進学が一年遅れてもどうということもないと思っていた。

高等科で過した次の一年、雄三は暇にまかせて文学少女だった母の蔵書を読みあさった。吉屋信子からドストエフスキイまで、どれも結構面白く読み、気が付いたら腕白少年が文学少年に変身していた。

翌年水戸中学に合格して間もない日、外出先から帰宅すると居間で母が泣き崩れていた。傍らで父が瞑目している。水兵になって駆逐艦に乗っていた次兄が南太平洋で戦死したという公報が届いたのである。その日から一〇年余、雄三の記憶では立川の家から笑い声が絶えた。

郡部の国民学校からは四人が入学した。

鈴木昌友《すずきまさとも》は水戸と福島県郡山市を結ぶ水郡線で一時間余、奥久茲地方の玄関口にあたる山方村の医院に生まれた。林業と農業が半々の村で、医者は代々村長をしている旧家と父の二人、父は内科も外科もなんでもござれの、村一番のインテリでボス的存在である。兄と姉はともに成績優秀で、水戸中学と水戸高女に汽車通学している。しかし末っ子の昌友は、教育熱心な母の心配の種だった。

小学校の若い担任教師が無類の植物好きで、昌友はたちまち影響をうけた。勉強そっちのけで野原や林を歩き廻り、植物を採集して標本作りに励んでいる。日曜日には若い先生と弁当持参で山歩きする。母が試みに医院の庭に自生する草花の名を尋ねるとたちまち答えが返ってきて驚かされた。しかし感心してばかりはいられない。「もっと学校の勉強をさせてください」と若い先生に苦情を言うと、「子供の時は好きなことを思いきりやらせるのが私の方針です」という返事で失望させられた。

ところが、昌友が国民学校の六年生になって間もなく、先生に赤紙が来た。祝出征の幟を先頭に、先生と見送りの人々の長い行列が春の野原を駅に向うのを、昌友は野面を見降す丘の上からひとりで見送った。戦争のことはよく判らないが、大東亜戦争が始まってから小さな村からも次々に男たちが出征していく。戦死して無言の凱旋をする知り合いの村人もいる。そしていま、先生もお国のために戦地へ行くのだ。遠ざかる行列を見送りながら、昌友は先生と山歩きした幸せな時間を思い返し、寂しさに胸がつまった。

先生がいなくなってから、昌友は山歩きから遠ざかった。なにか別のものに熱中したかったが、見当たらないまま勉強に精を出した。翌年水戸中学に合格した時は、本人以上に母が喜んでくれた。

鈴木《すずき》千里《ちさと》の父は、農村地帯の駐在所を二、三年の勤務年限で移動していく「駐在さん」と呼ばれる巡査である。駐在さんには役得がある。管轄地区の農家から土地を貸してもらい、実際の農作業は家族が手伝う程度で、収穫される米や野菜が手に入る。それでどうやら五男三女の大家族が食べていけるのである。

父が本署の上司とやりとりしている電話を立聞きしたことがある。上司が警部補登用試験を受けるようにすすめるのを、父は断った。せっかくの出世のチャンスをなぜ逃すのか、千里には不思議であり不満でもあった。駐在さんをやめると大家族を養えなくなるという父の辛い気持ちが理解できたのは、ずっと後のことだった。

相撲取りのような体形で喧嘩は滅法強いが、「弱きをたすけ強きをくじく」正義派を自認していた千里は、学校の成績もよく、一家の希望の星だった。水戸中学に合格して、幼年学校や士官学校へ進む道が拓けた。軍の学校へ入れば金もかからず、将校になれば自分も家族も幸せになれる。千里は一途にそう信じた。

田辺良夫《たなべよしお》は東京のサラリーマン家庭に生まれた。父は法政大学を出て、丸の内にあるビル用の大規模な井戸を掘る会社に勤めている。大震災後の東京の復興景気で会社は大いに儲かり、父の懐も暖かくなった。昭和一二年、よほどの金持でなければ持てない自家用車にダットサンを買った。その代金千五百八十五円五十二銭の領収書および注文受書が残っている。家庭麻雀もはじめた。良夫は見よう見真似でルールを覚え、七、八歳で大人と麻雀卓を囲むまでになった。

お台場を見下ろす高輪の屋敷町の一郭で、良夫はなに不自由ない子供時代を過した。しかし肋膜炎で一年休学し、復学して中学受験の準備を始めた頃から、世の中の様子が変ってきた。戦争の旗色が悪くなり、東京空襲が間近いという噂が流れ、噂を裏付けるように学童疎開が実施段階に進んだ。父は家族疎開を決め、とりあえず母と良夫と弟が、母の実家のある水戸市近郊の長岡村へ慌しく出発した。

良夫の生活は激変した。実家から少し離れた一軒家を借りたので母子水入らずの暮しができた反面、疎開直後の妹の出産で体調を崩している母にかわって、良夫は朝の飯炊きから夜の風呂焚きまで孤軍奮闘を余儀なくされた。

心配していた中学への進学は疎開者への優遇措置もあって、水戸中学に入学できた。それはよかったのだが、良夫の日常は喜ばしい状態とはとても言えない。早朝まだ暗いうちに起きて家事をすませ、一二キロの道を自転車のペダルを懸命に踏んで通学する。帰宅後は再び家事に励み、夕食後ひとりになって教科書をひろげると、たちまち睡魔に襲われた。心身ともに疲労を感じ、前途暗澹の思いに捉われる。そんな時、良夫は疎開荷物の中に収いこまれている麻雀牌（父が上海よりの土産物として貰った）をそっと取り出すのである。いまは使われることもなくなった冷たい象牙牌の微妙な凸凹の感触を指先で探っていると、なぜか生きていく勇気を与えられるのだった。

永田康平《ながたこうへい》の朝鮮名は鄭康憲、鄭氏は中国から朝鮮半島に渡来し、一族から将軍や高官を輩出させた名家の誇りが高い。一族の末裔である康平の父が日本内地に住むことになったのは、大正八（一九一九）年三月一日の「三・一運動」がきっかけだった。日本の植民地支配に抵抗する宣言書が世界各地で発表された。そのひとつ『巳未独立宣言書』は次のように訴えている。「われわれはここに、わが朝鮮が独立国であり、朝鮮人が自主的民族であることを宣言する。これをもって世界万国に知らせ、人類平等の大義を明らかにし、これをもって子孫万代に教え伝えて、民族自存の正当な権利を永代に享有させせんとするのである」。

鄭氏の一族も運動に参加し、日本官憲から迫害を受けた。康憲の父はまだ一四歳の少年だったが、祖国を脱出して中国経由で日本内地へ渡った。内地の朝鮮人社会で暮す方が安全だったのである。東京山の手の乳業会社の経営者に朝鮮人に同情する人がいて、その人の庇護を受け、住込みで働くことができた。

昭和になって生活も安定し、朝鮮時代に親同士が決めた李朝につながりのある金氏の娘を呼び寄せて、結婚した。昭和四年に長男が、七年に次男の康憲が生まれた。父の商売柄飲み放題の牛乳を飲んで康憲は育った。三・一運動も遠い昔の出来事になり、朝鮮半島には表面上安定した植民地支配の時間が流れていた。四歳になった康憲は単身朝鮮に渡り、母の実家で二年間儒学と漢学の幼児教育を受けた。日本に戻って小学校に入学した時、朝鮮で覚えた「千字文」と呼ばれる基礎漢字を書いて見せると「朝鮮人にも神童がいる」と妙な感心のされかたをした。

その朝鮮人少年の誇りは、昭和一五年に施行された「創氏改名」によって深く傷つけられる。日本政府は朝鮮人の皇民化政策の柱として、朝鮮人の民族的伝統である夫婦別姓を法律で禁止した。さらにその姓名を本人の意志で日本式に改めるように指導、要請した。日本式の姓名が天皇の赤子である証拠だと言われて抵抗するにはよほどの覚悟がいる。それでも朝鮮名を守り続けた人が二〇パーセントいたが、八〇パーセントの朝鮮人は改名を受け入れた。康憲の父も祖父の名から一字を採って永田姓を名乗り、康憲は康平と改名した。

やがて大東亜戦争が始まった。父は数年前に独立して、軍需関係の鉄工場を経営して景気がよかった。しかし、仕事関係から戦局不利の情報を入手すると、素早く対応した。工場を整理し、茨城県那珂町への疎開を決めた。疎開地では古タイヤの更生を手始めに、ローソクを作って近在の寺に売り歩く商売をした。「父の決断と才覚のおかげで、家族は空襲にもあわず生活にも困らなかった」と康平は回想する。

しかし苦い記憶もある。疎開者の特典で入学した水戸中学に通学して間もない日のことだった。汽車を降りて改札口に向う途中、異様な光景を目撃した。百人をこえる、ぼろぎれのような服をまとった男たちが、警官に誘導されて駅の構内を長い列をつくって通り過ぎていく。祖国から労働力として強制連行された同胞であることは一目瞭然だった。その徒刑囚のような重い足取りと暗い表情に慄然として、躰が凍りついたようにしばらく動けなかった。涙が溢れて止まらない。同じ朝鮮人である自分の無力を感じた。「この屈辱感は一生忘れないだろう」と康平の裡なる康憲は繰返し胸の中で思った。

こうして、われわれの主人公たちのうち遅れて来る二人を除いた一二人が、水戸中学に集合した。彼ら新一年生の学校生活は戦況の深刻さにくらべれば、平穏無事と言ってよかった。

情況が変化したのは昭和一九年七月である。「決戦非常措置要綱ニ基ヅク学徒動員要項」という政府通達が出て、水戸中学でも三年生以上の生徒は、機関銃の民間生産を一手に握る日立兵器水戸工場と、水戸駅など五つの駅での貨物輸送業務に、無期限勤労動員を命じられた。動員生徒の登校日は週一日のみ、それも本土決戦に備える軍事教練のためだった。一、二年生は勤労動員を免除された。週二日市内の防空壕掘りの手伝いや市営グランドの農園化の作業に出かけるほかは、普段通り登校して授業をうけた。

目立った変化は転入生の急増である。昭和一九年の二学期から翌年の一学期の終了までに、水戸中学では各学年とも平均五〇人を超える疎開生などの転入学を受け入れた。この記録の一三人目の登場人物である関済美は、九月の二学期からの転入生である。


関済美《せきはるみ》の父は水戸市近郊の地主の息子で、水戸中学を卒業して逓信官吏練習所に学び、長く仙台逓信局に勤務した。軍人でいえば、下士官クラスの判任官から将校クラスの高等官に昇格し、逓信省直属の郵便局長の資格を得たのは、四男の済美が小学校へ入学した年である。

家族を引連れての父の転勤生活が始まった。最初の任地は愛知県の一宮市、ここで済美の仙台弁が愛知弁一色の同級生の笑い者になった。お国訛りという意味では同等なのだが多勢に無勢で勝目はない。「おらァ　もうガッコさいぐのやんだァ」と済美は駄々をこねた。登校拒否寸前の済美を救ったのは小児性肋膜炎である。急遽入院すると、一年間の休学が必要と診断された。命に別状のない贅沢病である。大威張りでベッドに寝て、絵本や童話を読んで暮した。退院後も甘やかされて過しているうちに健康も回復した。待っていたように父の浦和転勤の報せが来た。これで愛知弁ともオサラバである。

浦和に引越して間もなく、大東亜共栄圏熱に感染した父は、逓信省の許可を得て上海特務機関の通信責任者になり、軍刀を腰にさげて単身赴任した。残された家族は官舎を出て借家住いをしたが、生活に困ることはなかった。

一年半後に帰国した父の次の任地は、横浜だった。済美はそこで米軍機の本土初来襲を体験する。B25がただ一機超低空で飛来し、二、三度上空を旋回して飛び去っただけのことで、爆撃も機銃掃射もなかったが、恐怖感だけはたっぷり味わい、操縦席のパイロットの顔が目に焼きついた。恐怖感を味わった分、悠々と立去った敵が余計憎い。なぜ零戦が来て敵機を撃墜してくれなかったのか、期待はずれと口惜しさだけが残った。

昭和一八年六月、父は小樽郵便局長に転じた。小樽についての済美の予備知識は、その頃愛読した石川啄木詩集の一篇「かなしきは小樽の町よ　歌うことなき人々の声の荒さよ」に尽きる。しかし行ってみると異国情緒のある洒落た町で、食べものも横浜とくらべてずっと豊富で美味である。夏は水泳、冬はスキーが楽しめた。おかげで躰も丈夫になり、つられて学校の成績もよくなった。翌年四月に小樽中学に入学した頃には、将来は海軍兵学校を目指すと公言しても、周囲も納得してくれるまでになった。

小樽中学で最初の夏休みを迎える直前、父に転勤の内示があった。東京鉄道郵便局長という要職で、その先に郵便局長の出世の頂点である東京中央郵便局長の椅子が見えている。栄転は喜ばしいが東京から伝わってくるニュースは思わしくない。昭和一九年七月に東条首相が退陣した。退陣の引金になったのは日本の「絶対国防圏」に設定されていたマリアナ諸島のサイパン島が、七月七日軍民五万人の死者とひきかえに米軍に占領されたことだった。その意味するところは、サイパン島を基地とするB29爆撃機による日本全土の空襲である。さすがの東条内閣もそれで潰れ、戦争指導者の一部での終戦工作が囁かれるなか、小磯国昭陸軍大将が首相になった。しかし小磯首相は一向に変りばえせず「神州護持」と「本土決戦」のお題目を唱えるばかりだった。

本土空襲に備えて、東京では大規模な家族疎開、学童疎開が急ピッチで進んでいるという情報が、小樽にも伝わってきた。そんな東京へ家族を連れてはいけないと父は判断し、家族は水戸の実家に預け、東京へは単身赴任することで結着した。こうして済美の永い学校放浪が終った。九月新学期に父の母校でもある水戸中学に転入学した。


残る一人、高比良和雄《たかひらかずお》はまだ東京にいた。和雄は旧姓林、水戸市の西二〇キロほどの古い城下町笠間の寿司屋の次男に生まれた。小学校入学の前、子供のいない父の兄の養子に望まれて上京した。伯父は豊島区役所に勤め、雑司ヶ谷に住んでいる。和雄は新しい環境に順応して六年間を過し、板橋区にある都立九中に入学した。

その頃から町内では、バケツリレーの防空演習や竹槍訓練が頻繁に行われるようになった。配給物資も乏しくなり、新聞は朝刊二頁だけになる。九中でも級友の疎開で空席が目立った。建物疎開で方々の住宅や商店が取壊されていく。戦局はサイパンを失ったあと、テニアン、グァムでの玉砕が続き、フィリピンのレイテ島に米軍が上陸した。その米軍に決戦を挑んだ連合艦隊は、一〇月下旬のレイテ沖海戦で壊滅してしまった。

そしてとうとうサイパン島からB29がやって来た。昭和一九年一一月二四日、百余機のB29が東京を初爆撃した。それが序曲で、昭和二〇年の年明けと共に主要都市への空襲が日常化していく。三月九日の夜から一〇日にかけて東京下町が無差別攻撃の対象になった。三百機をこえるB29爆撃機が二千トンの爆弾、焼夷弾を撒き散らして密集した住宅、商店、町工場などがカンナ屑のように燃えあがった。二三万戸が焼き尽くされた下町一帯の火の海のなかで一〇万余人の都民が死亡し、百万人が被災した。

その夜の空襲では山の手はまだ無事だった。しかし養父母は迷わず疎開を決め、親子三人は慌ただしく東京を脱出した。雑司ヶ谷の自宅が焼失したのは、一ヶ月後の四月一三日から一四日にかけての山の手大空襲の時である。和雄が戻った笠間は嘘のように平穏な町だった。盆地を囲む丘陵には新緑が芽生え、透き通るような渓流には魚影が走っている。故郷には戦争は不在だったのである。実父の経営する寿司屋の屋敷内の別棟に養父母と落着いた和雄は、水戸中学の二年に転入学して、四月の新学期から汽車通学を始めた。

しかし破局は刻々と迫っている。三月下旬「国民学校初等科ヲ除キ　学校ニ於ケル授業ハ昭和二〇年四月ヨリ昭和二一年三月三一日ニ至ル期間　原則トシテ之ヲ休止ス」との文部省令が出た。水戸中学の二年生になった一四人のわれわれの主人公たちの生活もこれで一変した。授業のかわりに郊外の前渡飛行場の開墾作業が始った。飛行機や戦車の燃料に使う松根油用の松の根っ子を掘り出す作業と、サツマ芋畑作りが平行して行われた。軍用機は本土防衛に備えてどこかに温存されているという噂だが、前渡飛行場に機影はなく、広大な敷地のここかしこに鋤を振りモッコを担ぐ中学生の姿だけがあった。

それでも一三、四歳の少年たちには四ヶ月後の敗戦は予測できない。本土決戦という未知の事態への漠然とした不安はあるものの、将来を考えると、なにがしかの輝きと緊張感のある職業といえば軍人しか思い浮かばなかった。少年たちの多くが依然として軍人への夢にこだわっていたのはそのためである。その職業軍人への階段を最初に昇ったのは武藤亮彦だった。一年修了で難関の陸軍幼年学校の試験に合格し、仙台幼年学校への採用が内定した。しかし本土空襲の激化のため入学は九月以降に延期され、自宅待機を命じられている。

四月一日の米軍上陸にはじまった沖縄戦は六月二三日の守備隊全滅で終った。この国でただ一ヶ所、苛烈で残酷な地上戦を体験し、軍隊と共に戦い、共に逃げまどい、共に殺され、時に自国の軍隊に死を強制されて死んだ県民は一〇万人にのぼった。軍の戦死者九万人をこえる数である。その人々は自らの無惨な死の真相を本土の同胞に伝える術のないまま、かろうじて生き残った県民もろとも本土から見捨てられたのだった。

それどころではないというのが本土の戦争指導者たちの本音であろう。なにしろ東京をはじめとする全国の主要都市、主要工業地帯があらかた焼けてしまったのである。空襲の目標は地方の中小都市に移っていた。水戸市周辺でも、制空権を失った空を米軍機が遊覧飛行さながらに自由気侭に飛び廻り、気分次第で「天皇陛下の赤子」の肝を冷やす悪戯を仕掛けた。

鈴木昌友には悪夢のような体験がある。その日、前渡飛行場での作業を了えて帰宅する途中、植物採集を思い立って近くの林や野原で時間を過してから、水郡線の最寄りの駅へ向った。

――その時、黒光りするような米軍の戦闘機グラマンが上空に見えた。立止っていたら急に低空飛行にかわり、バリバリという音とともに機銃掃射をしかけてきた。二列の線になって砂煙があがり地面が掘れていく。地面に這いつくばって動くこともできなかった。もう一度来たら殺されると思った。しかしグラマンはぼくの恐怖を嘲笑うように翼を振って飛び去った。——

七月一七日の夜半、水戸市民は殷殷たる砲声に睡りを破られた。水戸中学の上級生が動員されている日立兵器水戸工場ほか周辺の軍需工場群が、太平洋岸に接近した米英の戦艦から艦砲射撃を浴びたのである。暗黒の空に不気味な砲声が轟き、やがて工場のある方角の空が赤らんでいく。砲声の余韻は遠く日本海沿岸まで達したという。

夜間勤務のない水中生は全員無事だったが、夜勤の一般工員に三二人の死者が出た。翌朝出勤した水中生たちが工場の瓦礫のなかに散乱している遺体の処理に当った。急造の粗末な松材の棺桶に破損のひどい遺体を収め、数人ずつで担ぎあげて工場の裏山に運んだ。やがて三二個の棺桶が、積み上げられた松材の上で火炎に包まれバチバチと音をたてた。それは死んだ工員たちの死に際の悲鳴のようにきこえた。屍臭とともに立昇る煙りが松林を匍うように漂い流れて、整列して黙禱する水中生たちの全身にまとわりついた。

それから二週間後の八月二日未明、百数十機のB29爆撃機が水戸市に襲来した。川原博行、武藤亮彦、塙治夫、宮本克がその夜の体験を記録している。彼らの記録を中心に水戸空襲の日のわれわれの主人公たちの動静を報告する。

前にも書いたように、川原博行の自宅は市の中心部、花街に近い繁華街にある銭湯である。当時市内に銭湯は三軒しか残っていなかった。空襲の日も日没まで営業した。その夜在宅していたのは祖母と両親、博行と妹と弟、風呂焚きの番頭の七人だった。

——八月一日夜一〇時頃、恒例となっていた空襲警報が発令された。二五度を越す熱帯夜のなかで通学する時の服装のままゲートルまで巻いて防空壕に入った。わが家の防空壕は狭い裏庭の一坪余りの物置の下を三メートル近く掘り下げ、上部に梁を渡した上に古畳を置き、その上に土をかぶせたものだった。防空壕の天井に当る一部に人ひとりが出入りできる上開きの戸があり、そこから壕の壁に沿って垂直に降りる梯子がついている。空襲警報とともに七人がそこに入りこんで真ん中にローソクを立てた。父と番頭は完全装備で、私は校章のついた戦闘帽、祖母と母、妹と弟は防空頭巾を肩から斜めに背負って壁際にしゃがんでいた。貴重品のローソクはすぐ消され、漆黒の闇の中は蒸風呂のようで胸から腹へと汗がしたたり落ちるのが感じられた。その時の空襲警報は一時間ほどで解除になり、ひとまず壕を出て住居に戻り、着のみ着のままでしばらくまどろんでいた。

しかし日付が変った直後、再びサイレンが鳴り響いた。「今度は来るぞ」と父は言い、母は妹と弟の首に掛けた名札と服装を点検し、祖母に炒大豆の入った罐を持たせ「夜が明けたらここへ戻って来てください」と言って、安全と思われる方角を指示して三人を先に逃がした。しばらくして、ザザーという雨の降るような音に続いて、ズンと腹に響く音がして南町の方角が明るくなった。防空団で残る父と番頭にせかされ、母と二人で掛布団を頭からかぶり台地のはずれにある料亭の方向に一散に走った。

料亭の裏手から崖を下ると右手に子供の頃よく沢ガニを採りに来た細い清流があり、流れに沿って密生した竹薮がある。上空に敵機の飛ぶ音がして、先を走っていた町内で顔見知りの畳屋の職人が三人、竹薮に飛びこんだ途端にザーという音と共に竹薮が明るくなりすさまじい火の手があがった。ワァーという悲鳴をあげて火達磨になった職人たちが飛び出してきて田圃の中をころげ廻る。その光景を横目に見て畦道を走りに走った。ザーという音を聴くたびに母と畦道に伏せ、避難訓練通りに両目両耳を指で押えた。ブスブスと焼夷弾の落ちる音が身近にする。幸いなことに田圃に落ちたものは泥田に埋まって発火しない。直撃されたらそれまでのこと、運を天にまかせてひたすら走った。坂下の道は田圃に注ぐ疎水を横切っていて、幅二メートルほどの流れを跨いで橋が架っている。そのコンクリートの橋の下に避難することにした。

私と母が疎水の水に浸りながらもぐり込んだ時には他に数人の先客がいたが、次第に人で溢れ、水嵩があがり、はじめは膝までだった水位が腰に達するまでになった。橋の下から人々の頭越しに街の方を見ると真赤な炎が空を焼き、それを背景に黒い人影がつぎからつぎへと走って来るのが見える。その中に遅れて逃げて来た父と番頭を見つけた時は本当に嬉しかった。しかしその嬉しさも束の間、それから二時間余り地獄を体験した。絶え間ない焼夷弾の落下音と炸裂音、両目両耳を押えていても目の中が真っ白になる閃光、すぐそばを通っている常磐線の線路に焼夷爆弾が直撃した時は疎水沿いに猛烈な爆風が吹き抜け、流れの中に叩きつけられて水を呑んだ。――この時の体験がのちに自分の生きる姿勢を決めたと博行は信じている。生と死は紙一重で、僥倖の連続が人生だという思いに強く捉われた。そこから、いつ死んでも不思議のない人生なら自分の人生は自分の思い通りにしたいと考えるようになった。

ところで、川原一家が逃げたのは水戸台地の南側の千波湖方面だった。一方、台地の北側に住んでいた武藤亮彦は那珂川方面に逃げた。


――笹の葉が触れ合うようなサラサラという音を立てて焼夷弾が降ってきました。炸裂するとペースト状の油脂が花火のように飛び散り、所かまわずペタペタと貼りついて燃えはじめました。私は防空演習通りに火を消そうとしていました。近くの旅館の木造三階建ての棟が焼け落ちるのを覚えています。女子供の火消し作業を嘲るように町内の家は一戸また一戸と火を噴きはじめました。不思議に恐さは感じませんでした。しかし火勢は増すばかりで手のつけられない状態になり、「逃げろ！　逃げろ！」と声がしました。人々は逃げはじめました。

私は兄と、母を真ん中にして手をつないで逃げました。測候所坂下の太田街道の切通しの下り坂まで来ると、崖下の家が燃えていてその炎が路面を覆いとても通れません。坂の上にここまで逃げて来た人々が立ちすくんでいました。私と兄は側溝の下水を防空頭巾の上からかぶりました。そしてまた母を真ん中に手をつないで路面を覆う炎の中を坂下まで走り抜けました。後から大勢の人がついて来ていつの間にかひとつの集団になっていました。集団は小走りに太田街道を那珂川の方へ逃げて行きました。B29からは照明弾に照らし出されて田畑の中の街道を逃げていく集団が見えたのでしょう。明らかに私たちを狙って焼夷弾を投下しました。あの、笹の葉の触れ合うようなサラサラした音に追われて、人々は街道の左に右に蜘蛛の子のように逃げ散りました。

焼夷弾は前方の畑の中で炸裂して仕掛花火のように黄燐の炎を散らしました。

私たちが逃げこんだのは桑畑の中でした。動くのは危険なので桑畑にひそんで様子を見ることにしました。赤ん坊が泣いていました。誰かが「泣かせるな」と母親を咎めています。赤ん坊の泣き声はB29までは届かないでしょうに……。誰もが怯えていたのです。私は桑畑に伏せながら崖の上の市街地に目を向けました。街は黄色や紅色の火の粉を時々吹きあげて巨大な火炎の海となっていました。ゴオゴオと燃える音がしているのでしょうが、判っきり覚えているのは桑畑で鳴く虫の声です。そして、あの見事な火炎の海が私の眼底にベッタリと焼き付いています。その光景はいまでも判っきり私には見えます。――


武藤亮彦が見た火炎の海を、塙治夫は那珂川の岸辺に立って見ていた。治夫によると、水戸空襲は予告されていたのである。

――水戸が爆撃を受けた時、私は那珂川の対岸の農家の防空壕にいた。前日、町内の防空団長をしていた父が米軍機が撒いたビラを持ち帰った。そこには空襲の予告が書かれていて、対象になる都市が列記してあり、筆頭にあったのが水戸である。母は明日にも空襲があるかもしれないと心配して、私と弟を川向うの知人の家にいそいで避難させたのだった。

母の予感が当り、早くも翌日の夜、B29の大編隊が水戸に襲いかかった。上空を旋回するB29の不気味な轟音に弟は防空壕の中で失禁した。それでも怖いもの見たさに勝てず、私たちは固く手を握り合って防空壕を抜け出した。川岸から市街地の方向を見るとあちこちから火の手があがっていた。上空に雲が多いためか機影は見えなかったが轟音が絶えない。私は川岸に立ちすくみ、自分が生まれ育った水戸が街ぐるみ炎上するさまを茫然と眺めていた。炎の下にいる父と母を想うと胸がドキドキするばかりだ。

翌朝まだ暗いうちに防空頭巾を被った母がやってきた。両親とも無事で、てっきりわが家も焼けたと思っていたら、それも無事だと告げられ、嬉しいよりも拍子抜けした。母は疲れ切った様子だが私と弟の元気な姿を見て、さすがに安堵の表情を見せた。——

塙治夫の母が息子たちの前に姿を見せた頃、武藤亮彦は恐怖の一夜を過した場所から帰路に着いた。

——東の空が白む頃、市街地は燃えつきました。桑畑のあちこちから三々五々、人が姿を現わして家の方へ帰っていきました。誰も口をききませんでした。太田街道の坂道の途中に黒焦げの焼死体がひとつ転がっていました。睾丸が異様にふくれあがっていたのを覚えています。誰も無感動にそれを眺めて通り過ぎていきます。坂道を昇り切ると街はまだところどころ燻っていました。

わが家は跡かたもなく焼けていました。敷地に二〇発余りの焼夷弾の弾筒が突きささっていました。庭の防空壕はチャチなものでしたから中に火が廻り、学校から預った指揮刀も無惨に焼けただれていました。便所の糞壷の屎尿がすっかり蒸発してカラッポになっていたのも妙に鮮明に覚えています。——

こんな風に日本中の街が廃墟に変っていくのだろうかと武藤亮彦は思った。こんな状態で自分は果して仙台陸軍幼年学校生徒になれるのだろうか。しかし次の瞬間、そんな不吉なことを考える自分が怖くなり、なにか焼け残ったものはないか、まだ燻っている家の残骸のなかを熱心に探しはじめた。

同じ頃、川原博行も焼跡へ戻った。

——五本松の坂道では火傷をした人たちがうずくまって呻吟していた。坂を登り切ると、昨日まで家並が続いていた神崎町、天王町、鳥見町、泉町が広々とした焼跡に変っているのが一望された。家並の消えた跡に電柱の列が燃えくすぶり、電線が道跡一面に垂れ落ちている。警報のサイレンを鳴らし続けた火見櫓が身をよじるようにして消防小屋と民家の焼跡に横たわっている。その傍に焼けただれた消防車が一台、所在なげに残骸をさらしていた。三〇度を越す暑気に頭がクラクラしてきた。焼跡に辿り着くと貯水タンクの鉄脚が飴のように曲って横倒しになっているのがまず目に入った。浴場は焼けトタンや瓦で埋めつくされ、わずかに浴槽の縁だけがタイルが剝げ落ちた状態で残っていた。

近所の眼鏡屋の防空壕のまわりに人が集まっている。防空壕の中で一家四人が蒸焼きになっているという。消防の人が中へ入り、真黒な物体を持ち上げ、外にいる人が腕らしい部分を持って引き上げようとしたが、腕だけが捥ぎ取られた屍体がまた防空壕に落ちていく。鶏を蒸焼にした時のような匂いが辺りに漂う。わが家の防空壕の中で蒸焼になった自分が連想されてゾッとした。——

宮本克の家は水戸台地の東端にある水戸中学からさらに東側の、台地の下に拡がる下市と呼ばれる地域にある。当時、父は県下の磯原青年学校長の職にあり単身赴任していた。空襲の夜、在宅していたのは祖母と母、兄と克と妹の五人だった。老齢の祖母が一緒なので遠くへは逃げられず、焼夷弾が落ちはじめると家の近くの常磐線が通る土手の上で猛火を避けた。濡れ布団を五人が頭から被って、炸裂音と火炎に生きた心地もなく一夜を過した。

——夜が明け、強い陽射しが焼跡に照りつけて来た。私たちが戻った家は予想通り全焼である。まだ燃えきらない庭木。疎開の予定で廊下に箱詰めにして置いた父の蔵書が燻っている黒い大きな塊。散乱している焼けトタンや曲りくねった電線などを叩いたり、引張ったり、集めたりしているうちに、学校はどうなっているだろうと思った。「学校へ行ってみる」と言い残して駆け出した。日赤病院寄りの急な石段を駆け昇り、下運動場を走り抜け、さらに坂を登って校舎の見える辺りまで行ったが、なにもなかった。本館、校舎、武道場、雨天体操場、講堂、すべて焼け落ちていた。あの黒ずんだ堅牢な校舎群は一棟の便所だけを残して見事に消え失せていた。その光景を見た時の私の気持は、学校もわが家と同じように焼き尽くされてしまったんだという、いたって平凡なものだった。——

水戸台地に載った上市と呼ばれる地域にある吉村卓也の家、公証人事務所を兼ねたピンク色の外壁で目立っていた武川康男の家も全焼した。彼らの必死の逃亡体験も、記録を残した者たちと大差ない。

比較的安全と思われていた千波湖畔の松尾茂の家は、Ｂ29の進入路に当っていたのが不運で、時間的には一番早く焼けてしまった。母が洋裁塾に置くよりは安全だと考えて雇い主より預っていた一〇台余のミシンは、鶏小屋の鶏たちと同じ運命を辿った。

運がよかったのは立川雄三である。この年の六月大政翼賛会が国民義勇隊に衣替えしたため、父は失業し、一家は父の実家の内原村（旧　鰐淵村）に帰っていた。Ｂ29の爆音がきこえ水戸市街に火の手があがると、雄三は見晴らしのいい台地へ走った。一ヶ月まえまで住んでいた街が炎上する光景を、彼は夜通し眺めていた。あの炎の下で逃げまどい、炎に焼かれて死んでいく人がいる。何人もの知人、友人の顔が浮かんでは消えた。ふと、南太平洋のどこかで戦死した次兄が自分の横に立って、炎上する街を眺めているような気がした。

関済美は、自宅の物干し台から火炎の海のパノラマを眺めた。空を焦がす炎の激しさ、怪しさに、ローマを燃やした皇帝ネロの心境を味わったような気がした。

永田康平は夜明けと共に、近くの街道を避難先へ向う人々の列が、途切れ途切れにいつまでも続くのを見た。疲れ切った重い足取りの人々の姿は、いつか水戸駅で出会った同胞の長い行列と重なって見えた。

昭和二〇年八月二日の水戸空襲で、焼失家屋は一万一千戸、被災者数は四万一千人である。当時の水戸市民の七〇パーセントが家を失った。死者は二四二人、重軽傷者一一四九人だった。水戸中学関係では在校生一四〇〇人のうち死者四人、負傷者一二人、被災した者九三六人という記録が残っている。

われわれの主人公たちのうち、被災した者は六人だったが、五人は焼け残った地区や県内各地に縁者がいたので避難先は確保できた。ただひとり、当てがなかったのは松尾一家である。

松尾一家は日頃親しい川向いの魚屋さんに、夜になってごろ寝をさせてもらったのが精一杯だった。この先どこでどうして生きていけばよいのか、暗澹たる思いである。母は東京の実父を頼るほかないと言う。稲作にこだわり、野宿をしてでも東京へは行きたくないという祖母だけが、知人の家に当分置いてもらえることになり、母と三人の子供の東京行が決った。

八月五日、茂は焼け残った弘道館に仮設された市役所の出張所に出かけ、早朝から昼近くまで行列して家族四人の移動証明書と東京までの乗車券を手に入れた。翌六日、水戸駅で乗車したのは軍用列車だった。座席はくたびれた兵隊でいっぱいなので茂たちは床に坐った。昼前発車。その朝八時一五分、広島には原子爆弾が投下され、巨大なキノコ雲の下で二〇数万人の市民が死の運命を迎えていたが、車中の茂は知る由もない。暗くなってから荻窪に着き、歩いて杉並区天沼の実父の家に辿り着いた。

灯りのない玄関の戸を叩くと中年の男が出て来た。女学校の教頭をしている実父は、夏休みを利用して萩に疎開している家族のところへ出掛けているという。それでも事情を聴いた男は同情して家の中へ入れてくれた。逓信省に勤めている彼自身も被災者で、留守番がわりに夫婦で二階を借りていると言った。実父は二週間ほどで帰京するという話なので、とりあえず移動証明書を持って配給所へ行くと、豆粕と大根の葉を配給してくれ、死にに来たんですかといわれた。

実父が帰ってきてなんと言い、どんな処置をするかはしばらく置いて、焼け野原になって空襲警報もめったに鳴らなくなった東京の、焼け残った家の畳の上でゆっくり休めるのがなにより嬉しかった。

そして八月一五日が来た。うだるような暑さの日中、ポツダム宣言受諾を伝える「玉音放送」を、茂は居間のラジオで聴いた。甲高く特異なイントネーションの声で読みあげられる「詔書」は、雑音のせいもあって意味のとりにくい個所が多い。なによりも感情表現のない玉音からは敗戦の痛みは素直には伝わってこなかった。それでも日本が敗けた事実だけは判った。

「半月前に敗けてくれたら」と、母はくやし涙を流した。同じ居間でラジオを聴いていた姉も留守番の夫婦も、ボンヤリした表情のまま黙って坐っている。のろのろと立上り、青い空に視線を向けた茂の胸には、悲しみも怒りもなかった。一四歳の少年の心情と生活は国家の敗北よりもずっと早く敗北していたのである。

第二章　民主主義との遭遇

日本人は敗戦をどのように受けとめたのだろうか。敗戦の事実を認めたくない人、怒り悲しむ人はどうやら少数派で、大多数の人々はしばし茫然としていたのが真相のようだ。敗けるまでは「本土決戦」「一億玉砕」「神州護持」などと叫ばれていたが、いざ敗けてしまうと、「大和魂」などは無縁で、三百万人と推定される兵士や市民の死への思いも、死者との距離に準じて濃淡の差が生じることは致し方ない。ともかくも生き残った人々の心情は「命有っての物種」の雰囲気に変っていった。空襲も燈火管制もなく、なによりも戦さで死ぬ心配がなくなったので、明日の国家社会についての不安にも、どことなく緊張感がなくなった。様変りする世の中をしたたかに生きる、常民の世界が復活した。

一四人の水戸中学同窓生の敗戦への姿勢も、それぞれが置かれた立場による温度差が大きい。戦争で身近な人を喪った者には、不幸な記憶が沈澱する。空襲で家を焼かれた者にとっては、衣食住の心配が先立つ。軍人志望だった者には、将来の目標を失った戸惑いがある。総じて元気がなくなったのが、しばらくの間の共通点だった。

ひとり元気だったのは永田康平である。日本の敗戦は祖国朝鮮の勝利であり、植民地からの解放である。四半世紀前には夢想にすぎなかった三・一運動の独立宣言が現実になる。創氏改名の屈辱も終る。九月三日、水戸中学の二学期が始まった日に、父が調達してくれた海軍兵学校の新品の制服を母に水戸中学の制服風に手直ししてもらって、颯爽と登校した。出欠を取る教師に申し入れ、黒板に自からの朝鮮名を誇りをこめて大書した。「鄭康憲《チュンカンフン》」、それが今日からの自分だと宣言したのである。

　こうして授業は再開されたが、校舎が全焼したので雨の日は休校になる青空教室だった。九月中旬のある日、鈴木昌友は濠沿いの土手の草叢で、級友と車座になって国語の授業を受けていた。青空教室には絶好の雲ひとつない澄んだ秋空に、不意に爆音が近づき一機のグラマン戦闘機が飛来して上空で旋回をはじめた。昌友はグラマンには命を狙われた恨みがある。しかしいまは騒々しいと思うほか恐怖も危険も感じないのが不思議に思えた。戦争の終りは、勝者のみならず敗者にとっても平和であることを感じた。

　突然、教師が上空を睨んで大声をあげた。「この上を飛ぶことをやめよ！　われらが敗れたるは心服したにあらず、力及ばざるためなり」その声に生徒たちは度肝を抜かれた。いささか言訳めくが迫力はあると、昌友は思った。と、その時、グラマンは旋回をやめて急上昇し、青空に吸い込まれるように飛び去った。そのタイミングがおかしくて昌友は教師に向って軽い拍手を送った。車座の級友たちからも昌友に応じる拍手が起って、青空教室はしばしば拍手と笑い声に包まれた。

九月二九日、天皇はGHQを訪れ、連合国最高司令官ダグラス・マッカーサー元帥と面談した。翌日の新聞に載った、モーニング姿で直立不動の天皇とラフな開襟シャツ姿で両手を腰にあてがったマッカーサーとのツーショットは、水戸中学の生徒の間でも話題になった。「でっかいマッカーサーとくらべられる天皇陛下は気の毒な感じだったなァ」と武川康男は同情したが、「この人が現人神かと情けなかった」と宮本克は容赦ない。「負けたんだから仕方ないさ」と関済美は自らを慰さめる口調だった。「しかし、これまでは天皇陛下が絶対だったけれど、これからはマッカーサーが絶対になるんだろう。どっちも嫌だね」と吉村卓也は舌打ちしてみせた。たしかにそのツーショットはこの国の最高権力者の交代をあからさまに告げていた。しかし、見方を変えればその写真には天皇の並々ならぬ政治力が表現されているようにも思える。天皇が危機にひんしていた天皇制を、政治権力と引きかえに守り抜いた証拠写真と見えなくもない。無表情にカメラを見据えている天皇の顔は「御真影」そのままだった。

一〇月下旬、水戸市のはずれにある旧陸軍三七部隊と四二部隊の広大な敷地と兵舎を転用して、焼失した市内の中等、初等学校の生徒児童約一万人を収用する「戦災学校集団」の開設が決った。水戸中学には三七部隊の兵舎二棟が割当てられ、兵士が起居していた内務班の部屋が教室になった。敗戦後三ヶ月で、兵舎の内部は荒廃していた。ガラス戸が抜けた窓から雨風が吹き込み、泥だらけの床には蚤、南京虫、虱やダニが生息し跳梁している。それでも冬を迎える青空教室よりは囲いがあるだけマシだった。手を加えれば環境改善の余地があった。

全校生徒による大掃除がすんだところへ、陸軍航空通信学校に大量に放置されていた机と椅子の払い下げ通知が入った。年末までに二度、全校生徒が各自自分用の机と椅子を三七部隊へ運んだ。木枯しの吹き渡る街道を、民族大移動と称した長い列がノロノロと進んだ。何度も道端で休み、昨今の話題に花を咲かせた。広島と長崎に投下された原子爆弾の威力と惨状。獄中一八年で解放された徳田球一ら共産党員の噂。墨塗り教科書から進駐軍の艶聞まで、話題は豊富である。これまで禁じられていた映画館への入場が近く解禁になるという情報は、格別の喜びと共に行列を迅速に駆け抜けた。空腹と疲労から列を離れ、やけくそのように『センチメンタル・ジャーニー』を歌う生徒に行列の中から口笛と野次が送られた。

その頃、松尾茂は東京から水戸へ戻っていた。敗戦の数日後に帰京した実父は家族が疎開先から戻るのに備えて、松尾一家を近くのアパートに移した。九月末、茂は単身水戸に戻り、祖母を助けて焼跡にバラックを建てる仕事をした。暇をみて学校へ出かけ、時折、東京の家族に米や野菜を運んだ。十一月にバラック小屋が建ったが、家族五人が一緒に暮らすには狭かった。実父の案で、水戸には母と茂が住み、祖母と弟は伊豆の別荘の留守番、姉は東京に残り、理容学校へ進学、自活の道を目指すことになった。これで松尾一家の戦後生活の形態が定まったのである。

わずか三ヶ月足らずだったが、東京で見聞した占領下の街の風景は、茂に鮮烈な印象を残した。鬼畜米英がやってきて男たちを無差別に殺し、女たちを片端から犯すと真面目に信じていたことの馬鹿らしさを知った。あれほど憎んでいた敵の兵隊を、はじめ遠巻きにしていた人々が、身の危険がないと分ると媚態さえ見せて近づき、子供たちはチューインガムやチョコレートに歓声をあげ、大人たちはタバコや罐詰めに目の色を変える。誇らし気にGIと腕を組んで闊歩する女たちがいる。それが敗戦国の表層の風俗現象であることは判っているつもりだが、戦争中の日本人とはなんだったかという疑念は深まる一方である。結局、国家も同胞も当てにならない存在だと思った。戸籍のことで水戸中学を落された時に始まった「人間不信」が、いまは家族から同胞へと拡大して、自分の中に深く根を下していくのを茂は感じた。

立場は違っていたが、武藤亮彦の「人間不信」も深刻だった。空襲で家を焼かれ、敗戦で陸軍幼年学校へ行きそびれた亮彦は「怒れる少年」だった。空襲後しばらく、焼け残った知人の家に何世帯かで共同生活をした。そこへ朝鮮から父が身ひとつで引揚げてくると、戦災者と引揚者に向けられる世間の目の冷たさが意識されるようになった。授業を再開した学校でも、亮彦の一年修了での幼年学校合格を学校の誇りだと言った教師が、いまは困惑したように視線をそらす。「軍国少年だったぼくの脳はショックで真っ白になった。そんな一三歳の少年に社会の激変に歩調を合わせるような器用な芸当ができるはずがなかった」と亮彦は当時を振り返る。

父の弁護士稼業のメドが立つまで、母と子供たちは勿来関跡と五浦海岸の中間の農村にある母の実家に世話になった。田園を見下す高台の屋敷内に蔵があり、亮彦はそこで夭折した叔父の遺品の書籍を見つけた。明治以後の日本の小説や評論、外国の小説の翻訳本のなかに、河上肇の『貧乏物語』や柳田国男の著作集、マルクス＝エンゲルスの『共産党宣言』まであった。叔父の人となりについては何も知らない。東京に遊学中に結核になり、亮彦が生まれた時にはすでに亡くなっていた。軍人嫌いだったと母が洩らしたのを聞いた記憶があるが確かではない。それでも軍国少年だった自分と正反対のように思える人が集めた本を読めば、自分の考え方も変るかもしれないという期待感はあった。

蔵の高窓から射し込む陽光の下で亮彦は手当り次第に読んだ。人生を変えるほどの一冊に出会ったとは思えなかったが、本のなかにあるさまざまな人生、さまざまな考え方は刺戟的で、これまでの自分の世界の外により広い世界があることを感じた。読むことに疲れると、やはり遺品のなかにあった『日本山岳写真集』を展げた。見開き二頁の一枚のモノクローム写真に魅せられた。そこには穂高の峨々たる山容がある。その厳しく美しい山の姿が真っ白になっている脳裡に焼き付いた。いつか、その山に登る日が来ることを夢みた。

昭和二一（一九四六）年の元日、「天皇の人間宣言」として名高い詔書が発表された。天皇が神であると本当に信じていた人はきわめて少なかったはずだが、「現御神《アキツミカミ》」という建前があるため、公認されていた非常識を撤回して、非公認だった常識を公認する手続きが必要であったのかもしれない。詔書の眼目は「朕と爾等国民トノ間ノ紐帯ハ、終始相互ノ信頼ト敬意トニ依リテ結バレ、単ナル神話ト伝説トニ依リテ生ゼルモノニ非ズ。天皇ヲ以テ現御神トシ、且日本国民ヲ以テ他ノ民族ニ優越セル民族ニシテ、延テ世界ヲ支配スベキ運命ヲ有スルトノ架空ナル観念ニ基クモノニモ非ズ」の部分にある。天皇も日本国民も普通の人間だが、天皇には伝統的権威があるとの意であろう。現御神＝現人神の存在を国民との共同責任とした部分は、明治以後の天皇制国家の構築の政治的意図を拡大解釈したものと考えられる。いづれにしろ、天皇と国民について極度に肥大化された妄想の部分を共に削除することで、国際的に通用する天皇制国家を再構築したいという苦心がうかがえる詔書だった。

水戸中学の生徒たちの間では「人間宣言」は当然と受け止められ、マッカーサー元帥訪問の時のような活発な議論の対象にはならなかった。彼らにとっては占領軍が持参した民主主義の方が関心事で、現人神や国体護持は古くさい話題だったのである。しかし支配層にとって天皇の地位保全は最重要課題である。

敗戦直後に始まった憲法改正論議で国体護持を至上命題と考えた日本政府は、天皇の統治権を不変とする立場に固執していた。しかしその立場からの新憲法草案は、民主化を絶対条件とする当時のアメリカの占領政策によってことごとく拒否された。その一方で占領による日本統治を円滑に運営するためには天皇の協力が欠かせないという現実認識がアメリカ政府とマッカーサー司令部内に定着していたことも事実であろう。その意味で「人間宣言」は天皇制を公式に認めるために不可欠な手続きだった。

詔書の発表後旬日を経ずして、政、官、軍、財、教育、言論などの各界で指導的役割を果していた大物から小物に至るまで、二〇万人に及ぶ人々が軍国主義者、超国家主義者として公職追放された。これを天皇制の側から見ると、旧体制との腐れ縁を断ち切ることで身軽になり、戦後の新体制との結合が容易になったといえる。そして更に一ヶ月後、現人神ではない人間天皇が天孫降臨民族ではない一般国民と親しく交流するという画期的なキャンペーン「人間天皇の全国巡幸」が、GHQのプロデュースでスタートした。

「ニュー天皇」の門出を祝福するかのように、東京裁判のキーナン主席検事は「天皇を裁かず」との声明を発表した。天皇の戦争責任を当然と考えている同盟諸国に対して、アメリカは断固として天皇無罪を宣言したのである。日本がアメリカに頭が上がらなくなった最初の事例である。明治憲法の「大日本帝国ハ万世一系ノ天皇之ヲ統治ス」に未練を持ちすぎた股肱の臣たちよりも、マッカーサー訪問、人間宣言を経て、全国巡幸を実行した天皇ははるかに冷徹なリアリストであった。少なくとも全国巡幸中の、見栄えのしない背広姿の天皇の表情には「天皇制を守った」執念と自信が感じられたのである。

関済美の家に一通の公報が配達されたのは、天皇の全国巡幸がはじまって間もない日のことだった。叔父の関貞が昭和二〇年五月にニューギニア島の奥地で戦病死したとの報せだった。父の弟の貞は、神戸商大在学中に保高徳蔵が主宰する『文芸首都』の同人になり、新進作家の若杉慧などと親交があった。詩、小説、エッセイなどを書いていたが、神戸商大を出て保険会社に就職した直後に召集され、一兵卒のまま二九年の生涯を閉じたのである。

済美は叔父が大好きだった。四、五歳の頃仙台に遊びに来た大学生の叔父と毎晩一緒に風呂に入った。叔父は浴槽の中で両手を器用に使って目や鼻や口を変形させゴリラを演じて見せた。済美が大喜びで繰返し注文すると、いやがらずに応じてくれた。その叔父と最後に会ったのは水戸の三七部隊の面会所だった。父に連れられて会いにいくと、軍服姿の叔父が顔を腫れあがらせて現われた。髭剃のあとにクリームを塗っているところを古参兵に見咎められてビンタをくらったのだという。

済美が「軍隊ではクリームを塗っちゃいけないの」と口をとがらせて訊くと「二等兵がクリームをつけるなんて、おかしいんだよね」と叔父は寂しそうに笑った。

その夜、父と祖母がそのことを話しているのを聴いた。大学を出ているのだから幹部候補生になればひどい目に会わずに済むだろうという祖母に、「幹部候補生になって将校になると兵役が長くなるから一兵卒で我慢するそうです」と父は答えていた。

そうした思い出のある旧三七部隊に水戸中学が移転した時、済美は叔父がこの場所で苦しみ、ここから死地へ向ったのだという思いに捉われた。一兵卒で早く除隊しようと思った叔父の苦肉の策は無駄に終った。敗戦後、外地からの復員が続くなかで末っ子の帰還を待ちわびていた祖母は、朝晩、仏壇に飾った叔父の写真の前に坐ったまま長い時間動こうとしなかった。済美はその姿を見て、叔父が死に際になにか言葉を残したとすれば「お母さん」だったと思った。「天皇陛下バンザイ」ではなかったと思った。

ある日、祖母は済美を蔵に連れていって、片隅に置かれた二つの大きなリンゴ箱を開けるように命じた。出征する時、叔父は帰還するまで絶対に開けないで欲しいと言い残したのだという。頑丈に釘づけされた箱を開けると中には本がぎっしりつまっていた。「こいつはスゲエや!」と済美は思わず叫んだ。日本文学、外国文学、歴史、哲学、社会科学などの本の他に沢山の画集が出てきた。まさに宝の山だった。書籍の底に叔父が同人だった『文芸首都』などの文芸雑誌、生原稿の束があった。目を引いたのは自費出版の詩集である。関貞の名が印刷された生涯に一度の詩集は『華やげる落葉』とある。その薄い冊子を開くと見開きに学生服にスプリングコートを羽織った二四歳の叔父の笑顔の写真があった。冒頭の詩のタイトルは『私の死』である。

はるか遠い山脈の上の／ぼうとかすんだ蒸気の中に／私の死が棲んでいる／ああ　はげしいはげしい上気してゐるみたいな距離よ／ほかの死たちがみんな蒸気の中に溶けてゐるのに／私の死一人が溶けこめないでゐる／私の肉体がこっちに離れてゐるばかりに／彼は目をしょぼしょぼさせてゐる／彼はもう疲れてゐるのだ

ニューギニアの密林の中での死を予告しているような詩だと済美は思った。生きたいと願いつつ、死に怯え、死との闘いに自らを励ましながら力尽きて死んでしまった叔父の孤独な魂の声が伝わってきて、目頭が熱くなった。それが大東亜戦争だったのか、その戦争に無邪気に同調した自分はなんとも愚かな少年だった。

叔父の死とその遺品との出会いから済美の戦後が始まった。目前の世界は依然として不透明だが、勇気をもって進む他ない。そのために自由に読み、自由に考え、自由に語る人間になりたいと思うのである。

関済美にとって未知への冒険といえる将来を、敗戦後の早い時期に具体的にイメージしていた少年たちがいた。

武川康男は敗戦後間もない頃、友人から高田徳佐の『化学粋』という本を借りた。空襲で焼け出された時は着のみ着のままで逃げたので、たまたまポケットに入っていた万年筆一本の他は大切にしていた本や雑誌も全部灰になった。その口惜しさは忘れられない。だから「空襲でなにもかも焼けて、かえってサバサバした」などと強がりを言う人に会うと「冗談じゃない」と思ったし、実に憎らしかった。そういう心の傷を『化学粋』が癒してくれた。三度も四度も繰返し読んで、これはもう化学者になるほかはないと思った。幼少の頃から弱かった体も、戦争が終ってからなぜかメキメキ丈夫になった。ろくな食事もたべていないのに、いくら勉強しても疲れなくなった。化学者に必要だと考えた英語はクラス一番の成績で、英文の化学論文も読解できるようになった。その一方、社会科学系の学課には興味がわかない。自分は相当偏った人間かもしれないと思うことがあるが、人間に得意と不得意があるのは当り前で、持って生まれた能力の違いだから仕方がないと考えるのだった。

宮本克は焼跡にできたバラック建の本屋でブルクハルトの『ギリシャ文化史』を何気なく立読みしているうちに欲しくなり、小遣いをはたいて買った。ギリシャ史に特別の関心や知識があったわけではない。その頃の興味は父が購読している『世界』や『展望』『中央公論』などから、戦後民主主義の新知識を吸収することだった。軍国少年の夢は破れたが、いまは新しい時代への好奇心と期待感でいっぱいなのだ。進歩派の学者の論文や戦後派作家の小説に共感するところが多い。そんな時、ブルクハルトを読んで心に閃くものを感じた。これが歴史というものなら、歴史という学問は面白いと思った。自分には歴史家が向いているように思われたのである。

鈴木昌友にとって軍人になりそこなったのはそれほど残念なことではなかった。口には出さなかったが、戦争が終って大好きな植物との付合いが遠慮なしにできるのを幸せだと思っていた。水戸中学が旧三七部隊に移ってから水郡線を水戸のひとつ手前の駅で降り、学校まで歩く道すがら、道端や道沿いの林の中、畠の畦道などでさまざまな植物を採集した。学校へ着くと生物同好会の部室へ直行して、いま採集して来たものについて『牧野日本植物図鑑』で調べながら仲間と植物談義をする。その至福の時間に、ふと子供の自分を野山に連れていってくれた先生のことを思い出すことがある。出征後の先生の消息はいまだに知れない。戦死の公報はないので、南の島かシベリアで捕虜になって生きていてくれれば、いつかまた会えるにちがいない。そうであれば嬉しい。本土決戦になっていたら自分も確実に死んだと思うが、いまはこうして植物に熱中する生活がある。この生活が一生続けばどんなに幸せだろうと思うのである。

吉村卓也は敗戦で偉い海軍軍人になる希望は失われたが、それは国家が間違っていたためで自分が深刻に悩むような事態とは思わなかった。彼の情熱の方向は、武川康男の化学、宮本克の歴史、鈴木昌友の植物といったような具体的目標ではなく、現在を生きること、それ自体への興味と行動だった。

空襲で家が焼け、市の西郊にある母の実家の離れに住むことになり、近所の水戸高校生（旧制）と親しくなった。文学、哲学から政治経済まで読書範囲が広く、音楽にも一家言のある秀才である。卓也は人生の教師に会ったような気持で毎晩のように訪れていった。相手も利発な少年が気に入ったらしく、面倒がらずに付合ってくれた。「読書にも技術がある」と水高生は言い、三木清や戸坂潤などの文章を例にして論理の組み立て方、主題の展開方法など、文章を読み取るコツを講義された。卓也には難解だったが学校の授業よりはるかに面白く聴いた。楽しかったのは外国の小説の話である。『赤と黒』『アンナ・カレーニナ』『女の一生』などを読み、人生について、女性について、そして恋愛について夜遅くまで語り合った。音楽は卓也の家の蓄音機で聴いた。竹を削ってレコード針を作り、バッハ、モーツァルト、ベートーベンなどを水高生の解説付きで聴き惚れた。欲しいレコードを買うために、卓也は夏休みにセメント工場でアルバイトをした。彼に素質があったのは確かだが、数年間続いた水高生との付合いで、ある種のディレッタント教育を受けたのである。

ディレッタンティズムの一環かどうか、三年生になって早々、卓也はキリスト教会に通うようになった。欧米の文化と社会の基盤であるキリスト教を研究するつもりだった。日曜集会には松尾茂など四、五人の水中生が来ていた。集会が終ると彼らは近くの公園の芝生の上で車座になり、「神は存在するか」とか「教会で人間は救われるか」などという議論を楽しんだ。しかし、議論を楽しむことと、信仰生活を持続させることには乖離があった。中学生たちの「キリスト教研究」熱は次第に冷め、一年ほどでほとんど全員の足が教会から遠のいていった。

昭和二一(一九四六)年一一月三日に公布された新憲法については、水戸中学の生徒のなかでもさまざまな意見が交され、時に白熱した。戦争放棄の条文はその理想主義に多くが共感した。「この条文だけで新憲法は値打ちがある」と宮本克は感激した。「家族制度の廃止と男女同権におれは賛成するよ」という松尾茂の言葉には実感が籠っていた。しかし象徴天皇制では意見が分れた。「せっかく主権在民の民主主義になったのに象徴天皇なんていう曖昧な存在を残すのはおかしい。天皇制は廃止すべきだ」という意見がある一方「民主主義でもイギリスのように王制のある国はヨーロッパには多い。統治権のない天皇ならいいだろう」という穏健派も多かった。「日本人には天皇制のほかに自慢できるものがないだろう」と関済美が皮肉っぽく言うと、「軍隊をなくすかわりに天皇を残したんだろう」と吉村卓也は政治の論理を解説した。

その話題の主「人間天皇」が水戸中学に姿を現わしたのは、新憲法公布後間もない一一月一九日のことである。すでに一年近くになる天皇の全国巡行は、過剰な警備や事前の準備要請など役人たちの事大主義への批判が相次いだ。それでも多くの国民は「象徴天皇」に好意的だった。天皇の戦争責任を追及する声もあがり、多少のトラブルもあったが、「巡幸」の効果は絶大で日を追って天皇人気は上昇した。「天皇陛下は悪くない。悪いのは天皇を利用した軍人や政治家だ」という単純素朴な感情論が国民の中に浸透していったのである。天皇制は絶対君主制から象徴天皇制へと見事な軟着陸を果した。円滑な日本統治のために天皇を免責し、天皇制を温存させたアメリカの占領政策は成功した。その延長線上で、戦後日本を完全にアメリカの影響下に置くアジア政策に天皇制が極めて有効に機能したことは、二〇世紀後半の歴史が証明している。

ところで、水戸中学を含めた戦災学校集団への天皇の訪問について『水戸一高百年史』に記述がある。

旧三七部隊へは一九日午前九時、ＭＰに護衛され君が代演奏のうちに到着、旧四二部隊から来た水戸高等女学校生徒なども含めて、約八千名の児童生徒の出迎えを受けた。西野校長が戦災学校の状況を説明し、そのあと天皇は五年一組の教室に入り、マラリア病の伝染についての授業を参観した。授業参観は徒歩をふくめて一五分の予定だったが、「生物学に御造詣深い陛下にはたえず口元に微笑をたたえられつつ……」（茨城新聞）約三〇分費された。その後天皇は旧営庭に出て生徒児童の列の中に入り、四、五人置きぐらいに戦災情況や家族の安否を尋ね、「しっかり勉強してください」と激励された。このような天皇の姿に感激を覚えたのは教師と高学年の生徒に比較的多かった。戦時中に天皇が万世一系の現人神であることを徹底して教えこまれた生徒のひとりは「全く天上の人であった天皇が我々のなかにとけこんで来たので、わりに身近かに感じた記憶があります」と回想する。教師の感激はひとしおで「行幸」にあたっての事前指導を行い、当日は「身近に拝した天皇陛下のありがたさに声を呑んだ」（茨城新聞）と報じられた。このような教師の姿勢に「戦争中に軍国主義を唱え、戦後は民主主義に変節し、いままた天皇に最敬礼などと号令をかける教師に不信感をつのらせました」と述懐する生徒もいた。

昭和二一年という時期には右のような反応が一般的だったのである。

翌年の九月、水戸中学の焼跡に新校舎が建った。焼失した校舎にくらべれば安普請だったが、旧三七部隊での雑居生活から脱出できたことで、教師も生徒も満足した。その新校舎に移って間もなく、左翼系の水高生が組織した茨城学生連盟から中学生組織を作る話が生徒自治会に持ちこまれ、松尾茂や吉村卓也に誘いがかかった。この時期、世界は東西対立の兆候が露わになり、いまだに占領下にある日本はアメリカの意向次第という状況だった。そうした時流に反抗するのも面白ろかろうという気持から、茂と卓也は同じ気持のある関済美や鄭康憲を仲間にして、他の数人の級友と共に茨城学生連盟中学生グループを名乗った。

関済美は戦後民主主義を実践の場で体験したいと思っていた。敗戦時、東京鉄道郵便局長だった父は、東京中央郵便局長への昇進を辞退して水戸郵便局長に転じた。戦後の農地改革で不在地主に認定されるのを怖れたためである。昇進と引換えに農地を確保した父の計算のおかげで、関一家の水戸での生活は安定した。叔父の遺品の本が書棚に並んでいる済美の部屋は親しい仲間の集るサロンの趣きがあった。

その部屋に鄭康憲も出入りしていた。彼は父を亡くしたばかりだった。敗戦直後、父は解放された祖国に役立ちたいと考え帰国の準備をした。ところが、同じ志で帰国を急いだ同胞のなかに、戦争中に米軍が朝鮮海峡に敷設した機雷に触れ、苦労して調達した漁船もろとも命を落す者が頻発した。家族の安全を考えた父は帰国を延期した。そして待つことに焦れてしまったように四三歳で急死したのである。康憲にとって父はその死と共に絶対的存在になった。父の民族と家族への愛を受継ぐこと、異国での冒険的人生の後継者になることを誓った。朝鮮人として日本の民主化に一役買うのは父への誓いの実践である。

茨城学生連盟の中学生グループには水戸中学生の他、市内や周辺の中学、女学校からも参加があり、二〇人ほどのメンバーになった。彼らは毎週水曜日の放課後、焼け残った県教育会館の小会議室に集まり、手はじめに読書会やレコード鑑賞会をはじめた。康憲が期待していたような政治的実践活動には縁遠く、急拵えの赤旗を担いで生活危機突破市民大会のデモ行進に参加したのが、スタートして二、三ヶ月間の唯一の政治活動だった。それでも彼らはこの時期の中学生のなかでは民主主義に積極的にかかわろうとした「進歩派グループ」と目されていた。

昭和二三（一九四八）年四月、われわれの主人公たちは水戸中学四年を終了して旧制高校へ進む者と、学制改革で誕生した新制水戸第一高校の二年に編入される者の二派に分れた。四年終了で受験資格のある旧制水戸高校に合格したのは文科に高比良和雄と塙治夫、理科に武川康男の三人である。

東京の府立九中からの転校生で敗戦後も水戸中学に残った高比良和雄は、思想穏健学業優等の典型のような少年だった。しかしガリ勉タイプではなく、フランス映画とクラシック音楽の熱烈なファンで、まだ見ぬヨーロッパの風土と文化に憧れていた。彼の目標は水高から東大法学部に進み、外交官になってヨーロッパに駐在することだった。

同じ文科に合格したのだが、塙治夫には輝かしい将来を思い描くような気持の余裕がなかった。「家庭の事情」で鬱屈した日々を送っていたのである。敗戦の翌年に母を脳溢血で亡くし、その翌年父が再婚して新しい母を迎えた。その継母との折合いが悪い。「私は若く狭量で人の苦しみに気付かず、自分の苦しみだけを大袈裟に考えていた」と治夫は後に述懐する。その当時の彼の願いは一日も早く家を出て、どこか遠い所へ行って暮すことだった。しかし、生活のことを考えると自信がなく、結果自分の内に籠り、苦痛をまぎらわす対象を学業に求めた。この憂鬱で内気な少年は、正直なところ他になにをする気にもなれなかったので優等生になったのである。水戸高校に合格した時、治夫がまっさきに思ったのは家を出て寮生活をする幸せである。

理科に入った武川康男は化学者への道を一歩進んだ満足感を味わった。両親の無邪気な喜びようを見るのも万更ではない。東大工学部から工学博士、東大教授に至る道筋もさして難儀なものとは思えなかったし自信もある。相変らず社会的関心はなきに等しかったが、なぜか民主主義の社会は自分の肌に合っているように思えた。

他の一一人は水戸一高の二年生になった。

武藤亮彦は旧制高校の受験にしか関心のない級友たちを皮肉な目で眺めていた。目標に向って脇目もふらず駆け出すのは幼年学校で懲りていたのである。受験勉強に励むより、好きな本を読んで暮らす方が性分に合っていると思った。受験戦争が終り一〇数人が水戸高校に合格した。不合格だった者の心情は亮彦には無縁である。

水戸一高生になって間もない日、脱線話の好きな橋本という英語教師が「きみたちはこの世界で唯一変らないことを知っているか」と言って一息つき、黒板に大きな字で「万物流転」と書いた。ヘラクレイトスというギリシヤの哲学者の思想の核心に「パンタ・レイ＝万物は流転する」という言葉があるという。自分の気持にぴったりのいい言葉を教えてもらったと亮彦は深く頷いた。

田辺良夫の戦後は疎開荷物から麻雀牌を取り出して、晴れて手元に置く幸せからはじまった。家事労働も自転車通学も変らなかったが、もう戦争で死ぬことがなくなったという拍子抜けした気持は、麻雀牌の音を気にせずにガラガラと掻き混ぜるなかで次第に消えていった。

水戸一高生になった春、実戦から遠ざかっていた良夫にチャンスが来た。近所の病院が規模を拡張して東京から招いた若い医師たちが揃って麻雀好きで、メンバーが足りなくなると良夫に誘いがかかるようになった。貧乏暮しの良夫は賭麻雀の資金に不安を感じたが、牌をつもる誘惑には勝てない。度胸を決めて出かけていくと不思議なほど負けなかった。若い医師たちも良夫の鋭い打ち廻しに感心して、ほどなく正式のメンバーに加えてくれた。実戦を重ねるうちに良夫は麻雀の魅力の虜になっていた。戦中も戦後も麻雀は同じで、軍国主義が民主主義になっても麻雀は変らないと思った。麻雀を通じて表現される人間性もまた変らないと思うのである。

鈴木千里の父は敗戦当時、鹿島灘に面した利根川の河口の村の駐在所に単身赴任していた。その辺りの砂丘地帯は米軍の本土上陸の最有力地と噂されていたので、家族は水戸市近郊の農家の納屋を借りて暮していた。戦争が終ると母と弟や妹は父の任地へ移ったが、千里はその後の四年間、母の実家、父の実家、父方の祖母の家といった具合に縁者を頼って転々と移り住みながら水戸中学に通った。その間、千里は肩身の狭い生活に耐え、自分の人生をいかに切り拓いていくべきかに悩んだ。同窓生たちの誰よりも生活手段として軍人を志望していたので、敗戦後の新しい現実への頭の切りかえは容易でなかった。就職か進学かを考えてみても楽観できる材料はなかった。八人兄弟の長兄はすでに電報局に勤めているが、千里の下には五人の弟と妹がいる。

水戸一高の二年生を相撲部の選手で過し、三年生になった時、高校を卒業したら自活の道を選ぼうとようやく心を決めた。気持が決まると楽観的になれた。これからの時代は民主主義の世の中で実力さえあれば成功のチャンスがあるはずである。成功して大学出を使うような人間になろうと自らを励ました。千里にとって戦後は理念の世界ではなかった。

川原博行は空襲体験が自分を変えたと信じていた。生きているのは僥倖だから、自分の生きたいように生きているつもりである。しかし子供の頃からの友人たちの眼にはそれほどの変化が生じたとは考えられず、いぜんとして気楽な付合いができる気分のいい男で通っている。

父は風呂屋を廃業して石油の卸売り屋をしている。生活はまずまずだが、博行にはこれといって興味の湧く対象がなかった。占領軍の指令で剣道が禁止され、東武館道場も閉鎖された。なにか暇つぶしになるスポーツはないかと物色していると、新しく出来たハンドボール部から誘いがきた。先に入部した友人の話では県内の高校でハンドボール部があるのは二校だけで、「一回勝てば県代表で国体に出場できる」という。そんなスポーツがあるのを初めて知ったし、もちろんルールも知らなかったが、やってみると面白くなりたちまち熱中した。上達は早く、なにより部員数が少ないので一ヶ月後にはレギュラー選手になった。夏の県予選で思惑通り一回勝って秋の福岡国体に出場した。生まれてはじめての九州旅行に感激した。交通事情が悪く、食糧難でろくな食事も摂れなかったが、知らない土地を歩き廻り、気質の違う人々と接すると、水戸の街をウロチョロしていた自分の視野が急速に拡がっていくのを感じた。翌年も一回勝って、今度は甲府国体へ出た。福岡でも甲府でも、水戸一高の実力では全国レベルに遠く及ばないので成績は散々だったが、国体のおかげで只で旅行ができて見聞を広めたのだから充分に満足した。高校二年間の部活動で「おまえは勝手な奴だ」とよく言われた。博行にはその言葉が自分の生き方に与えられた讃辞のように快く響いた。

中学三、四年生の頃、宮本克は短歌に凝っていた。戦没学生の手記を集めた『はるかなる山河』に感動して「重々しき響きを持ちしこの文を生の息吹と思いみる吾は」などと詠んで短歌誌に投稿したこともあった。しかし歌づくりは水戸一高生になってやめた。合格できると思っていた旧制水戸高校の受験に失敗してショックを受け、二年後の新制大学の受験には失敗が許されないと思った。ブルクハルトに始まった歴史への関心をしかるべき大学で継続させる気持が固まっていたので、二年間は受験勉強に集中することにした。宮本克流に言えば「文学は一生の友だが歴史は一生の仕事」なのである。

吉村卓也と関済美も水戸高校に入れなかった。卓也は「先は長いんだ。しばらくゆっくりしよう」と平然とした顔で、ピアノのレッスンをはじめたりして余裕を誇示した。しかし済美はショックからなかなか立ち直れない。心理的屈折が反抗的行動に転じて、学校では許可されていない長髪に挑戦した。そして事件が起った。

ある日の朝礼の時間に生活指導の教師から「そこの長髪、職員室へ来い」と言われた。出頭すると「すぐ頭を刈れ。水中七〇年の伝統をなんと心得る」と高飛車にこられた。済美は待っていましたとばかりに反論した。「時代は変りました。私たちは民主主義の世の中に生きています。水戸中学も水戸一高に変りました。これからは古い伝統に拘泥することなく新しい伝統を作りあげていくべきではないではないでしょうか。」まさか張り飛ばされることはないと思っていたが、長時間のお説教は覚悟していた。しかし済美の反論を聴いた教師はなにかを考える表情でしばらく黙っていた。やがてふっきれたような口調で「よし判った。帰れ」とだけ言って済美に背を向けた。「勝った」と済美は思った。このニュースは生徒間に迅速に伝わり長髪族が激増した。

済美の事件があった頃、学生運動は高揚期を迎えていた。昭和二三年九月に全学連が結成され茨城学生連盟も傘下に入った。中学生グループは高校生グループになり、メンバーも五〇人を超えた。彼らは相変らず週一回教育会館に集まり、十五年戦争を歴史的に見直す読書会や音楽鑑賞会に精を出していた。大洗海岸にピクニックに出かけて、淡い男女交際を楽しんだ。そういう彼らに大仕事が来た。

昭和二三年の後半から、水戸でも東京の演劇を見られるようになった。市内で唯一舞台上演が可能な教育会館ホールで、人形劇団プークや劇団民藝の公演が実現した。公演に際しての裏方の不足に悩んでいた教育会館から高校生グループに、一一月の前進座の『ヴェニスの商人』への協力要請があったのは夏休み明けのことである。未経験な仕事に挑戦しようと衆議一決した。

ポスター貼りなどの情宣活動にはじまり、前売券の販売に市内の学校や労働組合廻りをした。前進座の裏方が到着すると舞台装置の運搬から組立てまで汗を流して手伝った。公演当日は会場整理に走り廻り、終演後の清掃も引受け、劇団と教育会館から感謝された。公演の成功は参加した喜びを倍増させ、高校生グループ全員が充実感に浸ったのである。

その『ヴェニスの商人』を、立川雄三は客席で息を凝らして観た。財布も胃袋も空っぽだったがどうしてもこの芝居が観たかったので、月謝を一ヶ月滞納して前売券を買った。河原崎長十郎のシヤイロック、河原崎しずえのポーシャという夫婦共演の舞台は一幕一幕が素晴らしく、幕が降りると雄三は立ち上って最後の一人になるまで熱烈に拍手した。「役者になりたい！」と叫び出したい気分だった。

雄三の戦後は軍国少年の失意どころではなかった。大政翼賛会勤務の前歴で父は公職追放になり、戦時中に買い込んだ国債は紙屑になった。農家の出身といっても経験のない父は、農地改革で手に入れた僅かな田畑を耕作しても失敗つづきで、冗談でなく赤貧洗うがごとき状態である。学校だけは続けさせてもらったが、定期券を買う金がないので往復一六キロを徒歩で通学した。大学進学など論外である。それでもめげなかったのは常識的な人生への反撥があったからである。学校を出て偉くなろうといった気持はさらさらなく、受験勉強など縁がないのをこれ幸いと考え、文学少年仲間と戦後文学を語り、高校生になると演劇熱にとりつかれた。

『ヴェニスの商人』を観て翌日から行動を起した。いつもの文学少年仲間を中心に下級生にも声をかけ、一四、五人のメンバーで「学生小劇場」を旗揚げした。部室をもらって稽古場にしようという目論見はクラブ活動の認可がおりずに頓挫した。しかし、若者がやりたいことを自分たちの力でやることになんの遠慮があろう。それが民主主義ではないか。雄三は自信のなさそうな劇団員にハッパをかけるのである。

この間、戦後民主主義のバラ色の季節は急速に終熄に向っていた。一九四八年六月のベルリンの東西分断に続いて、朝鮮半島では李承晩の大韓民国と金日成の朝鮮民主主義人民共和国が、それぞれアメリカとソ連を後楯に独立国家を誕生させた。中国では毛沢東の人民解放軍の勝利が目前に迫っている。その状況に対応してアメリカは日本をアジア地域の反共の防波堤にする意向を固めた。占領政策は新憲法に唱われた理想主義的民主主義の推進から一転して、アメリカの兵站基地化を視野に入れた反共主義の推進へと軌道修正された。共産党主導の東宝争議などもってのほかで、「来なかったのは軍艦だけ」といわれるような組合運動への露骨な介入が日常化する。このあいだまで奨励されていた公務員の団体交渉権やストライキ権も「改正国家公務員法」によって禁止された。

そうした社会状況の変化のなかで、松尾茂は水戸一高生徒自治会の中心メンバーになっていた。自治会は全学連の授業料値上反対闘争に呼応して、茂たち代表者が県庁に押しかけ授業料値上反対の決議文を知事に手渡した。つづいて年末には市内の公立高校の自治会と協議し、生徒自治会の連合組織が結成されることになった。結成大会は教育会館で盛大に行われた。来賓として出席した県教育長は高校生たちの民主主義への熱意を賞讃した。

ところが翌昭和二四年三月、強力な横槍が入った。占領軍の軍政部教育課長から高校連合自治会の解散勧告が出たのである。高校生が自校での自治活動を逸脱して他校と連携する組織を作るのは、危険な政治活動に当るとの指摘である。占領時代の勧告とは命令の同義語である。結成大会で祝辞を述べた教育長は蒼くなり、教育委員会はすぐさま「公立学校における政治活動に関する通達」を出した。生徒自治会を各学校単位の学校長の指導と監督下に置く生徒会に改組するという内容である。高校連合自治会は三ヶ月余であえなく解散された。かわって昭和二四年の新学年から水戸一高では学校管理の「知道生徒会」なる新組織が発足する。松尾茂は知道生徒会のクラス委員に残留したが、中心メンバーから外れた。またひとつ自分が信じた世界に裏切られた思いが残った。

水戸一高での最後の夏休みに封切られた映画『青い山脈』は学生連盟の高校生グループでも評判になった。彼らは映画と自分たちの現実と重ねあわせて観た。男女交際では一歩譲るが知識欲では遜色ないと自負した。古い秩序や権力にどれだけ抵抗できるか余り自信はないが、『青い山脈』の若者たちと同世代の人間として、その青春謳歌の気分と戦後民主主義の側に立つ姿勢を共有していると思った。

そういう彼らの力量が試される機会が訪れた。CIE顧問のイールズ博士が日本各地の大学で共産主義者の教授教員の追放を訴えたのがはじまりで、水戸では主体性論争で中央論壇に進出した水戸高校・梅本克巳教授のレッドパージが噂された。これに対する水高生や新制茨城大学生らの梅本支援の運動を見て、高校生グループでもレッドパージについて話し合った。梅本克巳は秀れた哲学者であり、その人が共産党員だからといって追放するのは学問の自由に反するというところまでは意見が一致した。しかし、それなら具体的にどんな行動をとるかという段階になると意見がまとまらない。鄭康憲などは街頭でのビラ撒きや署名運動にも積極的に参加する気構えだが、女生徒の大半は尻込みした。そんなことをしたら自分たちの行動に目を光らせている学校や父兄の反対でグループにいられなくなるという。男子生徒の中にも学校とのトラブルを不安視する者が少くない。

その時、支援の方法を決める前に一度梅本の話を聴いてみよう、自分たちが主催して梅本の哲学講演会をやろうという案が出た。及び腰の連中も哲学講演会ならよかろうと同調した。前進座の公演に協力した時とちがって、企画から開催まですべて自分たちの手で進めなければならない冒険的事業である。不安があっても踏み切ったのは、高校生たちの中に戦後民主主義への危機感があったからである。

講演のテーマは全員の討議で『唯物論と唯心論』に決った。われわれの主人公たちのなかで高校生グループに参加していた吉村卓也、関済美、鄭康憲、松尾茂も進んで講演会の実現のために働いた。梅本への講演依頼、会場になる教育会館の借用交渉、県や学校への申請と説得、警察への集会届、講演の謝礼や会場費などの諸経費に当てるための一枚五〇円の前売券の販売などに奔走した。

こうして開催された講演会は盛会で赤字もなく終った。しかしその成果を梅本支援に結集させるには至らなかった。梅本の革命と人間との関係を柔軟に捉える考え方に共感する者は多く、その思想がレッドパージによって排除されるのは不当だという共通認識は得られたものの、それを支援活動に直結させるには高校生グループの行動力には限界があった。彼らがなんとなく感じていた不安はやがて的中してしまった。

昭和二五(一九五〇)年のはじめから東西冷戦の激化に呼応したマッカーシー上院議員による非米活動委員会の赤狩り旋風が全米を吹き荒れ、思想の自由を信じる人々を恐怖に脅えさせた。その余波が日本に上陸し、レッドパージが本格化すると、高校卒業を間近にしたグループの自然消滅は時間の問題だった。

立川雄三は「こけの一念」で卒業までに学生小劇場の旗揚公演を実現させるつもりである。彼が選んだ演目は学生演劇では定番の有島武郎『ども又の死』と菊池寛『屋上の狂人』である。これを二本立てでやろうと三年の二学期になって仲間に計ると「面白そうだ、ぜひやろう」と衆議一決した。みんな向う見ずだった。たとえば水戸一高には女生徒がいないので女優の当てがない。女子高の演劇部に賛助出演を頼む案も出たが、学校未公認のクラブに協力してくれる学校はなさそうだし、下手に動くとせっかくの壮挙を潰される心配もある。「この芝居、幕を上げるも下すもおれたちだけでやろう」と雄三は宣言した。女役は劇団員のなかから声変り前の者、体付きの華奢な者を選んだ。稽古は空いた教室を無断使用したり、土手の上に建っている、先輩の民間飛行家武石浩玻の銅像の礎石を舞台がわりにした。公演日が卒業間際の二月下旬に決まると、雄三が『ヴェニスの商人』の前売券を買った時に習い、全員が一ヶ月分の月謝を滞納して、大負けに負けてもらった教育会館ホールの使用料を捻出した。装置は舞台裏に転がっている材木で組み立てた。衣装は男役、女役とも家族の衣服で間に合わせた。背景に使う暗幕が県庁にあると聞き、校長の不在中に校長室にしのびこみ借用書に校長印を押して県庁に提出すると簡単に手に入った。

こうして遮二無二実現させた学生小劇場初公演は意外にも満員の盛況だった。お世辞にも役者は巧いとはいえず、苦心の女役には場内のあちこちから笑いがきこえたが、観客は地元の高校生に好意的だったし、芝居を観る機会に積極的だったのである。雄三は気を良くして水戸に近い少年刑務所へ慰問公演に出かけた。そこでも大歓迎だったが、舞台に娘役が登場した途端、講堂中がシーンと静まり返り少年受刑者たちの眼の色が変った。教育会館の舞台では予想できなかった事態である。一緒に舞台にいた雄三もその気配に慌てた。娘役の下級生の怯えた顔を見て、無事に幕が下りてくれることだけを願った。数日後、少年刑務所長から水戸一高校長宛てに丁重な礼状が届いた。

立川雄三は蛮勇をふるって夢を実現させたが、鈴木昌友はひとり静かに夢を実現させた。昌友の夢は『牧野日本植物図鑑』を手に入れることである。二月下旬の土曜日曜を利用して順天堂医大に在学中の兄の下宿に泊り込み、二日がかりで神田の古本屋街を歩き廻った。学生服の内ポケットに母が都合してくれた本代が入っている。昨秋父が胃癌で倒れ、開業医は本人が倒れれば即座に収入が絶えるので、家計を預る母の苦労は知っている。それでも卒業までになんとか牧野の図鑑を自分のものにしたかったのである。牧野富太郎は日本旧来の本草学を独立で植物分類学という学問に体系化したパイオニアである。昭和一五年に刊行された植物図鑑は中高校時代に生物同好会の担当教師が持っているものを利用させてもらった。昌友にとってはバイブルに等しい。古本屋街を歩き廻り、日曜の午後になって予算内でほとんど傷みのない本を手に入れた。本を抱いて兄の下宿に戻り、夜遅くまで頁を繰って過した。

月曜の一番列車で水戸へ戻った。この本がこれからの自分の人生の伴侶になると思った。図鑑は事実の記載であって観念的な思想もイデオロギーも入っていない。事実で始まり事実で終る世界が、昌友にとっては好ましく居心地のよい世界である。学校に着き、生物同好会の仲間に本を見せて大いにうらやましがらせた。意中の本を手に入れた喜びが実感できた。夕方、水郡線に乗った。

自宅のある山方宿までは一時間余の乗車時間である。通学の往き帰り昌友は乗る時間も車輌も坐る場所も決めている。本人はなんとはなしに決めたつもりだが、他人が知ればはっきりした理由があると思うかもしれない。同じ水郡線の山方宿の一つ先の駅から、水戸高女に通学している生徒がいる。スラリとした色白で物静かな人である。名前も知らず言葉も交したこともないが、それこそ、なんとはなしにお互い相手を意識していた。彼女が乗車する時間も車輌も坐る場所も昌友同様にいつも変らない。そこに彼女を見つけると昌友は安心し、落着いて本が読めた。姿がないと不安な気持になる。

その日女子高生の姿は見当らなかった。しかし牧野植物図鑑を膝の上に置いているせいか、夕映えの長く射す窓際に坐って、幸せな気分で景色を眺めていた。男体山が橙色に染まり、突き立った岩壁がくっきりと浮き出して見えた。植物採集に何度も登った山である。これからもずっと登り続けるだろうと思い、「よろしく」と挨拶する気持だった。やがて列車が山方宿に到着した。席を立ってデッキへ出た。と、「あのう……これ」という声と共に小型の角封筒を持った白い手が胸元に来た。愕いて声の主を見るとあの女子高生がそこにいた。一瞬ためらったが黙って角封筒を受け取り列車を降りた。それからは上の空でプラットホームを足早に抜け、列車の発車ベルを聞きながら改札口を出て、駅前広場の街灯の下でようやく足を止めた。角封筒を開けると二つ折りの便箋が出て来た。「私、父の都合で北海道へ行かなければならなくなりました。さようなら」と綺麗なペン字で書かれていた。たったそれだけの手紙を繰返し読み返すうちに胸に熱いものがこみあげて来た。ポロポロと涙が溢れてきて止めようがなかった。

後日談はない。それだけの出来事である。それが一八歳の高校生の「恋のかたち」だったといえば、いまの一八歳は失笑するかもしれない。そしてこの出来事を戦後民主主義の時代の若者たちの挽歌のように感じるのは、一九五〇年という時間を共に生きた者の感傷かもしれない。

その昭和二五（一九五〇）年三月、二年前に水戸高校へ入った三人を除く一一人のわれわれの主人公たちが水戸一高を去った。卒業に当っての寄せ書きの一部が残っている。松尾茂は「さあ！前進だ、闘争だ」と詩人ランボーを、宮本克は「進む者は別れねばならない」とワーズワースを引用した。川原博行は「淡い感傷よ　グッドバイ」と気取ってみせた。立川雄三は「ゲイジュツカも出てくださいい」と自らを励まし、鈴木昌友は「草求め山路を分けし昨日かな」の句を残した。

思えば敗戦によって政治体制が変ったほどには支配被支配の意識構造は変らなかった。社会状況は変ったが、そこに生きる人々の心情的世界にそれほどの変化は認められない。比喩的に言えば、われわれの主人公たちは軍国主義の家に生まれ、実家の倒産によって民主主義という家の養子になった。養家の家訓は自由と平等で、その教育方針に従えば自由な個人として自立することを目標に、能力に応じかつ平等な立場で幸福を追求する権利がある。しかし養家での暮しが四年五年と経つと、世の中の風向きによっては民主主義の原理原則が必ずしも守られないことを知ったのである。自由の抑圧や権力による強制が起るし、人種や思想に対する偏見や差別は解消されず、富の分配の不平等が黙認されていることも知った。余程気をつけていないと民主主義も自由も平等もつねに倒産の危機にあることを学習したのである。

歴史を長い尺度で見れば軍国主義が束の間の出来事であったように、民主主義が束の間の出来事になっても不思議はない。その怖れのなかで民主主義の養子たちがどのように生きるかを決める時期が来ていた。

第三章　さまざまな出発

昭和二五（一九五〇）年六月二五日、朝鮮戦争が始まった。五年前、日本の敗戦で朝鮮半島に民族独立の機会が到来した。しかし、日本の植民地だったため、米軍とソ連軍によって南北に分割占領された結果、一九四八年、南と北は分離独立の止むなきに至った。以後、南の李承晩政権は反共を国是に「北伐」を唱え、北の金日成政権は共産主義による「南の解放」を目指して、三八度線を挟んでの小競合が日常化していた。

それが「朝鮮戦争」にエスカレートしたのは東西冷戦のアジアにおける危機管理の失敗だった。もっとも、アメリカとアメリカ主導の国連では「北の侵略行為」と認定された。そう思われても仕方がないほど、緒戦の北は強かったのである。戦争開始後三日で南の首都ソウルが占領され、在韓米軍と韓国軍では北に対抗できないことが明白だった。アメリカはイギリスなど十六ヶ国が参加する「国連軍」を組織して、七月八日、マッカーサーを総司令官に任命して本格的反攻を図った。

ここから、アメリカの対日政策の大転換が現実化していく。朝鮮戦争の勃発とその後の展開を予知していたかのように、国連軍総司令官に任命されたその日のうちに、マッカーサーは日本政府に書簡を送り、七万五千名の国家警察予備隊の創設を命じたのである。在日米軍が国連軍の主力となって出撃するので、日本人自身による日本の防衛が必要になったという理屈だった。

戦争放棄と、戦力の保持を禁じた、理想主義的平和憲法の生みの親から、軍隊に準じるものを大至急作れと言われて、日本政府は慌てた。しかし、政府とその基盤である保守勢力にとっては悪い話ではない。むしろ渡りに船で、ただちに警察予備隊員が全国いっせいに募集された。月給四千五百円は、地方公務員の平均給与が三千円強であったことを考えると破格の待遇である。そのうえ二年後に満期除隊すると六万円の退職金が支給される。この好条件に体力に自身のある復員兵、失業者、農村青年、就職口のない大学、高専、高校の卒業生などがどっと押し寄せた。八月一三日からの第一次募集に三十八万人余りが応募して定員の五倍を上廻る難関になった。

応募者のなかに、水戸一高を卒業したものの進路が決っていない鈴木千里がいた。卒業の時点では、将来人を使う仕事をするのに役立つだろうという遠大な計画から教職を希望した。しかし教員免許状がないので、受験資格のある代用教員に応募したのだが、三月の第一次募集では不合格になった。合格者の大半が大学や高専の卒業生、中退者で占められ、高卒には不利だったと千里は思った。それでも七月の再募集では合格した。

その直後の警察予備隊員募集である。職務内容は従来の警察官の任務の範囲内との説明があり、創設の経緯など知る由もなかったから、機動隊のようなものだろうと想像した。それなら父と同じ警察官を経験するのも将来に役立つかもしれない。千里の思惑はあくまでも自分本位だった。代用教員か警察予備隊か迷いながら、力試しのつもりで予備隊に応募すると合格した。二者択一の迷いは続いていたが、代用教員の勤務先が決まらないうちに、警察予備隊から八月下旬東京管区の警察学校へ出頭せよとの通知が来た。出頭すると一千名の隊員が集っていて、二週間後仙台にある米軍キャンプに移送された。駐屯していた第八軍の主力が朝鮮半島へ出撃したので、その施設が警察予備隊の訓練用に貸与されたのである。早速訓練が始まる予定だったが、なにをするのか要領を得ない。実は七万五千の頭数だけは揃えたものの、それを軍隊らしく仕立てるための組織作りや運用のプロがいなかったのである。日米が額を寄せて協議した結果、旧軍人の尉官クラス三千名余りを追放解除にして、警察予備隊の幹部として入隊させることになった。その間、全国の米軍キャンプに分散している素人集団の隊員たちは手持無沙汰な日を過した。仙台の千里も、広いキャンプ内を走り廻ったり草むしりをしたりして、時間を潰していた。

朝鮮半島では戦局に変化が生じていた。開戦後二ヶ月余りで韓国領の大半を占領した北朝鮮軍に対して、マッカーサー軍は九月一三日の仁川上陸作戦に成功し、一〇日後にはソウルを奪還した。勢いを取り戻した国連軍と韓国軍は北上し、一ヶ月後には三八度線を越え北朝鮮の首都ピョンヤンを占領してしまった。「この戦争はクリスマスまでに終る」とマッカーサーは明言した。金日成の北朝鮮の後楯はスターリンのソ連のはずだったがソ連は動かず、助っ人に立上ったのは建国間もない毛沢東の中国だった。一〇月末、「人民義勇軍」は大挙南下して国連軍を押戻し、翌一九五一年一月再びピョンヤンを奪還した。それからは人民義勇軍主体の共産軍とアメリカ軍主体の国連軍との実質的な米中戦争になり、三八度線を挟んでの一進一退の攻防戦が続いた。

その頃、旧軍人による組織作りが進み、軍隊らしい恰好になってきた仙台キャンプの千里たちの部隊は、愛知県豊川に新設された警察予備隊自前の駐屯地に移動し、九州の部隊と合流して五千名規模の連隊が編成された。鉄カブトにライフル銃、新品の制服と作業服も支給され、訓練にはバズーカ砲や軽機関銃も登場した。この段階で、千里も警察予備隊が警察機動隊の比ではなく、限りなく軍隊に近い、あるいは軍隊そのものであることを認識した。戦力の保持を禁じた新憲法との関連で批判があるのは当然だと思った。しかし千里には、警察予備隊は受け入れ難い存在ではなかった。彼は自国の治安を自力で守り、外国からの侵略と戦う仕事はだれかがやらなければならない必要な仕事だと考えていた。

一方、中国の参戦で膠着状態になった朝鮮戦争では、アメリカ大統領トルーマンが対日戦争で有効だった原爆の使用を検討中との情報が流れていた。クリスマスまでに戦争を終らせると言って面子を失ったマッカーサーは、中国本土への空爆を声高に主張した。放っておけば第三次大戦に発展しかねない朝鮮戦争の現実を怖れたヨーロッパの説得で、トルーマンは一九五一年四月にマッカーサーを解任した。そうした混乱状況のなかで、アメリカの原爆使用を警戒したソ連・中国側から休戦会談の提案があり、七月一〇日、三八度線上の板門店で休戦会談が始まった。朝鮮戦争は事実上終熄したのである。

豊川駐屯地での鈴木千里の関心は、半島情勢よりも警察予備隊内の人事にあった。旧軍人のエリートが幹部になったことに文句はない。しかし一般隊員から定期的に士官、下士官クラスを登用する昇格試験で、実力よりも学歴が重視される傾向には我慢がならなかった。どこまでいっても学歴社会なのだと怒りを感じ、やはり大学へ行かなければ駄目だという結論に達した。警察予備隊に反対はしないが使命感で入隊したわけではない。早速、受験参考書を大量に買い求めて、勤務のかたわら受験勉強をはじめた。そんな千里の心の動揺をよそに内外の情況は刻々と変化している。

昭和二六（一九五二）年九月にサンフランシスコで、対日講和条約と日米安全保障条約がセットで調印され、翌年四月二八日に発効した。独立に当って政府は、沖縄のアメリカによる信託統治を認めた。沖縄は明治一一（一八七九）年に日本の圧力で琉球国から沖縄県に変り、今度はアメリカの圧力で琉球政府に戻されたのである。さらに日米安全保障条約を補完する日米行政協定が結ばれ、アメリカは日本全土で自由に軍事基地を確保できる権利と、基地関係者の治外法権をも入手した。こうして占領時代と大差ない「独立」が達成された。

昭和二七（一九五二）年八月、警察予備隊一期生七万五千名中二万七千名が六万円の退職金を懐

にして除隊した。除隊組のなかに大学受験を目指していた鈴木千里の姿はなかった。勤務との両立が難しく受験勉強が予定通り進んでいないことに加え、千里からの送金に支えられている大家族のことも考え、もう二年間辛抱することにしたのである。彼が辛抱した「軍隊」は二ヶ月後に保安隊と改称された。

保安隊は政府の防衛力増強計画の第二段階だった。保安隊令には「わが国の平和と秩序を維持し、人命財産を保護するため、特別の必要がある場合には行動する」とある。しかし、これではまだ不充分だという認識が日米双方にあったと推測される。保安隊は国内の治安維持を目的としている点で、警察予備隊の建前の延長上にあり軍隊としては未完成だった。政府は保安隊を改組する方針を定め、「わが国の平和と独立を守り、国の安全を保つため直接侵略及び間接侵略に対し、わが国を防衛することを主たる任務とし、必要に応じて公共の秩序の維持に当るものとする」という条項を柱に、昭和二九（一九五四）年六月自衛隊が誕生した。吉田茂首相は「自衛隊は戦力なき軍隊であります」と解説して国民を煙に巻いた。

その二ヶ月後、鈴木千里は二期四年間の「軍隊生活」を了え、一二万円の退職金を受取った。彼は警察予備隊へ入隊し、保安隊員になり、自衛隊員として除隊した。その任地は仙台から豊川に移り、最後の一年は福島で過した。除隊した時の身分は、旧陸軍の階級でいえば古参の上等兵で将校どころか下士官にもなれなかった。米軍の支援で近代的装備は日々充実し、ライフル銃から重火器まで武器の操作には熟達したが、千里の言葉では「歩兵の悲しさ」で一般社会で役立つ技術はたとえば車の運転ひとつ習えずじまいだった。唯一、学歴社会で生き残るために大学へ行くという執念だけは健在で、直ちに上京した。

「学生小劇場」の旗揚げ公演を置土産に水戸一高を卒業した立川雄三は、就職口を探しNHK水戸支局の採用試験に合格した。しかし入局初日に採用を辞退した。人事部長から職務規定を延々と聞かされたうえ、勤務中はスーツとネクタイを着用し身躾みに気を付けるよう念を押されて、「こりゃ　かなわん」と思った。NHKといっても高卒事務職では一般会社の事務員と変らないことに遅まきながら気がついたのである。

そんなサラリーマン稼業に嵌り込んでしまったら、胸の底に大切に収ってある「役者になる夢」が遠のくばかりだ。わずかでも可能性を信じて身軽な立場にいようと考え直し、あれこれ当っているうちに、戦後の教員不足を補うための代用教員募集の話が耳に入った。代用教員には自由業に近い印象があり、自分の希望に合うと思った。すでに一次募集は終っていたが七月に追加募集があり、雄三は鈴木千里などと一緒に応募して合格した。せっかく入ったNHKを辞めたと聞いて気落ちしている両親にも、自活の道が拓けたことで面目が立った。

勤務地は東京に近い県南を希望し、取手市近郊の文《あや》小学校に決った。農村地帯のオンボロ校舎に児童二百人が通う見栄えのしない小学校である。九月の新学期前に挨拶に行くと、好々爺風の校長とベレー帽の似合うセミプロの画家だという教頭が待っていて、元気のよい演劇青年を歓迎してくれた。金がないので安い下宿を探したいと言うと、学校の宿直室に住めばよいと勧めてくれた。遅刻の心配のない只の下宿とは有難い話である。雄三は文小学校が大いに気に入った。

授業が始まると、今度来た先生はまだ二十歳前だが教育熱心な熱血漢だと父兄の間で評判になった。身振り手振りの派手な授業が洟垂らしの子供たちにも大受けで、教科書の読み方も芝居がかっている。秋の学芸会には雄三が脚本を書き、教頭が描いた書割を前に、雄三は子供たちと一緒に舞台に立ってアチャラカ芝居を演じて、見物の父兄から喝采を浴びた。もしかしたら自分は役者よりも教師に向いた人間かもしれないと本人が首をひねるほど、先生稼業は楽しくて退屈しなかった。

休日には東京へ出て、芝居を観たり美術館巡りをした。劇場で知り合った役者志望の若い仲間と終電車まで居酒屋でねばり、安酒を酌んで演劇論に口角泡をとばした。国論を沸騰させていた講和問題、日米安保条約についても議論した。貧しく元気な若者たちは政府の方針に反抗と批判を集中させた。

平日の夜は宿直室で村山知義の演劇論や三好十郎、木下順二などの戯曲を読んで過した。代用教員の給料では高嶺の花のスタニスラフスキーの『俳優修業』を将来のために投資して、繰返し読んだ。しかし、本を読むだけの俳優修業に満足できなくなった。

代用教員二年目の春に行動を起した。プロレタリア演劇の長老秋田雨雀が学院長をしている舞台芸術学院の夜間部に入り、左翼系の演劇理論家として知られている演出家八田元夫のクラスに在籍した。文小学校の授業が終るやいなや、取手駅まで自転車で五〇分の田舎道を飛ばす。取手から池袋までが電車で七〇分、往復四時間かけての通学だった。「下宿」に帰るのは早くても真夜中、寝床に入るのは一時、二時が普通である。それでも七時には起きて自炊の朝食を食べなければ空腹でひっくりかえる。寝呆け眼で朝礼に出て、一時間目は自習にして雄三先生教壇にひっくり返って高鼾の図も珍しくなかった。

六ヶ月後、舞台芸術学院の卒業公演があった。ダム建設で水没する村を舞台にした『湖底の故郷』という芝居で、雄三は八田から思いがけず大役をもらった。水戸の仲間、文小学校の校長、教頭、同僚の教師まで呼んだ初舞台はまあまあの出来栄えだった。将来への自信半分不安半分の状態でいるところへ、八田から連絡が来た。「演出研究所」という劇団を創立するので、演技部の試験を受けないかという誘いである。舞台芸術学院では役者志望の学生だったが、演出研究所の演技部に採用されればレッキとした役者になれる。

決断の時が来た。二年三ヶ月余の代用教員生活になんの不足もない。只の下宿に住み、雄三ファンの父兄からの差入れもあって腹一杯食べ、好き勝手な授業をして喜ばれ、先生稼業を楽しんだ。それが役者稼業に変れば生活苦がどっと押し寄せるのは目に見えている。しかしこの機会を逃したら一生後悔すると思った。

演出研究所から採用通知が来た翌日、雄三は校長と教頭に頭を下げ「長い間、本当にお世話になりました」と言って絶句し、溢れ出る涙を止められなかった。話の分る小父さんのような二人は笑顔で「おめでとう。きみはきみの道を往け。いい役者になってくれよ」と快よく送り出してくれた。スキヤキ鍋を囲む送別会までしてもらい、ドブロクを痛飲した雄三は若い男女の同僚たちと肩を組んで、文小学校校歌にはじまり「ラ・マルセイエーズ」やら「立て飢えたる者よ」やらを高吟した末にぶっ倒れてしまった。こうして昭和二七年が暮れようとする頃、二一歳の立川雄三の演劇人生がスタートした。

武藤亮彦は高校生時代に太宰治や坂口安吾を愛読した。はじめは軍国少年だった自分への自虐的気分で近づいたのだが、やがてそこに描かれた人間とその世界に魅せられた。しかし読めば読むほど彼らのような反俗と無頼を貫く資質も勇気もないことを自覚した。それでも時流に易々として従う生き方だけはしたくないと思った。

大学進学をやめたのは進学を当然とする教師や学友への反抗的気分とともに、家庭の事情を考えたこともある。朝鮮から引揚げてきた父の弁護士稼業ははかばかしくない。闇商売などの小さな経済事犯の弁護が主な仕事で、忙しいだけで収入はしれている。それでも両親は進学しろと言うが、肝心の亮彦に大学で何を学ぶか積極的な目標がなかった。それならとりあえず就職して、あとのことは世の中の動向と自分自身の気持に相談して決めればよいと考え、地元の常陽銀行の試験を受けて採用された。

水戸市の本店での見習期間、札の数え方と算盤を習った。銀行員には必要な技術だと思ったし、手先が器用なので上達も早かった。ただ二四時間銀行員であるような人間にはなるまいと自戒していた。自由な個人として考え行動するスペースを確保しておきたいと思っていたのである。

試練は早々に訪れた。入行して間もない昭和二五年の六月に朝鮮戦争が始まると、政府は「朝鮮動乱とわれらの立場」という外務省見解を発表した。朝鮮戦争は共産主義世界による自由主義世界への破壊工作であり、国連と米国が立ち上ったのだから日本がこれに協力するのは当然で、中立はありえないという内容だった。結果として日本は米軍の戦略補給基地の役割を買って出たのである。そうした日米関係の延長線上に講和条約や安全保障条約があることは明らかだったから、独立後の日本の安全保障を平和憲法に求める人々は一斉に反対の声をあげた。

水戸でも、朝鮮戦争への不介入を要求する反戦集会が開かれた。亮彦はひとりで会場へ出かけ、物理学者武谷三男の講演を聴いた。日本が朝鮮で直接戦闘に参加しなくても、戦略物資の調達や補給、兵器や兵員の輸送などに積極的にかかわることは、現代の戦争では参戦に等しい。戦争放棄の憲法に違反していることは明らかである。亮彦は武谷三男の講演からそのような感想を持った。北朝鮮の侵略行為は許されないが、それを理由に米国の極東戦略に加担するのは憲法違反である。特需景気とひきかえに軍事協力を肯定するのは節操なき金儲け主義である。銀行の経営陣ならいざ知らず、一般銀行員までがこの事実に沈黙しているのは「自分」がなさすぎる。ここは一番、保身に汲々としている連中に喝を入れてやろうという悪戯心も働いて「朝鮮戦争への日本の米軍支援は憲法違反であり反対する」というビラを作って銀行内に配った。

たちまち「武藤はアカだ」という噂が広まった。亮彦の行為は常陽銀行では前代未聞だがそれだけでは首は切れない。首を切るかわりに、人事部は秋の異動で亮彦を本店から市内の商業地域の支店に異動させた。「こんな銀行やめてやろうか」と思った。しかしいま辞めたら銀行の思う壺で自分の敗けだと考え直した。もともと一匹狼でいずれかの党派や組織に属して反戦運動をしている訳ではなかった。新憲法下の一市民として正しいと考えたことをしたつもりである。結果、銀行が自分を危険人物視したことに、ある種の爽快感もある。「この辺りで矛を収めよう」と思った。一八歳の少年銀行員は周囲の好奇の視線に平然とした顔を作り、胸を張って支店へ出勤した。

支店でも最初は危険分子と見られ警戒されたが、仕事はよく出来るし政治活動をしている様子もないので、次第に信用も回復した。一年ほど経った頃、職場の先輩のアマチュアカメラマンと親しくなり、彼が所属している写真同好会に誘われて入会した。メンバーは二〇人ほどで銀行員の他に県庁の役人や学校の教師もいる。二眼レフのリコーフレックスが登場した、カメラブームの初期の頃だった。リコーフレックスはケース付の普及版でも七千円を超える。亮彦は貯金をはたいて手に入れた。やがて超高感度のフィルム、ネオパンSSが発売された頃には、亮彦のカメラ狂いもハンパでなくなった。押入れを改造した暗室に焼付機を備え、自信作を四ツ切に伸ばして県展に応募し、入選するまでになった。

フィルムメーカーが主催する撮影会には必ず出かけた。ある日曜日、大洗海岸でヌード撮影会があり、同好会の仲間と列車に乗ると、東京から来たアルバイト学生のモデルがいた。プロのモデルなら撮影会当日は朝からパンティなしが常識だがアルバイト学生では心もとない。念のため確認しておいた方がよいと言う者がいて、一番若い亮彦がその役目を押しつけられた。そんなものかと思って訊きにいくと、「バカね、そんなこと当り前でしょ」と一蹴されて赤面した。その日の撮影会ははじめからツキがなかった。海岸で波と戯れるヌード嬢を撮る段になって主催者が慌てた。レフに貼った銀紙がキラキラ光って、ヌード撮影に気付いた近くの結核療養所の患者が見物に押しかけて来たのである。撮影会は中止になった。

それから間もない日、支店長から呼び出された。支店長は亮彦の働き振りを誉めたあと、さり気ない口調で「ヌード写真に凝っているそうだね」と切り出した。「写真はいいが、きみが銀行にずっと勤めるつもりならヌード写真はやめた方がいい。きみの能力を認めて将来を思うから言うんだよ」と、口調だけは相変らず穏やかに言う。ヌード写真はワイセツでも不健康でもないと亮彦は反論したかった。しかし自分を眺める支店長の視線に、「こりゃ言うだけ無駄だ」と思った。

反戦ビラといい、ヌード写真といい、なんという偏狭な世界だろうと思った。民主主義が聞いて呆れる。子供の頃に遊んだ家族合せの「銀行員石部金吉」そのままの世界に、いま自分は生きている。時代も社会も変ったはずなのに、この国に住む人間の意識は少しも変っていない。お国の為が会社の為になっただけで、そこに帰属している人間には戦争中そのままの忠誠と服従が要求されているのだ。反戦ビラの時と同じように「こんな銀行やめてやろうか」と思った。しかし、忠誠と服従が要求されることではどこへ行っても同じだろうと思うと、またしても躊躇してしまう。気持は一匹狼でも、一匹狼で生きていく自信がない。

気持が白けてヌード写真だけでなく、なにを撮っても面白くなくなった。次第にカメラを手にすることも少くなった。それが人事部長には好意的に受けとられたらしい。武藤亮彦という若い高卒行員は問題児ではあるが、その分気骨のある男と映ったのかもしれない。正しい方向さえ指示してやれば能力を発揮する男と評価されたフシがある。組織は個人よりはるかに老獪である。

戦後の農地改革で松尾茂の家も借りていた田畑が自分のものになり、二反三畝の自作農になった。

母は洋裁塾を辞め、服装も物腰もすっかり農家の小母さん風になって農作業に励んでいる。しかし、その覚束ない様子を見ると放っておくわけにいかず、茂はできるだけ時間を作って母を手伝った。「茂さんは孝行息子だ」と言われて喜ぶ母を見て「おれは孝行息子を演じている」と思い、「しかし農民だけはごめんだ」と考えていた。自作農になったとはいえ零細農家の代名詞である「三反百姓」にも劣る耕作面積では、供出米を取られたあとは家族が食べるだけの米しか残らない。野菜の収穫も素人の自家農園に毛のはえた程度である。農地改革は大賛成だが農民の頭の中は昔のままで、そこが変らなければ未来はないと思っていた。複雑な家庭の事情に振り回されるのもいい加減にしたい。そのためには自立する必要がある。自立には東京でサラリーマンになるのが近道だと考えた。サラリーマンになって多少でも送金すれば、現金収入の乏しい母にとっても好ましい選択になるはずである。

高校三年の二学期が終る頃、学級担任の教師から三菱銀行を受けてみないかと勧められた。東京の本店採用で募集人員は東日本全体で六五人だという。銀行とは縁のない世界で生きて来たので銀行員の仕事には無知だし、銀行の建物に入ったこともない。三時に終れば夜学に通えると、簡単に考えて「まあ、受けてみるか」と決めた。一一月下旬、上京して学科試験を受けた。会場には高校生が群がっている。水戸一高からも一〇人近く来ていた。倍率は怖ろしく高いらしい。これは無理だと思っていたのだが、どういう風の吹き廻しか、水戸一高から学科を通った三人の中に入っていた。次の身体検査もパスしたが、まだ不安がある。自分にとっては身上調査が最大の難関だと思った。生徒自治会の中心メンバーだった頃「松尾はアカだ」と公言する教師が何人もいた。加えて戸籍の複雑さも一流銀行では障害になる可能性が高いと予想していた。ところが役場を廻って来た調査員が茂の家に立寄り「あなたは孝行息子で有名ですね」と笑顔を見せ、報告書によく書いておきますよといってくれた。これには茂の方が拍子抜けした。

正式採用の通知が来て、高校の卒業式直後に上京して、本店に仮出勤した。杉並区の大宮にある独身寮への入居も決った。その段階で早稲田大学第二商学部の試験を受けて合格した。夜間部を出ても出世の助けにはならないと言う者もいたが、親しい友人のほとんどが進学するなかで、働きながらでも大学を出ておきたい気持があった。親たちには、上京して三菱銀行に勤め、早稲田の夜間部に通う。承知して欲しいとだけ告げた。伊豆の別荘番をしている祖母と弟を水戸へ引取り、母と一緒に暮してもらう件は、理容学校を出て日銀本店の理髪室で働いている姉と相談して決めた。水戸の家族が三人になれば当然家計の問題が生じる。これまでは姉が仕送りしていたが、今後は茂も応分の負担をしなければならない。三菱銀行の高卒者の初任給は二千円である。しかし当時はいろいろな名目の手当が付いて手取りは倍近くになる。そこから母へは月千円の仕送りを約束した。早稲田の初年度の納付金一万九千五百円の支払いには困ったが、月々千円返す約束で姉に立替えてもらった。一方、本店での研修が終ると日本橋支店への配属が決まった。

こうして、東京でサラリーマンになるという目標は達成された。しかし現実は厳しく多難だった。まず住と食に泣かされた。独身寮は抵当物件のしもた屋を手直しした程度の建物で、各室六畳の二人部屋である。人見知りする茂には相部屋生活は辛い。さらに寮の食事が劣悪である。水戸では曲りなりにも生産者だったから米の飯だけは不自由しなかったが、配給だけの寮生活ではそうはいかない。朝食は茶碗一杯の飯に味噌汁と漬物だけ。昼食用にはコッペパンを縦に切ってバターとジャムを挟んだものが一個づつ配られる。一九歳の若者に空腹は耐え難い。コッペパンはいつも銀行のシャッターが上る時間には胃袋の中に収まっていた。

日本橋支店は都内でもビッグテンに入る規模で、配属された普通預金の窓口には客が絶えない。それでも秋までは、店が終って都電をのりつぎ早稲田に駆けつけると、講義時間に間に合った。しかし朝鮮戦争の特需景気が目に見える経済効果を現わす頃になると、銀行の忙しさも戦場並になってきた。残業につぐ残業で、まともに大学へ通えるような状態でなくなり、一〇時、一一時の帰寮が当り前になった。ヘトヘトに疲れ、ペコペコに腹を減らして食堂に辿り着くと、そこには冷飯と並んでイワシかサンマが一匹これも冷たくなって横たわっている。三日に一度は蒸したサツマ芋が一本か二本、淋しく皿の上に載っていた。東京でサラリーマンになるという計算が甘かったと言われればそれまでだが、自立した生活とはかくのごときものかと思うと、情けなさを通りこして自分自身がみじめに思えてくる。

マッカーサーが解任されて日本を去ったのは翌昭和二六年四月のことである。帰国後「老兵は死なず、ただ消え去るのみ」との名文句を残したが、日本については「現代文明の基準で計れば、われわれが四十五歳であるのに対して日本人は十二歳の少年といえる」と語った。日本人はアメリカ人という大人の言う通り従順に行動する子供だという視点は、露骨ではあるが正鵠を得ていると茂は思った。自分の生活、日本の現状を考えればマッカーサーに異議を唱える自信はない。

中学高校の頃、学校内にはじまり社会全体に広がる気配のあった変革に参加したいと考え、それなりの行動をした元気がいまはない。講和条約や安保条約をめぐる論説や論争を新聞や雑誌で読むことはあっても、現実の生活に屈している自分にはなにもできないと思った。気持は反権力、反体制だが、それを行動に結びつけるような心のバネを失っている。無関心ではないが無感動になったのだと自己分析する。心身ともに疲労だけが澱のように溜っていくのを感じる。そんな茂を取り残して日本経済は活気づいていた。金廻りがよくなった証拠に、街を歩く女性の服装が目立って美しくなった。盛り場は夕暮れと共にネオンが瞬き酔客が右往左往する。九月に講和条約が調印されると、待ってましたとばかりにパチンコ屋から軍艦マーチが街頭に流れ出た。茂のような男でも、かけそばやカレーライス程度なら、比較的手軽に食える時代になった。

それでも青春は青春にふさわしい輝きを求めている。冴えない表情の茂に絵を描く上司が、油絵を描くことを勧めてくれた。手解きされているうちに興味が湧き、暮のボーナスで油絵の画材一式を揃えた。サラリーマンになって始めての贅沢な買物だった。絵を描くようになって銀行内の同じ趣味をもつ人たちとの交流が生じた。そのなかに同じ預金係で一ヶ月だけ年上の女性がいた。これまでは同僚の女子行員のひとりにすぎなかった彼女の存在が、にわかに気になりだした。ひかえめだが親切な人だと思い、綺麗な人だと思った。「これが恋なのか……」茂は自分の心の動きに戸惑いながら自問した。

学校も夏休みに入った土曜の夕方、神宮外苑の野外音楽会に、店の若い人たちで行くことになった。照明に照らし出された美しい芝生を前に、並んでラヴェルの『ボレロ』を聴いた。世の中にこんな快いものがあったのかと感動した。それが恋のなせる術だと思うほどヒネてはいない。その後も一緒に絵を描いたり展覧会へ出かけたりした。茂はそれで充分幸せだった。しかし、恋は先へ進みたがる。一ヶ月経ち、二ヶ月経っても手も握れない有様でキスなど問題外の状態が続いた。先に進みたい気持があったことは茂も認めている。踏み込むかわりに彼が見出したのは銀行での長時間労働と栄養失調スレスレの体調不良が重なって、自信喪失している自分へのこだわりである。こんな自分では彼女を幸せにできないというのが、理由にならない理由だった。「彼女は優しかったが、おれは勇気のない男だった」と茂は後に語った。

そんな時、水戸の母から、腹膜炎を患っている祖母の容態が思わしくないという連絡が来た。突然、生活を変えるチャンスだと思った。勇気がなかったばかりに、実る恋も実らせなかった男の逃亡である。祖母は戸籍上の母だから「母の看病をしたいので水戸支店へ転勤させて欲しい」と申し出ると意外なほど簡単に許された。昭和二七年六月、皇居前広場での血のメーデー事件の余熱がさめない東京を去って水戸へ帰った。東京在勤二年三ヶ月余、恋した人とは「さようなら」と互いに短かい言葉を交しただけで別れた。彼女が間もなく銀行を退職して結婚したことはあとで知った。早稲田大学第二商学部もほとんど単位を取らないまま退学した。銀行員として、恋した男として、二二歳の松尾茂は二重の敗北感を味わっていた。

川原博行は高校三年の秋、甲府の国体から帰るとハンドボール部を退部した。これからは受験勉強に専念して、しかるべき大学へ進むつもりだった。ところが富士銀行が高卒予定者の採用試験をすると聞き、東京見物を兼ねて力試しをしようという軽い気持で応募すると、水戸一高からの一〇人の応募者のなかで博行だけが合格してしまった。
それでもまだ進学の気持はあった。その気持を断ち切ったのは、ある日の教室での教師の言葉である。「水戸一高を出て就職する者がいるが、特別の事情があればともかく、安易に就職するのはどうかと思う」と言って自分に視線を向けたように博行は思い込んだ。「なにォ」と頭に来た。自分の人生は自分で決めるという信条を逆撫でされた思いである。損得はこの際二の次で、その日から受験勉強をやめた。

本店採用で三菱銀行へ入った松尾茂は東京勤務だったが、同じ本店採用でありながら博行の勤務地は水戸支店である。これには当てが外れた。おまけに水戸支店の新人行員五人は、博行を除いて支店採用の水戸商業高校の出身者で占められている。銀行では毎日、損札と呼ばれる汚れた紙幣の整理をやらされた。閉店後は伝票と現金の付け合せが延々と続く。それでいい加減うんざりしているところへ「銀行は商業出でなければ使い物にならない」という声が聞こえてきた。新米だから我慢していたが、そこまでコケにされるいわれはない。札勘定と算盤のスペシャリストになりたくて銀行へ入ったつもりはない。自分の思い違いは認めるが我慢にも限界がある。受験浪人が月給をもらって世の中の仕組みを教えてもらったと思えばよい。

辞める決心をしたのが一〇月はじめで、それからは店がひけると一目散に帰宅して夜中の一時、二時まで受験参考書を読んだ。翌年二月の受験シーズンが近づくと作戦を練った。銀行にバレないように、日曜日が受験日で、一発勝負で合格できそうな大学と学部を調べた。該当するところは意外に少なかったが、中央大学法学部を探し当てた。日帰りで受験し、落ちたらもう一年銀行員を続ける覚悟だったが合格した。支店長に辞表を出すと、なぜか向うが慌てだした。支店長自ら来宅して「きみは本店採用だから東京へ転勤させる」と言う。両親にまで辞表撤回を頼むのには呆れた。しかし父親は「息子の意志ですから」と断ってくれた。親に相談もせず、自分の勝手で銀行に入ったり、大学へ入ったりするのだから不肖の息子である。このうえ迷惑をかけては申し訳ない。

上京して寝ぐらを決めるに際しては金のかかる下宿は断念し、府中にある只同然の学生寮に入った。軍関係の縫製工場の女子寮だった建物を大学が買い取って貧乏学生に提供しているオンボロ寄宿舎である。そのオンボロ度はハンパでない。柱は傾き、根太が腐って畳があちこち陥没している。その惨状に訪れて来た友人たちは「凄い！」と絶句した。銀行員時代の貯金で入学時の納付金は払えたが、それから先の当てはない。父親が病気だと偽って日本育英会の奨学金をもらった。あとはアルバイトでしのいだ。

第一目標が弁護士で、大学三年と四年の八月に二度司法試験に挑戦したが不合格だった。卒業後も三年、四年と粘る学生はザラにいるが自分にはそんな余裕はないと考えていたので、目標をジャーナリストに変え、新聞社を軒並み受けたが、日本経済新聞社の校正記者の最終選考だけ残った。ところが滑り止めのつもりで受けた武蔵野映画劇場から採用通知が舞い込んだ。たとえ校正記者でも日経に望みをつないでいたので、大学の就職課に、武蔵野への返事は日経の結果待ちにしたいと頼んだ。博行にしてみれば簡単な連絡のつもりだったが、それが簡単なことではなかった。

昭和三〇年の日本経済は二、三年来の緊縮財政の影響で炭鉱、製鉄、繊維など主要産業が不況でストライキも頻発していた。間もなく訪れる神武景気を前にした谷底の時期にあたっていたのである。したがって大学生の就職難は深刻だった。博行は就職課長のデスクに連れていかれた。課長は博行のような学生相手に何度も繰返している台詞を口にした。「贅沢を言われては困ります。先に決ったところへ行ってもらわないと他の学生が迷惑するし、大学の信用にもかかわります」。甘ったれは許さないという断固たる口調である。課長の話をききながら、日経を落ちた場合の親の心配も頭をかすめた。結局、武蔵野映画劇場へ行くハメになった。一週間後、日経から採用通知が来た時は悔やんでも悔やみきれない思いだったが、所詮後の祭りである。間もなく二四歳になる川原博行の再度のサラリーマン生活は心ならずも本人の希望とは遠い場所で始まったのである。

水戸一高を卒業したわれわれの主人公たちのうち、これまで見てきたように鈴木千里は「軍隊」を経て大学進学を志した。立川雄三は代用教員を経て念願の役者になった。武藤亮彦は大学よりも銀行員を選んだが悪戦苦闘が続いている。松尾茂は自立のために東京でサラリーマンになったが勤め先の銀行で心身共に疲れ果てて水戸へ戻った。川原博行はいったん銀行員になって挫折し、大学へ進学したが希望する職業にはつけなかった。

右の五人の他、六人は自分にふさわしいと思う大学へ進学した。彼らより一年早く旧制高校を経て新制大学生になった三人を含めて、それぞれが学生から職業人になる道程で、なにを望み、なにを考え、なにを選択したかを見ていきたい。

茨城大学の理科に入った鄭康憲《チュンカンフン》は、冷戦によるアメリカの御都合主義的な占領政策の変更で、日本が逆コースを辿りはじめたことに憤慨していた。朝鮮人の立場で日本の民主化に役立ちたいと思い、入学と同時に梅本克巳教授の茨城大学復学運動に参加した。水戸駅前で連日のようにマイクを握って「梅本先生を守りましょう。民主主義を守りましょう」と声を嗄らした。熱心に運動したばかりに大学当局からマークされ、学生寮への入寮申請を却下された。「きみが入ると寮が真赤になるから困るんだよ」と学生主事は冗談まじりに言った。

すると今度は朝鮮戦争が始まった。太平洋戦争の日本軍のように北朝鮮軍は緒戦では強かったがアメリカの参戦で危くなり、中国に助けてもらった。事態は米中戦争の様相を呈して混沌となった。「平和と民主主義」「南北の平和的統一」を二大目標として信奉している鄭康憲としては、李承晩の反共独裁は断固反対だが、金日成の武力統一も断固反対だから悩みは深い。

一方、大学入学の頃から父が亡くなってからの家計が逼迫してきたので、自活の必要が生じた。家庭教師程度のアルバイトではとても間に合わないので、職業安定所に通い、日当二四〇円の日傭、通称ニコヨンを始めた。ニコヨン仕事で大学の通学路のドブ掃除をした時は、顔見知りの学生仲間と眼が合い、困惑と憐みの視線を浴びて心屈した。

三年生になって文理学部の化学を専攻してアルコールや砂糖の分析技術を身につけた。材料のエチルアルコールを実験室仲間と飲む習慣も身についた。その年、昭和二七年四月二八日の講和条約発効によって、在日朝鮮人五三万人は朝鮮人国籍を回復して、外国人登録法の管理下に置かれることになった。これまで朝鮮名を名乗っていたのは解放された民族の誇りの表現だったが、法律的には永田康平で日本人と変らぬ扱いだった。しかし講和発効の日を境に法律上も外国人になったのである。日本人ではなく、在日の朝鮮国籍の朝鮮人と認められたのは嬉しいが、肝心の祖国は休戦会談で戦火だけは収ったものの南北対立は一層激しくなり、在日朝鮮人も韓国系と北朝鮮系が分裂反目し、憎しみ合い、南も北もない統一の夢は遠ざかるばかりだ。「李承晩のバカ、金日成のバカ」と康憲は怒るしかない。

「ヤーメタ」と思った。朝鮮には民族の未来を托せるような政治家がいまはいない。それなら自分は日本で生きている「ただの朝鮮人」になろう。朝鮮戦争の休戦協定調印のニュースを聴いたのは昭和二八（一九五三）年の七月である。すでに「ただの朝鮮人」らしく政治とかかわらない生活をしていたが、悲しかった。この戦争で百万人の同胞が死んだといわれる。五百万人が難民化していると聞く。三〇余年前の三・一運動では父母の一族の五人に一人が犠牲になったり身を隠したと父から教えられたのを思い出した。こんどはそれ以上の犠牲者や行方不明者がいるのではないか。かつて民族の誇りを日本にぶつけて敗れ、いまはアメリカ依存か中ソ依存かで同族相争って、勝ち負けも和解もない宙ブラリンの状態に追い込まれてしまった。「こういう朝鮮とは、朝鮮人とは、一体どんな存在なのか」父が生きていたら胸を叩いて訊いてみたかった。

しかし現実の康憲は「ヤーメタ」と思うとすぐに放浪をはじめた。山登りと無銭旅行に熱中した。登山シーズンになると強力のアルバイトをしながら日本中の目ぼしい山を登った。無銭旅行にも計画性はない。詩や小説を読んで感動すると舞台になっている土地を目指す。芭蕉を読んで「奥の細道」を辿った。啄木を読み、太宰治を読み、宮沢賢治を読んで東北、北海道の旅に出た。夏目漱石、志賀直哉の小説の舞台も歩いた。当然ながら文学散歩のような優雅な旅ではない。目的地へ向う鈍行列車に乗ると、まず人の好さそうな中年以上の農家の小父さん小母さんを探して同席する。世間話をしているうちに食事時になる。狙いをつけた人は必ず大きな握り飯を持参していて、そのお相伴にあずかるのが無銭旅行の原点である。汽車賃がなくなると半日でも一日でも歩く。通りすがりの村で人手を欲しがっている農家を嗅ぎつけ、住込みで何日間か働く。その報酬が次の数日間の旅費や食費になる。山登りでも無銭旅行でも、出たとこ勝負の体験が忘れられない旅の思い出になった。康憲にしてみればそれらすべてが、在日朝鮮人が生きていくための「日本と日本人の研究」である。

茨城大学の卒業式には出席せずに上京した。東京には三歳年上の兄がいる。兄弟は三人で兄が一番頭はいい。水戸商業の四年修了で旧制一高に入った伝説的秀才である。駒場寮にいた兄に米を届けるのが中学生の康憲の役目だった。しかし、兄は東大の経済学部を卒業直前に中退してしまった。その理由は判らない。兄は語らないし、康憲も尋ねなかった。東京で会った兄はひどくドライな人間に変ったように思えた。「東京ではなにをして食っていくのか」と訊かれて「製糖会社で分析技師になる」と答えると「ヤメロ　ヤメロ」と嗤われた。「朝鮮人がサラリーマンになっても先の見込みはないぞ。ひとり立ちして金儲けをしなければバカにされるだけだ」と説教された。それくらいは判っているつもりだが、口答えはしない。康憲も儒教の国の人間である。友人の紹介で製糖会社に就職を決めたのは、自立するまでの時間稼ぎのつもりだった。「それならおれの仕事を手伝え」と言われた。兄は電機関係の会社を作る計画で、設立資金の三百万は亡父の友人から借りる話がついているという。「町工場でも会社は会社だ。おれが社長をやるから、おまえは重役になれ。儲かる商品を考えてくれ」と言う。いきなり無茶な話だが康憲は面白いと思った。

やがて赤羽の裏通りに職人が五人という町工場が誕生した。社名は亡父と祖父の名から一字づつ採って「永興電機」とした。その段階で康憲はひとつの決心をした。自分は永く朝鮮人としての民族感情にこだわってきたが、在日朝鮮人が生きていくためにはそれなりの戦略がいる。具体的には兄と事業をはじめるに当って朝鮮人名をやめようと思った。名前は所詮人間の識別記号に過ぎない。国籍条項に基づく外国人登録では朝鮮人鄭康憲であり続けるが、日本社会で生きていく自分が日本の敗戦まで使っていた永田康平の名をもう一度使うことになんの矛盾も感じない。どちらを名乗っても自分は同じ人間だという自信があった。

永興電機の発足を前に、二二歳の鄭康憲は「永田康平」の名刺を注文した。

鈴木昌友は鄭康憲と同じ茨城大学理科に入った。考え方も生き方もちがうので交友関係はなかった。昌友は父の病気や母の苦労を思うと贅沢はできなかったし、学力からも相応と考えて茨城大学を選んだ。自分の植物好きを生かす道が見つかれば幸せだと思っていた。植物学者などという大層なものでなくても、高校の生物教師にでもなれば、植物と縁を切らずに食べていけると将来を予測していた。

入学と同時に入った寮の生活は、居室も食事も満足には程遠いが面白さもある。一緒に生活する寮生たちを、昌友は植物を観察するような目で眺めて楽しんだ。自分には縁のない文学や社会科学に熱中している種族がいる。垢抜けた遊び人のような目立つ品種の学生がいる一方で、田舎育ちの昌友も呆れるような泥臭い珍種もいた。人間も実にさまざまで、それぞれに生育の度合や資質の違いがあって、単純な分類では捉えられないと思った。

二年間の教養課程を了えて生物学専攻が決った頃、順天堂医大を出た兄が医師になって父の病院を継いだ。それに安心したように父が亡くなった。自分は余り家族の役に立ちそうにないと思っていたので、病院が父から兄に受け継がれたのが嬉しかったし、生活の安定という実益もあった。

三年生になって生物学実験室に入り浸っているうちに、そこが唯一の生活の場になった。茨城大学は新設だから二期生の昌友たちの上級生は、旧制高校や高専から流れてきた一期生だけで人数も少ない。旧帝大のような人脈も伝統もないかわりに風通しがよかった。教授、助教授、講師、助手、専攻生、学生という縦に長い序列はあるが、身動きのとれないほどの秩序社会ではなかった。そう考えたのは昌友の一存で、事はそれほど単純ではないことはやがて昌友にも判ってくるのだが……。

四年で卒業して、大学院はないので専攻生になった。間もなく教授が病気で倒れて辞職したため、東大から新しい教授が赴任してきた。辞めた教授は遺伝学専攻の人だったので、昌友が専攻する植物分類学とは畑ちがいだったが、新任の教授はズバリ植物分類学の人なので期待と同時に緊張もした。

子供の頃から野山を歩き廻っている昌友は、年は若いがフィールドワークのベテランである。高校時代に冗談好きの英語の教師が昌友をからかって、「きみは植物の名前をいくつ知っているんだ」と尋ねた。すかさず「先生は英語の単語をいくつ知っているんですか」と切り返し、二人で大笑いしたことがあった。新任の教授はその英語の教師にどこか似た感じの人だった。もっとも人使いは滅法荒い。昌友が役に立つと判ると「私を奴隷のようにこき使って、これまでガラクタしかなかった研究室の整備を始めた」のである。後で判ったことだが教授は前からいる助教授や講師とウマが合わず、使い勝手のよい昌友を子分にしたかったらしい。昌友の方でも専制君主タイプの教授に気に入られたのが迷惑のような嬉しいような気分だった。

二年間の専攻生生活が過ぎ、そろそろどこか田舎の高校にでも就職しようと思った時、「助手にならないか」と教授から声がかかった。大学に残って給料をもらって植物の勉強が続けられれば、これほどいいことはない。ただし植物学以外の学科の成績がよくないのを承知していたから「本当に助手にしてもらえるんですか」と半信半疑だった。しかし助手選考の教授会から研究室に戻ってきた教授はニヤニヤしながら「だいぶモメたぞ。でも決ったよ。これからはおれをもっと信用しろ」と上機嫌だった。

昭和三一年四月一日付で、二四歳の鈴木昌友は国家公務員文部教官助手になった。助手の職務は実験室の整備、事務処理、教授の研究補佐、学生の指導、そして自分自身の植物学研究である。

宮本克は大学では歴史を専攻することに決めていたが、京都大学と東京教育大学のどちらにするか迷った。気分としては京大へ行きたかったが、両親の負担を考え東京なら県営の学生寄宿舎水戸塾へ入れるメドが立ったので教育大を受験した。すでに東大生になっている武川康男から「東京へ来いよ、一緒に後楽園で巨人戦が見られるぞ」と誘われていたのも多少は影響したかもしれない。入試の出来は上々だった。せっかく東京に来たのだから水戸では観られない映画を観て帰ろうと思い、日比谷のロードショー劇場で当時ではまだ珍しいカラー映画『赤い靴』を観た。モイラ・シアラーのバレーシーンに感動したが、案内嬢が足元を照らしながら指定席へ案内してくれたのにも感激した。

合格して水戸塾へ入った。大学生になったら、将来知識人として生きるのにふさわしい広い教養を身につけようと思った。大学ではこれと思う教授の講義を選んで出席した。家永三郎の「日本道徳思想」は源氏物語から西鶴に至るまでの文学作品の引用が豊富で面白い。芳賀幸四郎の「東山文化の研究」歌舞伎役者の声色つきの西山松之助の「家元の研究」などは欠かさず聴講した。コンパといえば相撲部屋のチャンコが定番の和歌山太郎の「吾妻鏡」も好きな講義である。

大学では勉強優先と考え、自治会活動はほどほどにしていたが、アメリカで猛威を振るっている赤狩り旋風が日本に上陸して、赤い教員、赤いジャーナリスト、赤い映画人など、共産党員やシンパの人々まで解雇される事態に憤慨した。これは黙っていてはいけないと思い、レッドパージ反対の集会やデモ、朝鮮戦争の反戦デモ、警察予備隊反対デモなどにもできるかぎり参加した。

そうした集会やデモの帰り、神田の古本屋街を歩くことを覚え、やみつきになった。武川康男との巨人戦の観戦も何度か実現した。熱中したのは映画である。入学早々、岡田英次と久我美子のガラス越しの口づけで有名になった『また逢う日まで』を、朝一番に入った映画館で終映まで繰返し観た。以来、久我美子出演の映画は全部観た。夏休み中に公開された黒沢明の『羅生門』が翌年ベネツィア映画祭でグランプリを取った時にはわが事のように嬉しかった。『無防備都市』『自転車泥棒』などイタリアン・リアリズムの作品に息を呑んだ。

こうして四年間、単位は余るほど取ったが卒業して教員になる気持になかなかなれない。そうかといって大学院で学者を目指すことにもためらいがある。もう一年、自分の将来を決めるに当っての猶予が欲しいと両親の許しを得て、卒業に必要な東洋史の単位をひとつ残して留年した。

一年経った。まだ迷いのなかにいて『文明開化と当時の世相について』という卒業論文を書いていると、主任教授の芳賀幸四郎から呼び出しがかかった。「来たな」と思い覚悟を決めて出かけた。案の定「大学院へ行くか就職するか、どっちにする」と決断を迫られた。返事は昨夜遅くまで考えて決まっていた。自分は内外の広い分野の歴史と文化に興味がある。その意味では狭い専門分野を掘り下げるタイプの人間ではないと考えるようになった。だから「大学院へは行きません。就職します」と答えた。「それなら就職口を世話しよう」と教授は即座に請合い、数日後、練馬区にある山崎学園富士見中・高校へ克を同道した。山種証券が金を出している中学高校一貫教育の女子高で、理事長は教授の古くからの友人である。それで話は簡単に決り、昭和三〇年四月一日付で社会科教員の辞令をもらった。

さまざまな可能性に揺れ動いた東京教育大学での五年間が終った。水戸塾を引き払い、勤務先に近い山種証券の寮に入った。二三歳の宮本克のこれから永く続く教員生活がスタートした。

吉村卓也は一浪して一橋大学へ入った。受験準備の冬のある日、村松青嵐荘サナトリウムに入院中の姉から励ましの手紙をもらった。試験が済んでからと思って何の返事も出さなかったが、合格の報を知らせる前に七歳年上の姉が二五歳の若さで肺結核で亡くなったり、中学生の時から人生の師として親しんだ水高生が慶応大学在学中に事故とも自殺ともいえる死に方をしたりで、卓也にしては珍しい「鬱の一年」だった。

しかし上原専祿や中山伊知郎のいる念願の一橋大学に合格して、果然希望を回復し、多忙な学生生活を開始した。卓也の在学中が共産党の五全協から六全協までの武力闘争の時期に当る。学友のなかには火炎瓶闘争に参加した者、山村工作隊員になった者もいた。しかし茨城学生連盟の高校生グループの時代もそうだったが、卓也は行動すれどハネ上らず、一途にのめり込むタイプではなかった。共産党に入党する意志も火炎瓶を投げる気持もなく、もっぱら市民組織と連帯して基地の街立川の浄化運動をするといったレベルで学生運動に参加した。「血のメーデー事件」では全学連の一員として皇居前広場に入り、デモ隊と機動隊の乱闘を至近距離で目撃した。見物人の立場ではないので、機動隊に追い廻されて警棒の標的にされる恐怖を味わった。しかし怪我もなく逮捕もされずに寮に戻れたのは、幸運もあるが要領もよかったのである。

三回生になって寮の委員長に当選し、寮生活の環境改善を訴えて大学と交渉し、成果をあげた。寮祭では儲かる催物を企画運営して「イベント屋」の名を挙げた。同学年の石原慎太郎を中心に復刊された『一橋文芸』にも加わったが、慎太郎のような才能はないと自覚して遠ざかった。この体験から自分にはサラリーマンが適当な職業で、三等重役くらいにはなれるだろうと予測した。

そのサラリーマンになるのが容易ではなかった。同じ昭和三〇年に中央大学を卒業した川原博行とご同様で、未曾有の就職難にぶつかったのである。新卒の採用を見合せたり、採用人員を大幅に削減する企業が続出して、例年なら就職口の心配のない一橋大学でも、留年や大学院志望者が激増した。しかし卓也には留年したり大学院へ行ったりする経済的余裕がない。当初希望していた繊維関係は諦め、上場会社ならどこでもいいと思っていくつか受けたが、採用通知が来ない。さしも、めげない男もガックリした。それでも当てずっぽうに受けた日活から採用通知が来た。日活なら同じ映画関係でも川原博行が行った武蔵野映画劇場よりもいくらか格上である。しかし、意中の会社でなかったことでは変りがない。意中の会社ではないが卓也のディレッタンティズムに照応する部分がある。日活という会社を調べると映画製作の他に、ホテル、スケート場、ゴルフ場などのレジャー産業に手を広げ、テレビに進出する計画があることも知った。それが実現すればこれからの時代に面白い存在になるかもしれない。そうなることに自分も力を尽そうと考え、昭和三〇年、二三歳の吉村卓也は日活に入社した。

田辺良夫は戦後の混乱期に父が事業に失敗して苦しい生活が続いたので、高校生の頃から将来は大いに金儲けをしたいと考えていた。社会制度がどう変ろうとも「人間万事金の世の中」だと割切っていた。

大学は明治大学商学部を選んだ。学資の大半は麻雀で稼いだ。商学部には地方の資産家、新興成金などの子弟が多く、金に不自由のない連中が良夫の麻雀仲間になった。朝、お茶の水駅から駿河台の大学へ行くと、必ず雀友が待っている。校門をくぐらずにUターンして学生街の雀荘に直行するのが日課だった。雀友たちがカモになるのを承知で良夫を誘うのにはそれなりの理由がある。良夫の麻雀は積み込みや盲牌などとは無縁の綺麗な麻雀である。しかし相手の性格や癖を読み、心理的な駆引きに長じ、配牌に忠実でいて勝機は逃さない。その巧妙な打ち廻しがカモたちを感心させる。勝負事では強い者が尊敬される。学生麻雀相応のレートで納得のいく勝負を楽しめるから授業料を払う値打がある。それでも賭麻雀の現場を刑事に押さえられて一晩豚箱に厄介になったことがあった。

麻雀小説を愛読してプロを志した時期がある。しかし卒業が近くなった頃から考え方が少しづつ変っていった。麻雀は人生の伴侶だが生活の手段であってはいけないと思った。麻雀で日銭を稼ぐよりも、麻雀を通じて友人知己を得た方が余程自分の人生に役立つと計算したのである。麻雀には人間の性格がそのまま出る。麻雀卓を囲んでいる他人を自分が観察しているように、他人からも観察されている。そのことは学友との麻雀でもある程度は意識していた。そうした、見ることと見られることの関係のなかで、一生の友を得たし、失った友もいる。友を失ったのは、自分がまだ勝つことにこだわっていたからだ。勝負事だから勝ちたいのは当然だが、麻雀卓を囲む人間関係からいえば、勝つ麻雀よりも負けない麻雀が理想である。

大学の方も麻雀流で必要な単位は抜け目なく取り、決して落第点は取らなかったので四年で卒業できた。しかし就職については勝負師の勘で、普通のサラリーマンになるつもりはなかった。安月給でコツコツ働き、団地住いのマイホームパパになっては金儲けのチャンスはない。卒業後一年近く、全国に散らばっている同窓の雀友の家を転々として、食客生活をしながら世の中を観察した。

良夫が大学を出た昭和二九年には一般国民の生活水準もある程度は向上して、テレビ、冷蔵庫、洗濯機、が「三種の神器」ともてはやされていた。東京青山に日本で最初のスーパーマーケット紀ノ国屋が開店したのもその頃である。日本にもやがてスーパーマーケットの時代が来ると良夫は直感した。スーパーマーケットに不可欠なのはレジスターである。レジスターのセールスマンになろうと標的を定めた。実力主義のセールスマンこそ自分の性格と能力にピッタリの仕事だと確信した。

一年の就職浪人の後、外資系の日本ナショナル金銭登録機＝ＮＣＲのセールスマンに応募して採用された。さらに一年間、トレーニングセンターで研修を受けた。レジスターの売込みに際しての市場調査の方法、レジスターを扱う店員の採用から教育までの一貫性のあるマニュアルなど、アメリカ式のセールス技術を身につけ、一人前と認められたところで割り当てられた営業地区へ派遣された。

昭和三一年、二五歳の田辺良夫は自信満々でセールスマン人生をスタートさせた。

東北大学へ入学した関済美には多少都落ちの心境があった。しかし仙台は生まれ育った土地で、母の実家は伊達政宗に奈良から招かれたという古い造り酒屋の家柄である。そのうえ子供の時から仲の良かった姉の富裕な嫁ぎ先に下宿することになったので、居心地はよく衣食住の心配もない。二年間の教養課程で酒と女と煙草を覚えた。永井荷風の『墨東綺譚』を愛読して、小説の主人公お雪のような女に会いたいと思って色街をさまよったりした。専攻学部を決める時、第一志望を文学部にすると「文学部では先生ぐらいにしかなれないぞ」と父にたしなめられた。父には頭の上らない息子だったから考え直して、第二志望の経済学部に入ることにした。作家の卵だった叔父が神戸商大を出て保険会社のサラリーマンになったことも頭にあって、「学部なんてどこでもいい」と自分を納得させた。

父の意見に屈したこととは無関係だと済美は思っているが、間もなく猛烈なノイローゼ症状に襲われた。「死神に追いかけられていると思い込んだ。摑ったら死んでしまうのではないかという恐怖に充ちた妄想である。生きていることの不確かさ、危うさをいつもピリピリ感じていた」と後に手記に記している。

息子の異常を心配した父は春休みと同時に水戸へ連れ帰り、知人の病院に入院させた。病院ではインシュリンを注射して血糖を分解して意識を失わせたうえで脳に電気的刺戟を与えるショック療法を受けた。手記は続く。「これをやられると記憶を失う。思い込みを忘れる平常に戻るという治療らしい。そのため私の記憶にはまだらな部分がある。記憶の連続性が欠けているのだ。インシュリンを打たれると注射液がまだポンプに残っているうちからキーンと耳鳴りがして、躰全体が大きな渦に巻き込まれてぐるぐる廻りながら渦の中心に向って吸い込まれていく。無限の失墜感に襲われる。これが死というものかと必死になって踏み止まろうとするのだが、どこまでも墜ちていく……」

ショック療法は三月から七月まで続き、一応の効果があった。主治医は大学復帰を許可した。しかし済美には治った自信がない。そんなある日、父と散歩に出た。病院から一キロほど歩いた先に広々とした空間が広がっている。済美の手記は以下の記述で終る。「見渡すかぎりの田圃に緑が波打ち、次の世代のために結実しようとする生命力がムンムンと湧き立っていた。その猛々しい生命力がまるでたゆとう朝霧のように形となって私の目にはっきり見えた。その瞬間、頭の中のモヤモヤが吹き払われ妄想は消え去った」

ノイローゼから解放されたのはショック療法のおかげではなく、自分自身による自然に内在する生命力の発見だったと済美は信じている。彼にはこの種の「霊感」に反応する感受性、ないしは霊感への欲求があるのかもしれない。仙台に戻った済美は追試験をいくつも受けて経済学部の三年生になった。学部では卒業に必要なギリギリの単位は取れたが、公務員試験や一流企業に受験できる成績ではなかった。また、そういうコースへ進む気もない。「学部なんてどこでもいいや」の延長で「会社なんてどこでもいいや」と思っていた。

ここでまた、甘ったれた息子の尻を叩く父が登場する。済美を財閥系の中堅商社の社長をしている従弟のところへ相談に行かせた。余り意欲を感じさせない親類の息子にその人は、「きみには大成建設がよかろう」と助言した。当時の建設業は要するに「土建屋さん」で、今日のゼネコンとは比べようもない存在だった。大成建設はその年三〇人の大学卒を採用したが、全員縁故採用である。父の従弟の意見では大成の社長は藤田東湖の孫にあたる人だから、水戸の人間なら採用されるチャンスがある。しかるべき人の推薦状を手に入れれば間違いないという。

早速、父が動いた。個人的にも親しい水戸市長を介して旧水戸藩主の家柄の人に推薦状を書いてもらった。済美がそれを持って上京し有楽町にあった大成建設本社の人事部長に会うと、「殿様の口ききでは断れませんね」という返事をもらった。あっけないような、頼りないような採用の内諾だった。

こうして昭和二九年四月、会社なんてどこでもよかった二三歳の関済美は大成建設に入社し、直ちに仙台支店に配属された。

高比良和雄は昭和二四（一九四九）年四月に、新制東大の文科一類に入学して駒場寮に住んだ。外交官になる夢は持続していたので、法学部へ行く前から外交官試験を頭においた勉強を心がけた。本郷の法学部でも目標に沿った単位を取り、学生運動などは敬して遠ざけた。相変らずフランス映画はよく観ていたが、興味の中心は音楽に移った。一単位を文学部で取ることが認められていたので、美学科の「ドイツ古典派音楽の成立」に履修届を出し、レコードを聴きながらの講義を楽しんだ。音楽喫茶の常連になって、コーヒー一杯で何時間も粘る「青春」も体験した。

卒業の年、念のために受けた上級職公務員試験は合格したが、本命の外交官試験は英語の面接試験でしくじって不合格だった。外国語を読むことは得手だが話すことが苦手という、明治以来のインテリの一般的傾向に忠実だったのである。しかし外交官の夢は捨てきれない。一年浪人してもう一度だけ挑戦する決心をした。和雄の人柄からすれば執念深い選択である。

笠間の実家に帰って来年に備えることにした。勉強に疲れると実父の寿司屋にある蓄音器を女子高校生の妹に手伝わせて草原に持ち出し、草原を吹き渡る風の音と協奏するクラシック音楽を聴いた。いつの頃からかこの野外コンサートに妹の学友が同行するようになった。戦争中に水戸から疎開して戦後も笠間に居残った一家の四人姉妹の末娘である。戦中戦後の境遇が似通っていることもあり、草原に寝そべっての話もはずんだ。「この女性と結婚したい」と思った。ロマンチスト高比良和雄の出現である。しかしその後の経緯には和雄の性格の持味が発揮され、妹を仲介役に慎重に事を進め、互いに将来を誓い合うところまで漕ぎつけた。

外交官試験は二度目も失敗した。外交官がだめならどこの省庁へ行ってもたいした違いはないと思った。そこへ人事院にいる実父の知人から、建設省に一人欠員ができたから行かないかという連絡があった。いったん入省を決めた男が最初の任地が仙台と判って辞退したのだという。余り颯爽としたスタートとは思えなかったが、このうえ浪人するつもりはなく建設省で官僚人生をはじめることにした。昭和二九年四月建設省事務官の辞令をもらった二二歳の高比良和雄は仙台へ出発した。関済美と同じ勤務地で、業者と監督官庁の関係もあったが、二人の間には仙台での交渉はなかった。


武川康男は旧制水戸高校に一年いて、新制東京大学の理科へ進んだ。新旧の学制の変り目で落着かなかったが勉強だけはよくやった。

その頃全国の大学を騒がしていたレッドパージにも講和問題にも関心がなかった。ある日安田講堂の前で水中、水高、東大と同じコースを歩いた文科系の友人にばったり合った。立ち話のなかで「ところで、きみはなんのために学問しているんだ」と訊かれて、とっさのことなので「お国の為かなァ」と呟いてすぐ、まずいことを言ったと後悔した。相手は全学連の幹部クラスと噂のある男だ。「こりゃダメだ」と呆れ顔の友人を見て、軽蔑されたと思ったが諦めるより仕方がない。学業の他に興味があるのはコーラス部でテナーを唱うことである。上京してしばらくの間、レコードジャケットの解説などで売れっ子の兄武川寛海の西荻窪のアパートに居候した。そこで山積みになっているレコードを片端から聴くうちにドイツ歌曲にハマッたのである。

東大生になって一年が過ぎた頃、父が公証人を引退して水戸を引払い、渋谷の初台に家を建てたのでそちらへ移った。父も母も愛息の東大教授姿を思い描いている。本人もその気だったから工学部の化学を卒業すると迷わず大学院へ進み、修士、博士の過程を経て、昭和三三年に染料化学に関する論文で工学博士になった。その間もずっとコーラス部にいてドイツ歌曲を唱い続け、そこで知り合った千葉大の女子学生とプラトニックラブのまま結婚の約束をした。テナーとソプラノのめでたい二重唱である。

しかし、万事順調とはいかなかった。若き工学博士はそのまま東大に残れるものと思っていたのだが誤算だった。象牙の塔が閉された世界であることは戦前も戦後も変らず、康男の属する講座も教授、助教授、講師、助手という縦割構造がゆるぎなく維持されている。そこには空席待ちの行列があり、割込みも追越しも許されない。「相撲部屋より古いな」とひとり呟いて、珍らしく腹が立ったが、東大に残る可能性がないことは認めざるを得ない。それならどこか他の大学に空席はないかと探した。国公立から私立まで、自分の専門が生かせそうな講座のある大学を手広く当ったが、見つからなかった。本人はもとより両親のショックが大きい。

辛い選択だが就職するしかない。就職したいというと講座の先輩たちの面倒見がよくなった。いくつか候補にあがった大会社の研究所を歴訪して三菱化成に決めた。昭和三三年九月、五年前に新卒で入社した者と同じ資格で採用された。就職に際して学位のメリットがまったくなかったことに不合理を感じながら二六歳の工学博士武川康男は、川崎市にある三菱化成中央研究所に勤務することになった。

四年修了で水戸高校の文科に合格したものの、塙治夫にはエリート意識はなかった。翌年の新制大学入学に際しても旧帝大系の国立大学を志望せず、駅弁大学と蔑視されている新制茨城大学を選んだ。三年生になって間もなく、友人が外務省で語学専門の中級職外交官を募集していると教えてくれた。高比良和雄が目指していた上級職のキャリア外交官とは別のコースである。そちらは自分の力では歯が立たないと思っていたが、語学専門職ならいけるかもしれない。上京して受験すると一五人の合格者の中に入った。九月に講和条約が調印され、来春の発効による独立に備えて外務省は要員の確保と増強に努めていたのである。合格通知を受けとった治夫の感想は、これで家族と縁のない外国で暮せるという安堵感だった。少年時代と違って継母への激しい拒否反応は薄らいでいたが、自分が日本を離れて遠い土地で暮すのが継母にとっても最良の選択になると思っている。

茨城大学を三年で中退して外務省に入省した。半年間の研修と一年間の見習勤務が終ると人事課に呼び出された。今後専攻する語学を決めるためである。担当官からはポルトガル語を勧められた。しかし治夫は気が進まない。ポルトガル語は本国とブラジルの他、アフリカの数カ国で使われているだけで、現代世界の言語圏としての広がりがない。米英語ほどでなくても、もう少し世界的に影響力のある言語を専攻して、これまで体験したことのない異文化に触れたい。そういう希望を述べると「それならアラビア語にしますか」と、予想外の言語が返って来た。考えてもいなかったが面白そうだと直感した。アラビア語から連想するのは奇妙な形の文字と砂漠とスフィンクス、そして現代世界を動かしている石油である。アラビア語言語圏について、それ以上の知識はない。『千夜一夜物語』は目を通した記憶があるが、『コーラン』については無知に等しい。だからやり甲斐があると思った。あの奇妙な文字と格闘するだけでも退屈せずにすむ。なによりも遠い世界へ行って暮したいという願望にピッタリである。

「アラビア語をやります」と治夫は思わず大きな声を出した。二一歳の塙治夫はこれからの永い人生を貫く仕事を決めた。

第四章　自分を探す人々

昭和二七（一九五二）年四月の講和条約発効後、翌年七月に朝鮮戦争の休戦協定が調印されたことで、日本周辺の危機的状況はひとまず終熄した。

この時期、われわれの主人公たちはそれぞれの人生の足場を築きつつあった。社会人として職業人として、ある者は自立のための試行錯誤を重ね、ある者は個人と組織の葛藤と調和に悩まされていた。独立後の日本を特徴づける対米関係に重点を置いた国際化の波、それに連動した経済成長とそのひずみは、彼らの考え方生き方に否応なく投影されている。混迷し流動する戦後世界の渦中で、われわれの主人公たちは自らが拠って立つ場所を探し続けていたのである。

昭和二七年の暮、二一歳の立川雄三は八田元夫の演出研究所で念願の役者になった。しかし文無しである。役者になって生活が保障される訳はなく、自力で稼がなければ食べていけない。体力に自信があることだけが頼りである。

翌年の正月早々、新聞の求人欄で大崎駅前にある製缶工場の見習工募集の三行広告を見つけた。給料がいい。その分、重労働である。野ざらしの工事場で鉄板製の大きなタンクの中に入り、熟練工が外側から継ぎ目や凸凹をガンガン叩くのに応じて見習工は内側から叩く。タンク内に反響する音たるや只事でない。耳栓をすると外側で叩く音が聴こえないので作業中はノーガードである。たちまち鼓膜を損傷した。その時は一応回復したが中年を過ぎて後遺症が現われ、難聴が急速に進行した。

それでも生活のため製缶工を続け、役者修行に励んだ。金がある時は役者の卵同士、居酒屋にたむろして演劇論をたたかわす。その仲間に演劇研究所の同期生で山口県から出てきた女性がいた。親しくなり、頃合いを見て誘うと応じてくれた。役者としては目立たなかったが、しっかり者で生活力のありそうなところも頼もしく、いい仲になって一年ほどして結婚した。雄三の将来に賭けた彼女はさっさと劇団を辞め、美容師の資格を取った。以後、雄三の演劇人生を支えてくれたのである。

昭和三〇年、演出研究所は劇団芸術劇場と改称し、旗揚公演に長塚節の原作を昭和一二年に伊藤貞助が脚色した『土』が選ばれた。演出の八田元夫は主役の勘次に雄三を抜擢した。役者としては駆け出しだが『土』の舞台の茨城県出身で方言に苦労がなく、農村の生活を知っていること、頑健な農民風の体格と顔付きも抜擢の理由だった。占領中GHQのあった第一生命ホールでの旗揚公演は満員の盛況で劇評も概して好意的だった。俳優座、文学座、民藝などの大手の劇団にない新鮮さがあると評された。つまり、真面目で素人っぽく一所懸命な熱意が伝わる舞台だったのである。この劇評は雄三の演技にぴったり当てはまっていた。

東京での旗揚のあと長塚節の故郷の水戸を振り出しに、東北から関西を巡演して九州で打上げた。その打上げの席で事件が起った。これには伏線がある。九州の高校で貸切りの公演をした時だった。小作人たちが居丈高な地主にペコペコ頭を下げる場面で高校生たちはゲラゲラ笑いだした。戦後育ちの若者には地主と小作人の封建的主従関係も階級的対立も理解できない。ただ古臭く滑稽なだけである。しかし演じている俳優たちにしてみればショックである。自分たちが演じている芝居は今日的なテーマから外れているのではないか、戯曲『土』にどのような現代性があるのか、若い役者たちの間に疑念が生じていた。

そのモヤモヤが積り積って、打上げの地酒に酔った仲間同士、口論が怒鳴り合いになり、やがて殴り合いの大立回りを演じた。八田元夫は激怒し、首謀者と覚しき若手の役者数人を劇団からの追放処分にした。雄三も首を切られた。

それから一〇年、立川雄三は文字通りの「髪結の亭主」だった。芸術劇場にかわる落着き場所を求めて、山本安英の劇団「ぶどうの会」の入団テストを受けたが不合格だった。同じような立場の役者仲間と離合集散を繰返しながら、群小劇団を渡り歩いた。暇にまかせて書いた処女戯曲『強盗猫《がんとうねこ》』が演劇雑誌「テアトロ」に掲載され、「三の会」という小劇団が一橋講堂で上演してくれた。集団就職からはみ出した少年少女の生態を描いて、いささか自信があったので知り合いの女優原泉に頼んで、彼女の夫の中野重治に読んでもらった。しばらくして原泉から「この人は書くことはやめた方がいい」と中野重治が言ったと伝えられた。雄三の顔色が変った。「私は書くことをやめません」と言うのがやっとだった。

日本中にテレビアンテナが林立して、テレビドラマが映画にかわって娯楽の王座につくと役者の需要が急増した。五社協定で締め出されていた売れない役者に出番が廻ってきた。雄三にも傍役の出演交渉が次々に来た。『ダイヤル一一〇番』『事件記者』『七人の刑事』など刑事物で、雄三の役は決って犯人役である。多い時には週に二度三度と、手錠をかけられた雄三が茶の間のブラウン管に登場した。ギャラは安かったが、数をこなせば結構な収入になる。「髪結の亭主」の看板を返上する勢いだった。

小劇団での舞台やテレビ出演で知り合った一〇人余りの役者仲間が、一年近くあれこれ話し合った末、自分たちの劇団理念を自分たちの劇団で実現しようということで意見がまとまった。昭和四一年五月一日、「大衆性を志向しながら、つねに前衛たらんとする」ことを宣言して「演劇集団未踏」が結成された。その中心に雄三がいた。事務局を渋谷の雄三のアパートに置き、近くの画家のアトリエを稽古場に借りた。

その夏、旗揚公演の準備段階として、稽古場の近くに住む人々を招待して試演会を催した。雄三が構成した群読劇『戦争』は、満州事変から太平洋戦争までの十五年戦争の真相を告発する内容だった。戦争の加害と被害の両面を、兵士、学生、農民、市民らが残した手記や詩歌を素材に構成した。一ヶ月余り汗みずくで台本を書く雄三の脳裏に、朝鮮から水戸へとつながる少年期の自分の体験、海のもくずとなって戦死した兄の思い出が絶えず去来し、いつかそのことを芝居にしたいとしきりに思った。

試演会の台本を改訂して、一〇月に渋谷区の幡ヶ谷区民会館で三日間、演劇集団未踏の旗揚公演をした。演出研究所の役者からスタートして一四年、ようやく劇作と演出、そして役者も兼ねた演劇活動の拠点を作ることができた。演劇を通じて立川雄三の信条と時代への姿勢を世の中に問う季節が到来したのである。

永田康平（鄭康憲）は昭和二九（一九五四）年の夏に兄と創立した永興電機をなんとか一人前の会社に育てようと奮闘した。兄の一高時代の友人の紹介で日野自動車から部品の下請の仕事をもらい、たびたび技術部に顔を出しているうちに、「きみのところで方向指示器用フラッシャーを作れるか」と訊かれた。即座に「作れます」と答えた。作ったことはないがチャンスは逃せない。「為せば成る」である。

従来のものより精巧なものを作れば一儲けできると考え、職人のなかに時計職人あがりの器用な男がいたので相談した。いろいろ工夫し、何度も作り直して、どうやら満足のいく試作品ができた。日野自動車に持ち込むと評判がいい。大量に買付けてもらえそうなので借金をして新製品を一万個作った。ところが納品前の走行テストで失敗した。当時の日本の道路は舗装率が極めて低く、ほとんどが土の凸凹道である。その道をガタガタ揺れながら走ると、華奢な作りの方向指示器用フラッシャーでは実用に耐えられないことが判った。かくして一万個のスイッチはスクラップと化し、永興電機は倒産の危機に瀕した。

借金を返すには何か画期的な仕事を見つけなければならない。たまたまドイツの化学雑誌を見ていて、露出計をカメラ本体に組み込んだ新製品の開発計画の記事が目に止った。「これだ！」と思わず叫んで、例の職人と知恵を出し合い、カメラに組込み可能な露出計をなんとかでっちあげた。方向指示器用フラッシャーと同じで実用の点は危ない。しかし、資本も技術も月とスッポンのドイツのメーカーが新製品を完成させたら「ジ・エンド」だ。度胸を決め、試作品をカメラ会社に持ち込むと、これが大受けした。ドイツの科学雑誌からカンニングした試作品が売れたのである。おかげで永興電機は倒産を免れた。

起業家の才能はあったらしい。昭和三四年四月、二七歳の康平は先のカンニング商品を実用化させたカメラ用露出計を中心に電子計器類を製造する新会社電子計器株式会社を設立した。新会社も社長は兄、自分は取締役のつもりだった。しかし兄の方から、新しい事業計画があるので兄弟別行動にしようという提案があり、電子計器は小さいながら康平の自前の会社になった。

翌年、次のチャンスが訪れた。電子計算機とテレビ用コンデンサーの製造では中堅メーカーの太陽通信工業と交流した縁で、そこの重役と親しくなった。その人から川崎の本社工場の他に、地方に新工場を作る計画があることを聞いた。「いい場所があります」と思わず膝を乗り出した。現在も母が住んでいる茨城県那珂町で町おこしの目玉に工業団地を造成中である。そこに誘致企業の第一号として太陽通信工業と電子計器の合弁の企業、太陽電子工業を設立してもらえないだろうか。康平は熱心に重役を説き、那珂町へ飛んで町長や有力議員に誘致に際しての優遇措置を提案し、工場誘致が実現した。太陽通信工業も満足し、太陽電子工業が設立され、音頭を取った康平に太陽電子工業株式会社常務取締役、初代水戸工場長を要請した。那珂町では町をあげて誘致第一号工場を歓迎してくれた。康平は地元から四〇人余りの工員を集め、テレビ用コンデンサーの製造を開始した。出世した息子に喜ぶ母を見て、三〇歳で故郷に錦を飾った思いがした。一方、東京の自分の会社も小規模ながら稼動している。康平は売り出されたばかりのニッサン・ブルーバードを買って、那珂町と東京間の相も変らぬ凸凹道を一〇時間余りかけて忙しく往復した。

そういう康平に子供の頃から「兄貴」と言って親しんでいる在日朝鮮人の金日植が、「おれの妹をもらえ」と言ってきた。金は現在福島県白河で建設業を営んでいて、妹は安積女子高を卒業し、「ミス福島」になったことのある才媛である。康平に異存はなく話はすぐにまとまった。相手の白桂順《ベクケースン》は通称を永田和子と名乗ることになった。

折からの高度経済成長とテレビ時代の到来で、太陽通信工業の生産規模は急速に拡大した。水戸工場も増築を重ね、技術者の需要も増大した。康平は母校の茨城大学に乗込み、技術系の卒業生の大量傭用を要請した。かつての「アカの朝鮮人学生」を大学の就職担当者は丁重に迎え入れ、笑顔で応対した。康平は地元重視の姿勢で、県北の定時制高校の寄宿舎に作業室を特設して部品の製造を委託して喜ばれた。自分の仕事が具体的な形で朝鮮半島と日本列島の交流に役立っている満足感を味わった。

昭和四〇（一九六五）年六月に、日本政府と韓国の朴政権の間で日韓基本条約が調印された。条約によって日本国は韓国を朝鮮半島の唯一の合法政権と認め、北朝鮮との国交を凍結させた。ここでも、反共の砦としての日韓関係の強化を望むアメリカの意向が優先され、南北分割国家の固定化が図られたのである。条約は在日朝鮮人の身分についても、希望者の韓国籍取得を認めた。朝鮮戦争以来の在日朝鮮人社会の分裂は決定的局面を迎えた。韓国での事業計画がある兄はさっさと韓国籍を取得した。康平は北朝鮮支持の気持をなくしていたが、一九六一年の軍事クーデターで政権を握った朴正熙の強圧的な反共軍事政権に反対だったので、あえて韓国籍を取らずに外人登録法に基づく在日朝鮮人のままでいた。日本で暮している永田康平には別段の不都合は感じなかったのである。

康平、和子夫妻に長女、長男が次々に生まれた。その平穏な暮しに心配事が生じたのは兄の問題である。日韓を自由に往来する兄の生活は派手になった。金儲けが得意だと豪語していたが、金を使う方がもっと得意で、東京にいる時は帝国ホテルを定宿にして銀座、赤坂界隈で豪遊し、日韓双方での女出入りも盛んだった。余談だが、康平は兄が方々の女に産ませた子が何人いるのか正確な数を知らない。その兄が韓国で建設中の工場が、保険を掛ける前に全焼する事件が起った。当然資金繰りにつまり、手形を乱発した。その度に康平が保証人の裏書をした。これでは康平がいくら稼いでも間に合わない。妻に「あなたのアキレス腱はお兄さんね」と言われても抗弁の仕様がない。家族の生活に不自由はさせていない。だから残りの稼ぎを兄に注ぎ込むのは肉親の務めだと、康平自身は観念していた。もし父が生きていたら当然だと言うだろう。兄の借金の保証人を他人に頼んでは鄭一族の名がすたる。これも儒教の国の家族の掟であり、長幼の序なのだ。辛いことは歯をくいしばって耐える。それが永田康平を名乗る朝鮮人鄭康憲の心意気だった。

昭和三一（一九五六）年、二五歳の田辺良夫はＮＣＲのセールスマンになった。レジスターの需要の主役であるスーパーマーケットが本格的に普及するのは、これより四、五年後の一九六〇年代で、良夫がセールスマンになった五〇年代後半では規模の大きな一般商店が売り込み先の主流である。それでも良夫は前橋、千葉、水戸と営業担当地区を変えながら精力的に売りまくった。固定給一万二千円、一セット三〇万円から五〇万円のレジスターのセールスコミッションが一四パーセントという条件だった。営業成績は毎年トップクラスで、三〇歳を過ぎた時の年収は五百万円に達した。当時の同年代の平均的サラリーマンの年収の二、三〇倍である。戦後、十代の少年が将来大いに金儲けしたいと思った夢が、あっけなく実現してしまった。

二九歳で結婚して一男一女の父になったが、仕事に追われて家庭をかえりみる暇はない。銀座のバーやクラブに入り浸り、熱海に遠出して芸者をはべらせて麻雀を打つのも営業活動の一部である。セールスマンの場合、そういう経費は自腹を切るので、収入は多いが支出も膨大である。良夫に転機が訪れたのは健康を害したためだ。いくら金を稼いでも、このままの生活をしていたら遠からず躰の方から自滅すると思った。生命まで賭けて金儲けに励むのは愚かなことだと悟ったのである。生活に困らず、永生きして人生を楽しむ方法を考えることにした。セールスマンを選んだ時と同じ発想で、しばらく浪人暮しをして世の中を観察し、時流に合った仕事を見つけようと心を決めた。その準備に稼いだ金を運用して、妻子のここ当分の生活の手当をした。世田谷に家を建てたのもその一環である。

昭和四〇年、三六歳でNCRを辞め、予定通り浪人暮しを始めた。しかし小遣稼ぎのつもりで看板を出した経営コンサルタント業が予想外に繁昌した。全国各地の商工会議所やロータリークラブから経営指導や講演の依頼が次々に来て予定表を埋めていく。高度成長社会は金儲けの実績のある人間を放って置かない。行く先々でその土地の経済界で活躍している大学時代の麻雀仲間とよく顔が合った。会えば麻雀卓を囲んで旧交を温めた。学費稼ぎやセールスが目的の麻雀と違って、寛いで楽しむ麻雀だったが、それがかえって後々の利益につながるのである。

浪人生活が一年ほど経った頃「アイモ株式会社創立準備委員会」というところから誘いが来た。スーパーマーケットが流通業界の主流となる趨勢を捉えて、全国の同業者を糾合し国際的な大量仕入れ機構を作る計画で、新会社を設立するという。趣旨には賛成で、実現性もあると考えたので参加することにした。準備委員会に出席すると経済学者の坂本藤良、リコーの市村清、トピー工業の藤川一秋など、当代の売れっ子が集っていた。その仲間に呼ばれたのはちょっと面映ゆくもあり、嬉しくもある。会議では準備委員会の音頭でアイモ株式会社の資本金一〇億円を集めることが議決された。良夫は四百万円を投資し、会社設立後の事業計画を検討したり、資本金集めにも協力した。しかし、金の集まりが悪い。二年間頑張ってみたが予定の一〇億が集まる見込みがなく、会社設立は見送られ、準備委員会も解散した。国際的な大量仕入れ機構という着想には先見性があったが、計画が大きすぎてメーカーやスーパーマーケット経営者にはピンとこなかったのである。結局、良夫にとってはスーパーマーケット時代に托した二年間のいい夢で終った。

浪人生活もいつか五年が過ぎて四〇歳が目前になったので、なにか細く永く楽しんでできる商売をしようと物色しているところへ、水戸一高の二年後輩で食品会社の海外販売戦略を担当している男が訪れて来た。この男も独立志向が強く、サラリーマン時代に個人的に培った東南アジア系の人脈を生かして、とりあえずシンガポールを相手に菓子の輸出入をやりたいので力を貸して欲しいと相談を受けた。「こりゃイケル」と直感した。菓子は景気の変動にあまり左右されず、大儲けは期待できないが、その分リスクも小さい。なんといっても女子供が主な相手の平和産業であることが気に入った。明治大学やNCR時代に知り合った麻雀仲間が、地方の中小企業の経営者やスーパーマーケット業者に数多くいる。その人脈を利用すれば販売ルートは確保できるだろう。良夫の頭にシンガポールを皮切りに東南アジア全域を取引先にする菓子の輸出入業の将来図が浮んだ。東南アジアは彼にとっては未知の国々でその風土と住民と接する期待感があった。もうひとつ、そこには中国系住民が多く、華僑もいる。その人々と商売の付合いだけでなく、本場の麻雀ができたらどんなに楽しいだろう。

昭和四五年、四〇歳になった田辺良夫は小人数の社員でお金を確実に生み、自分の好きなことが追求できる堅実な商売をする自前の会社ケージー・インターナショナルを設立した。

昭和二九（一九五四）年、一年遅れで建設省に入った高比良和雄は最初の任地仙台で寮生活をした。国家公務員上級職試験に合格したエリート官僚としてはもう少しマシな待遇を期待していたのだが、寮は八畳に三人が寝起きする雑居生活で、東大生の時に住んでいた寮と大差なくわびしさが身に沁みた。休日にはよく映画を観たが、ラジオを買って歌謡曲に親しんだ。島倉千代子のデビュー当時で『この世の花』を口ずさむと、なぜか都落ちの心境になった。

仕事は東北地方全域での公共事業の監督で権限はあるが、新米なので役人風を吹かす立場ではない。時折ダム工事の現場へ出張した。日本各地で昭和三一年秋の佐久間ダムの完成に代表されるような大電源開発の時代が始まっている。ダム工事をめぐっての推進派と反対派の対立の構図もすでに各地で見られた。土地収用法による強制執行に立会わされると、ダム湖に沈む村落の住民と支援組織による体を張った抵抗運動を目撃することがある。電源開発に産業社会の未来を托す立場にいる和雄としては、理はこちらにあると信じているが、反対派の住民の心情を思うとその場から逃げ出したくなることもしばしばだった。出張には宴会が付きもので、若くても中央官庁の役人は上席に坐らされる。県の役人や請負業者に盃をさされ東北地方の民謡を毎度聴かされた。唱うのは好きなので『さんさしぐれ』をすぐ覚えて宴席での十八番になった。

昭和二七年のＩＭＦ＝「国際通貨基金」加盟から三年後、昭和三〇（一九五五）年にガット＝「関税および貿易に関する一般協定」への加盟がみとめられたことで、日本の貿易立国主義を支える二本柱が揃った。以後、経済関係の省庁では東南アジアへの市場進出を前提にした海外技術協力活動が展開される。日本はすでにアジアの産業技術先進国になっていた。

仙台で一年半を過して本省に戻った和雄の配属先も海外協力課だった。技術研修に来日した東南アジア諸国の技術者の面倒を見るのが仕事で、必要に迫られて英語やフランス語を使っているうちに会話のコツを摑んだ。いまなら外交官試験にも通りそうだと思ったが、むろん後戻りはできない。

その頃保守合同による「五五年体制」が確立し、自由民主党の長期政権が鳩山一郎、石橋湛山から岸信介へとバトンタッチされ、来るべき高度経済成長＝産業第一主義の下拵えが政、官、民の間で進んでいた。建設省でも官僚たちが建設立国のプラン作りに忙しかった。ただし当時の和雄は建設官僚の中核とはまだまだ遠い位置にいる。

昭和三五年、日米安保条約の改定をめぐって国論が二分した。いわゆる六〇年安保の季節に、今日ではとても考えられない規模で学生と市民による反対運動が組織され、国会は連日連夜デモ隊に包囲された。そして六月一五日夜のデモ隊と警察機動隊の衝突の渦中、ひとりの女子学生が死んだ。革命前夜のような様相を呈したその夜の擾乱で、政権党はアメリカ追従の他に国家の将来像を描く能力がないことを露呈したが、反対派の諸党も反アメリカの他に有効なカードを持たないことを告白したに等しかった。権力は論理を無視して勝利し、反権力は論理に頼って敗北した。

和雄が笠間で将来を誓った女性と結婚したのもその頃だった。安保騒動は非日常的な大事件ではあったが、結婚とその後の生活の日常性と持続性を脅かすほどの出来事ではなかった。新居は江戸川放水路沿いの二軒長屋の公務員住宅である。生活にまだ余裕がなくテレビもレコードプレーヤーも買えなかったので、仙台の独身時代と同じようにラジオを聴いた。その頃覚えた歌に『アカシヤの雨がやむとき』や『潮来笠』がある。

昭和三七年から三年間、上級職公務員の慣行に従い島根県に出向した。前半は水産商工部労政課長、後半は土木部管理課長だった。山陰の一九万石の城下町松江での生活は長期間の新婚旅行のようだった。松江に来て間もなく生まれた娘の成長を楽しみながら、松江城や小泉八雲の旧宅のあたりを夫婦で散策し、休日には宍道湖の舟遊び、日帰りの温泉めぐり、隠岐諸島への小旅行などこれまでにない優雅な生活を楽しんだ。仕事はソツなくこなしていったが、出向官僚という立場上、人付き合いはめっきり増えた。県や市町村の役人や議員、地元の業者、民間会社の駐在員などから誘いがかかる。宴会といえば松江の奥座敷の玉造温泉である。『安来節』や隠岐の『しげさ節』を太鼓の伴奏で唱う。『王将』や『なみだ船』も欠かせないレパートリーである。

予算のシーズンともなると出向課長に期待が集まる。お土産をどっさり抱えた県庁の役人と上京して、建設省に陳情に行く段になると頼りにされているのを肌で感じる。出向先だけでなく、実は本省からも試されているのだ。そうした経験を通して官僚社会の仕組みに馴れ、その世界に適応する技術を身につけ、才能も認められなければならない。「高比良和雄は役立つ男だ」と認められなければ将来はない。その点、性格が温和でギラギラしたところがなく、手堅く間違いのない勉強家ということで省内の評判は悪くなかった。

昭和四〇年三月、高比良和雄は三年間の島根県出向を無事に勤めあげ、建設省計画局建設業課課長補佐の辞令を受け取った。三三歳で公共事業に絶大な権限を持つ建設官僚の中核に近づいたのである。しかしその先に、本当の意味での権力に向う競争が待っている。

昭和二九(一九五四)年四月から、関済美は大成建設仙台支店で呑気な事務屋生活を送っていた。同じ時期、監督官庁の建設省から派遣された高比良和雄も仙台にいたが、お互い利用し合うほどの立場にいなかったし、同窓生としての付合いも薄かったので交際はなかった。

済美は三年後岩手県の隧道工事の現場勤務を命じられた。昔、蝦夷地であった名残りが江刺市江刺という地名に残っている山奥に飯場があった。その二階に雑居寝して、気の荒い作業員の男たちと毎晩焼酎を飲んで暮した。非力な事務屋だったが不思議に現場の男たちと気が合って、仕事は順調に進んだ。工事に三年を要して竣工式まで付き合って仙台に戻ると、社内にひどく活気がある。山奥で焼酎を飲んでいる間に高度経済成長が幕開きして、公共事業で建設業界が有卦に入っていたのである。六〇年安保騒動など江刺はもとより仙台でも酒の肴にもならない。

仙台支店に戻って半年後に見合い結婚した。新婦は生まれも育ちも仙台で、ピアノ教室の先生をしていた柔和な女性である。翌年娘が生まれた時、もし自分に万一のことがあっても、女房は手に職があるから娘を育てていけるだろうと、済美は虫のいい感想を持った。自分はいま安全地帯にいると思った。妻子があり、上昇気流に乗っている会社に勤め、仕事を通して多少は世の中の役に立っているという安心感がある。そのせいか体調もよくなり、悪夢のようなノイローゼに襲われた学生時代が夢のようだ。のちのち、どんな逆境に見舞われるか保証の限りではないが、いまの自分の精神と肉体は強力な組織によってガードされている。「どこでもいいや」と言って入った会社に愛着が生じたのである。

高度経済成長政策の成功を内外に誇示する恰好の舞台となった東京オリンピックの開催が翌年に迫った昭和三八年の三月、済美は大成建設東京本社総務部管財課への転勤が決った。「いよいよ東京に攻めのぼるか」と三二歳の済美は妻と娘の前で、自信あり気に両腕を屈伸させた。冴えない土建屋に就職したつもりが、一〇年経ったら一流企業のエリート社員になっていたのである。

東京では府中競馬場に近い社宅に住み、ラッシュアワーの電車に一時間余りもまれて銀座の本社へ出勤した。本社の活気は仙台支店の比ではない。しかしよく見ると活気の中味は多忙である。仕事に際しての手順や人間関係は近代化された組織とは思えない。それが日本の企業社会の体質なのか、「新しい酒を古い皮袋に入れている」と感じた。組織に序列があり、それに伴う職務権限があることは百も承知だが、自分にも入社一〇年の経験がある。日常的な業務は自分で判断し処理して当然と思っている。しかし、それがなかなか通用しない。上司から「ヒラの分際で……」といった顔をされる。上司にゴマをするのが出世競争の第一課なら、自分のような人間は競争の一番うしろを走っているのだ。それならゴマすりに転じるかといえば、出世がなんだと反抗するのが済美の気質で、これでは前途多難である。

それでも団地とトリスバーがサラリーマン生活のシンボル化し、中流意識が浸透していく一九六〇年代の終り、昭和四四年に三八歳の関済美に住宅事業本部企画課長の辞令が下りた。遅い出世だが妻は赤飯を炊いて祝ってくれた。小学生の娘と息子に「お父さんおめでとう」と言われてホロッとした。

管理職になっての初仕事は、住宅需要の拡大を狙うPR戦略の立案と実施である。同じ資本系列の富士銀行と組んで、住宅ローンとのセットで「住いの会」を組織し、新聞、雑誌、ラジオ、テレビで多角的に宣伝した。テレビ番組は、関西テレビ制作の大原麗子と岡田茉莉子がシリーズごとに主役を交替で演じるドラマを買って全国ネットで放映した。こうしたマスコミ相手の仕事には往年の文学青年の心情を刺戟する独特の匂いがあった。

ある夜、アメリカの大学で広告理論を専攻した若い部下に、彼が仲間とやっている研究会に誘われた。ヒラ社員の頃、職務権限では苦労したので、課長になってからはヒラ社員に自主性を持たせるように努めていた。その成果と言っては皮肉だが、若い部下は日頃から「課長のPR戦略は古い」

と言って憚らない。研究会にはアメリカ人の広告マンも何人か来ていて、メンバーの共通語は英語である。済美も東京に転勤してから暇を作って英会話を習っているので、話の大体は理解できる。若い連中の意見に「なるほど」と思ったり「違う」と考えたりした。往年の文学青年と今日の広告青年にはズレがあるようだった。広告青年は広告を独立した表現行為と考え、最先端の表現方法と表現技術を駆使することに熱心である。済美に言わせれば「夢らしきもの」を売ることに熱心なのである。済美は広告と商品は不可分だというリアリズムに固執している。広告は商品の実体を正確に伝えるものでなければならないというリアリズムは、販売競争に勝つ手段としては平凡で馬鹿正直である。

研究会が散会したあと、済美は新宿に出て、老バーテンダーのいる行きつけのバーの止まり木に腰を据えた。自分と若い部下との違いは結局のところ、敗戦後民主主義の養子となって苦労した自分と、戦争も敗戦も知らず生まれた時からアメリカ流民主主義に飼育された世代との間にある、見えざる断層の表現ではあるまいか。自分には歴史のロマンチシズムに幾度となく裏切られた体験があるが、若い部下たちには広告のロマンチシズムがあっても歴史のロマンチシズムはない。

済美は自分が拠って立つ場所に帰りたいと考え、部長と話し合って住宅建設の現場に専念することにした。美しい虚妄よりも貧しい真実を選びたいと思った。折柄、都下の高幡不動に二四〇〇戸のアパートを建設する計画があり、その責任者として土地買収から実現まで三年を要する仕事に取組むことになった。そこまでは希望通りだったが、思わぬ副産物を背負わされた。

当時の産業界にはプロジェクトチームだのジョイントベンチャーなどというアメリカ直輸入のカ

タカナ英語が飛び交っていた。住宅事業本部長は済美のために一席を設けて「これからはジョイントベンチャーの時代だ。銀行や商社の将来性のある連中と金をケチらずに付き合って、人間関係のネットワークを作ってくれ。きみの将来にも必ず役立つことだ」と注文をつけた。要するに社用族になって実績をつくれということだった。それからは昼間のアパート建設の仕事が終ると、夜は絵に描いたような社用族の生活が待っていた。銀行、商社、鉄鋼メーカーなどの目ぼしい課長クラスに誘いをかけて夜毎豪遊した。当時の遊び仲間には後に銀行の頭取になった者、商社の社長に出世した者も含まれていたから、済美の人選に誤りはなかったのである。しかしそれが済美の将来にどれだけ役立ったのかは別問題だった。会社の金を湯水のように使うことに抵抗感はない。自分の本来の業務だけでも会社は莫大な利益を挙げているのだから遠慮はいらないと思っていた。しかし毎日が午前様で、クラブやバーや待合の名刺ばかりが溜り、チークダンスと麻雀だけが上達したと思うと、多少情ない気持になる。将来の役に立つと言われても、それは出世競争に勝ったうえでのことである。

昭和三〇（一九五五）年に川原博行が入社した武蔵野映画劇場は甲州財閥の参議院議員河野義介の一族会社で、新宿の武蔵野館を本拠に数多くの系列館を擁していた。その年はじめて大学卒を採用し、早稲田、法政、中央の三大学から五人が入社した。彼らは将来の幹部社員、青年将校などとおだてられ、女子事務員から切符売場のおばさんたちまで事務所を覗きにくるほどのモテようだった。

入社間もない六月の株主総会では「強盗慶太」の異名のある東急の総帥五島慶太の乗っ取り工作を防ぐためと言われ、新宿角筈を縄張りにしている小津組の若い衆と一緒に、演壇の社長の背後に立って睨みを効かせた。正業とはいえやくざと紙一重の興行師の世界は、博行にしてみれば常識放れした世界で、それが不安でもあり魅力でもあった。

その年はテレビ時代の到来を告げる年でもある。街頭テレビに群がった人々は力道山の空手チョップに興奮した。しかし大衆娯楽の王座にはまだ映画が坐っている。武蔵野の社員バッジは新宿の盛り場では効果絶大だった。九時過ぎに劇場《こや》がハネると博行たちの足はおのずとネオン街へ向う。どこのバー、クラブ、キャバレーでも武蔵野の青年将校の席には嬌声が絶えない。どこの店でもツケで飲み、夜更けまで飲み歩いた。勘定はすべて劇場支配人が心得ていて、どこでどう操作されるのか、博行たちは請求書を見たことがなかった。売春禁止法の成立が間近い赤線地帯にも馴染み、色街の女や酒場の女との色恋沙汰も生じた。若くて元気がいいのだから、酒と女にうつつを抜かすのも自然で、毎日が面白くて仕方なかった。日経の校正記者になるチャンスを逃した時の悔いもいまは忘れた。

そんな博行の行状が水戸の両親に伝わり、父が放蕩息子の身の始末を、府中に住む友人に頼んだのは年が明けてすぐの頃である。学生時代から事あるごとに保証人になってもらった人なので、呼出しの手紙をもらうと出向かざるをえない。その人が元銀行の重役で、いまは接着剤メーカーの顧問をしていることは知っている。正月興行が終って府中へ行くと、いきなり「ご両親を泣かせちゃいけないよ」と言われた。両親は博行の泣き所だから頭を下げる他ない。すると「社長に話してやるからセメダインへ行きなさい」という。思いもしなかった展開になった。放蕩を諌められるだけと思っていたら、転職で放蕩を根こそぎ始末してしまう魂胆らしい。黙っているとセメダインのPRが始まった。東証二部上場の優良企業で、自動車や建設で使用される接着剤の需要が鰻上りで、これからますます発展する会社だと熱心に説かれた。セメダインに行かなければ博行の将来はないという口振りである。

返事は保留して、ひとまず辞去した。帰りの電車の中で「ムチャだ」という反抗と「もしかしたら天の配剤か」と自分に都合のよい考えが拮抗した。実はひと月ほど前から、ある女性との恋愛関係がこじれて、できればそこから逃げ出したい気持があった。愛し合う関係と傷つけ合う関係が激しく交代して、お互いがいらだち疲れ切っていた。浴びるほど飲む酒が一層気持を荒ませる。他人に弱味は見せなかったが、心身ともに悪酔から抜け出せずにいる。そんな時の、府中の人からの説得だったのである。

ひと月かけて女性と話し合い、別れ話にカタをつけた。そうなれば自分が新宿にいるのは別れた女の目ざわりになるだろうと考え、「天の配剤」に与した。もう一度府中に出かけて「よろしくお願いします」と頭を下げた。三月はじめに上野末広町のセメダイン本社で社長以下の幹部の面接を受けた。武蔵野映画劇場を円満退職することを条件に採用が決った。

人生を面白おかしく送るのはこれでなかなか難しい仕事であることが判った。それができるのは自分の実力では一年が精一杯で、ここへ来て息切れしてしまった。この一年、うまい酒を飲み、ひと癖もふた癖もある男たちと付合い、さまざまな境遇のイイ女たちと出会った。ひとりの女を悲しませたが、最後に笑って別れたのがせめてもの救いだった。こういう自分は平凡なサラリーマンになるのが相応なのかもしれない。そんな自己採点は残念であり、口惜しくもあるが致し方ない。

新宿という街と人との出来事がすべて過去になる日、博行は開場前のガランとして誰もいない客席にひとり坐って、白い大きなスクリーンをぼんやり眺めた。眼を閉じると、そこに悦楽の一年の思い出の数々が映っては消えていく。そして場面は突然のエンドマークで終る。眼を開けると何事もなかったように白い大きなスクリーンがあった。これからそこになにが映るのか、博行には見当もつかなかった。

昭和三一年四月にセメダインに入社し、一週間後に大阪支店営業勤務を命じられた。そして三年が過ぎた。その間、名だたる大阪商人のどぎつい商売にもまれ、有能な営業マンに変身して東京へ戻った。翌年、堅気のサラリーマンの証明のような見合結婚をした。相手は水戸の古い割烹旅館の娘で、東京栄養大学に学び、卒業後は実家の調理場で母親に仕込まれた。料理の腕の確かな人である。

東京本社での博行の営業成績は目覚ましかった。府中の人の言った通り、会社の業績も急伸していた。東北地方にも営業拠点を作る方針が決った時、会社幹部は博行の実績をかって仙台営業所開設所長に抜擢した。在任中の仙台では岩手の山奥から戻ったばかりの大成建設の関済美と再会を喜び旧交を温めた。済美から大成建設の仙台支店がらみで仕事上の便宜も図ってもらったりした。二人ともまだ新婚時代だったが、男は男同士、よく飲み歩いた。ダミ声で所得倍増と高度成長への道を説く池田勇人の剛腕振りが酒の肴になった。やがて仙台での仕事が終り、博行は間もなく東京転勤になる関済美より一足早く東京に呼び戻され、本社営業課長の辞令をもらった。

「一九六〇年代のはじめから一九七三年のオイルショックまでが、サラリーマン人生の一番面白い時期だった。」と、後に博行は回想する。それは彼の仙台時代から本社の営業課長、開発課長などの花形ポストを経験した中間管理職時代と重なる。中間管理職は上と下から挟み撃ちされる難儀な地位のようだが、「おれが触媒的役割に向いた性格だったためか、上も下も中間にいるおれに気を使ってくれたので働き易く、働き甲斐もあった」と言う博行は、「中間管理職の悲哀」と無縁であったようだ。「自分の人生は自分で決める」という彼の人生哲学もここまでは健在だった。

自動車産業の急成長、建設ラッシュなどでセメダインの業績も順調である。物を作れば端から売れる時代だったから営業マンの活躍の場は広がり、社用族化した。東京でも地方の出張先でも毎日が午前さまの生活である。深夜、酔った躰を家まで運んでもらうタクシーの中で、ふと武蔵野映画劇場時代を思い起すことがある。あの頃は酒を飲むのは放蕩のための放蕩だった。それが現在では酒を飲むことが金儲けになり、会社の利益になって喜ばれる。そういう世の中の仕組みと自分自身の変化がおかしかった。武蔵野の白い大きなスクリーンに映っている現在の自分は悲劇の登場人物なのか、喜劇の登場人物なのか、少なくとも人生を面白おかしく生きた過去の自分ではない。

昭和二九（一九五四）年八月、自衛隊を退職して上京した鈴木千里は、上野で会計事務所を開いている遠縁の人を頼った。働きながら大学受験の準備をしたいと手紙で詳しく伝えてある。遠縁の人は心得顔で、日暮里の個人経営の貸金融会社の社長を紹介してくれた。街の貸金融、ひらたく言えば高利貸である。千里の仕事は高利貸の手代である。「軍隊」から娑婆へ戻っての最初の仕事としてはどうかとも思ったが、五〇年輩の無愛想な小男の社長の話を聴くと悪い人間とは思えなかったので、しばらく働いてみることにした。

日暮里界隈には銀行融資などとは縁のない零細業者が軒を連ねている。その人たちは僅か三万円前後の金を日掛けで借り、月五分の利息を払って細々と仕事を続け、家族を養っている。どぶ板を渡ってその人たちに会い、貸金を渡し、利息を受取り、世間話をしたり愚痴を聞く生活をしているうちに、自分は他に金策の当てのない世の中の弱者を、それとなく支える仕事をしているのだと考えるようになった。大学へ行って法律を勉強して将来は弁護士になって、弱者の力になってやりたいと思うのである。

翌年、日大の法学部に合格して念願の大学生になった。正義派の弁護士になる夢に向って一歩踏み出した気持である。社長に勧められ「手代」の仕事は続けた。授業と仕事の時間を調整して学生生活に支障はなかった。一年で二年分に近い単位を取った。しかし、いくら沢山単位を取っても学問をしている手応えがない。これでは司法試験は無理だと思い、卒業まで受験しなかった。もう少し勉強すれば自信がつくと考え、同じ日大の法律専攻科の夜間部に籍を置くことにした。

それを機会に四年半続けた「手代」をやめ、友人の紹介でK生命保険会社の外勤勧誘員になった。都内の支店に属して、教職員弘済会を担当した。小、中学校の先生を対象にした団体保険の勧誘が仕事で、「軍隊」や「手代」の経験が役立ち成績をあげた。仕事振りが支社長の目にとまり「そのうち正社員に推薦しよう」と言われた。ところがある日、勧誘先の学校の前に停めておいた自転車が、荷台に積んだ勧誘資料の入ったカバンごと盗まれる事件が起きた。自転車はともかく、これまで丹念に集め整理した資料はかけがえのない職業上の財産である。それを失ったことで勧誘員を続けていく気力も失ってしまった。千里の一途な性格は自ら恃むこと強く、思い込みの強さと重なっている。他人に対して選り好みがあり、決して傲慢ではなかったが妥協を嫌った。その分、諦めも早い。

二年間通学した日大の法律専攻科を卒業した時点で、実力不足を感じて司法試験への挑戦を断念したのと、保険勧誘の意欲をなくしてK生命を辞めたのはほとんど同時だった。次の就職先は、紹介する人がいて川口市の小さな建設下請会社に決った。新しい職場でなんとか自分を立直したいと思い、新宿にある工学院大学の夜間の専修学校で建築士の勉強を始めた。弁護士の夢破れて建築士の夢が芽生えたのである。一年ほどして再び転職した。今度は千里の人柄に好意を持った取引先の人の口利きで、東証二部上場のI建設という中堅企業に移ったのである。建築士の勉強は自分にも会社にも役に立つと思い、仕事と学校を両立させる希望を人事部に申し出た。とたんに「それは困ります。うちでは建築士は間に合っている。あなたは事務職に専念してください」とにべもない。東京オリンピックを二年後にひかえ、配属された工務部は多忙をきわめている。連日の残業で学校へ通う時間などなく、結局退学した。

そんなある日、K生命の元同僚から電話があり、喫茶店で会った。千里に目をかけてくれた支社長が本社の部長に昇進したという。部長は千里の力量を認めていて、幹部見習いの待遇をするから是非戻ってこいとの伝言だった。その後も再三連絡があり、最後は部長直々の説得でK生命への復帰を決めた。昭和三八年の早春のことでI建設は一年で辞めた計算になる。いくばくかの望みをつないでいた建築士の夢も永久に去った。

K生命の本社部長は約束通り、千里を幹部見習いの講習所に派遣してくれた。富士山麓の広々とした施設に三週間合宿して講習を受けた千里は部長の処遇に感激し、大いにやる気が出た。受講後は川崎支社に配属され、業務保険部で企業の団体保険、企業年金などの勧誘に従事した。ここで実績をあげれば正社員に登用され身分も保証される楽しみがあった。しかし翌年の秋、電算機関係の部品や用紙の製造販売でトップクラスの日本通信紙に日参して専務に気に入られ、高額の役員保険の契約に成功した時、またまた事件が起きた。自分のデスクに置いた契約書類が不在中に無断開封され、千里の知らぬうちに契約の事務手続きが進められていたのである。事務方の単純ミスに始まった事件ではあったが、契約を取った千里にしてみれば、実績がフイになりかねない大事件である。支社長は事務方のミスを認めて謝罪したが、激怒した千里は許せなかった。慰留する支社長を振り切って辞表を叩きつけた。本社の部長に相談して対応を決めるといった気持の余裕はなかった。こうしてK生命の幹部社員になる夢を自ら葬った。

水戸の人間には「骨っぽい」「怒りっぽい」「飽きっぽい」の「三ぽい」があると言われている。千里についてはいま現在の彼の生き方に「三ぽい」が妙に符合してしまうのである。もっとも、そういう「水戸っぽ気質」を人間のかわいらしさと見て珍重する人がいるから世の中は面白い。千里に高額の役員保険の契約をした日本通信紙の専務がその人で、「辞めたのは好都合だ。課長にするからうちへ来てくれ」と言ってくれた。

日本通信紙は従業員五百人余り、千葉県柏市に工場があり、業界ではノーカーボン紙の草分けとして名が通っている。昭和四〇年の春、やがて三四歳になる鈴木千里はそこが最後の転職先となった日本通信紙に入社した。警察予備隊での出世に見放されてから、弁護士、建築士、保険会社の幹部社員と次々に見た夢を喪ってきた男はめぐりめぐって平凡なサラリーマンになった。

昭和二八(一九五三)年四月の定期異動で二一歳の武藤亮彦は新設された常陽銀行銀座支店勤務の辞令を受け取った。一年ほど前、三菱銀行の松尾茂が水戸に戻ったことは人伝てに聞いていたが、同窓生という関係しかないので、茂が東京でボロボロになった経緯については何も知らなかった。たとえ知っても、自分は彼とは違うと思っただけかもしれない。

常陽銀行銀座支店は銀座並木通りの新橋駅に近い八丁目にある。並木通りといっても並木の姿はなく、銀座自体が焼野原からの復興が緒についたばかりで、夜の華やかさはごく限られた一郭のことだった。常陽銀行が東京に支店を設けたのは、茨城県内の農家から集めた預金を東京で運用するためだった。関東平野の米どころの茨城県では秋の収穫期に支払われる供出米の代金で、銀行の資金は潤沢になる。ところがその運用では問題があった。県内最大の企業グループ日立製作所とその関連会社の資金調達の大部分が、水戸を素通りして東京の大手都市銀行で行われている。そのため常陽銀行は融資先が不足していた。そこで特需景気で生産規模を拡張している京浜工業地帯の中小メーカーをはじめとして、流通やサービス業などの業務がゴマンといて融資先に事欠かない東京に拠点を求めたのである。

大手都市銀行は融資先のランク付けや融資金の配分方法などで、銀行側の思惑が優先し、取引に柔軟性が乏しく面倒が多い。そこへいくと新参の地方銀行では借り手有利の状況がある。借り手は地方銀行の特長をよく研究している。たとえば青森銀行はリンゴの収穫期に、常陽銀行は米の供出期に資金が豊富で融資先を探している。借り手はその時期、窓口に殺到する。都市銀行の割当融資では資金不足な中堅、一流企業も地方銀行を利用する。

そういう貸し手と借り手のダイナミックな関係を目の当りにして、なるほど東京は日本経済の中心だと、融資係の末席にいる亮彦は感服した。彼の仕事は忙しくて目の廻りそうな時期もあるが、年間を通せば松尾茂を絶望させたような残業続きという事態はない。給料は都市銀行にくらべれば安いが、勤め帰りに同僚と一杯やる程度の余裕はある。ただし、銀座では飲まないし、飲めない。銀座界隈では常陽銀行と言っても鼻であしらわれる。いつか銀座の老舗を訪れて「うちの小切手を使ってください」と頼むと「わたくしのところは、まだおたくの小切手を使うほどおちぶれていません」と慇懃無礼に断わられた。派手なショータイムが評判のナイトクラブと取引きができたので、いっぺんだけ見てみたいと思って店へ行くと「ここはあなた方の来るところではありません」と支配人に嗤われた。やはり新規に開拓した、築地の魚河岸の大店の仲買人が麻雀好きと知って、「どのくらい軍資金を持っていけば仲間に入れてくれますか」と訊くと「まあ最低で二〇万用意してきな」と鼻であしらわれた。そんな訳で、銀行を出て足を向けるのは渋谷の恋文横丁の居酒屋か、恵比寿の独身寮に近い日立市出身のママのいるスタンド・バーだった。そのバーにはよく通った。同県人のよしみで心なしかサービスもよく、話題にも事欠かない。なによりも三〇代のママの豊満な肢体が若い独身男にそこはかとない期待感をもたせてくれる。

東京生活が二年、三年と過ぎ、銀座の街並も整い、亮彦の生活レベルもいく分かは上った。「もはや戦後ではない」時代に生きるサラリーマンらしくなったのである。そんなある日、月島で町工場を経営しているという貧相な中年男が窓口に現われた。鉄道線路用の犬釘とスクリュースパイクを作っているが、鋼材を大量に買付けたいので融資を頼むと、口調は江戸っ子らしく歯切れがいい。しかし金を貸すのが心配になるような風態なので、理由を詳しく聞きたいと言って応接間に通した。小口の融資申込みには亮彦が応対する。男は一気に喋り出した。近く大手の鉄鋼メーカーの労働組合が無期限ストに突入するという情報を入手したので、いま鋼材を仕入れておけば大儲けができるという。亮彦は男の言い分を信じた。たとえ小さな町工場でも情報の活用次第で経営が左右されるのだと思った。見かけは貧相だが、男の経営能力は確かだと融資担当課長に報告し、やがて融資が認められた。

経験を積むなかで、情報とその処理能力で損得が決る株式投資に興味を持った。株を買うといっても資金は安月給からコツコツ蓄めた小金しかない。それでも亮彦にしてみれば精一杯の賭けである。経済関係の新聞や雑誌を丹念に読み、一般紙の社会面にも気を配って判断材料にした。写真をやめてからは趣味は読書と映画くらいなので、この際は好きな映画で勝負することにした。映画会社の株は正月映画の興行成績で大きく変動する。昭和三三年の正月映画で日活が石原裕次郎の『嵐を呼ぶ男』を封切るというニュースに注目した。日活映画は芸術作品は作るがヒット作は少なく株価も安い。しかし石原裕次郎を「歌うアクションスター」で売り出そうという企画は悪くないと思った。そういう裕次郎に興味はないが、映画を観るのと株を買うのは別次元の行為である。亮彦は有金はたいて日活株を買った。期待通り『嵐を呼ぶ男』は大ヒットして日活株は急騰した。裕次郎人気は当分続きそうだが、日活の多角経営には問題があるという情報も耳に入ったので、亮彦は高値で売り抜き、予想を越える儲けを手にした。これが病みつきになって株の勉強に身が入り、銀行の客の何気ない会話にも貴重な情報があることを知った。もともと大金を動かす訳ではないから、儲けも損もほどほどである。それでも、しがないサラリーマンの財テクとしては悪くない成績を残した。

昭和三七年四月、亮彦は水戸本店の検査部に転勤した。次の年の五月、「時代離れのした見合結婚」をして、小さな借家で新婚生活をスタートさせた。仕事は支店の臨時検査なので、出張が多く帰宅は週末にかぎられるので、同僚から「新婚残酷物語」と冷やかされた。それよりも、他人の仕事のミスや不正を見つけだす検査の仕事そのものが亮彦の肌に合わなかった。岡っ引根性の卑しさを感じてしまうのである。

幸い検査の仕事は一年余りでお役御免になり、栃木県真岡市の支店に転勤になった。真岡市は高度成長の波に乗り、工業団地を造成して企業誘致に力を入れていた。亮彦は銀座支店時代の取引先とのコネを利用して、東証二部上場企業の誘致を成功させ、市側と銀行から有能な人間と認められた。職業的人間の幸運と不運は大抵の場合、本人の意識や関心と無関係に訪れるのである。

真岡市の隣町に、やきもので名高い益子町がある。仕事の関係で亮彦は益子町へ再三訪れる機会があり、これもたまたま、益子焼の代名詞的な浜田庄司と並ぶ佐久間藤太郎の知遇を得た。佐久間の工房を訪れ、その作品と人柄に接して、銀行員の世界とは次元の違う世界への憧れと近親感をもった。そういう亮彦に佐久間も面白さを感じたのか、乞われるままに何点かの作品を譲ってくれた。それらは亮彦の「お宝」になって現在も保存されている。

昭和二七（一九五二）年六月のある日、三菱銀行水戸支店に出勤した松尾茂は、為替係に配属されて驚愕した。これが三日前まで働いていた東京日本橋支店と同じ銀行かと目を疑うほど暇なのである。係長以下五人の為替係だが、仕事は三時に店のシャッターが下りるのと同時に終る。後片付の時間を取っても、折から夏時間でもあったので店を出た時はまだ真昼間の明るさである。勤めが楽なうえに、飯だけは腹一杯食べられるので、体調はみるみる回復した。気が向くと千波湖畔にイーゼルを立て周辺の景色を描いた。下手なりに絵を描いているとツマランことを忘れる。日常のわずらわしさから解放される。もし絵を描いて生活できたらどんなに幸せだろう。それが不可能な夢だとしても、絵を描くことに自分の人生の自由があると思った。その自由の代償に銀行員をやっている。そう考えれば我慢の仕甲斐があった。

家族のなかで茂の経済的責任は重い。家計を支え休日には母を援けて、農作業にも従事した。病後の祖母はぼけの症状と衰弱で戦力にならなかったし、弟は遊びざかりだ。水戸へ戻って三年目の春、好意をよせてくれた店の同僚と結婚することになった。水戸二高出身の煙草屋の娘で性格が明るく活潑で、家事に長けている女である。不便な間借り生活からスタートしたが、それがバネとなって夢はふくらんだ。将来の家の設計図をひき、その一部、今いう一ＤＫの離れ屋を自宅の敷地内に建てたのは一年後だった。

更に一年後、戦後のバラックを取り壊して母たちの住む母屋を増築した。娘も生れた。そのため知人や銀行から借金したので、ますます銀行から離れることができなくなった。

水戸支店には支店長以下幹部クラスに定年間近かな旧第百銀行出身者が多かった。宮仕えもあと二、三年という気の緩みのせいか、接待ゴルフや宴会に忙しく、事なかれ主義が横行していた。人事も適材適所といえず、行員たちは陰でブツブツ言っているが表だって不満は言わない。暇なのはありがたいが、銀行内に弛緩した空気が淀んでいる状態は精神衛生上好ましくない。職場の風通しだけでも良くしたいと考え、茂は若い人たちに支持されて、組合の代議員になった。水戸一高の自治会で走り廻っていた頃を思いだし、組合員の意見を代弁して、上役に要望や提案を出したが改善の気配はなく成果はあがらなかった。

そこへ強力な助っ人が現われた。川崎支店で「アカ」のレッテルを貼られた男が水戸支店に転勤してきたのである。彼はひと月ほどで支店の状況を見定め、茂を見込みのある同僚と認めたらしい。支店の現状や問題点について二人で話す機会が増えた。水戸支店には思い切った手術が必要だということで意見が一致した。組合員の意見を集約して支店幹部と交渉してもラチがあかないことが判った。いま考えられる方法は支店改革の必要を人事部に直訴し、上からの改革を迫る他ないのではないか。本部の力に頼るのは虎の威を借りるようで躊躇があったが、この際は自分たち二人の首を覚悟で事を進めようという結論に達した。直訴状は支店幹部の私行を告発する文書になった。直訴状を送って、人事部の反応を待つ間不安な日々が続いた。

それは突然やって来た。年末、本部の若手の課長が水戸支店長に赴任して来た。着任早々、新支店長は行員を集合させ「私はこの店の大掃除に来ました」と宣言した。それから一年足らずで支店人事は刷新され、ヒラ行員たちの配置転換も行われた。同時に支店改革の直訴状を書いた二人のうち、茂は不問に付されたが、「アカ」と睨まれていた男は他の支店に飛ばされた。本部は直訴状によって水戸支店の体質改善の必要を認める一方、下級の行員の造反が他支店に波及するのを怖れたのである。「おれは彼の犠牲で助かったのだ」と茂は左遷された同僚への気遣いを妻に語った。その同僚が間もなく退職したことを風の便りで知り、辛い気持がいつまでも残った。一般行員が職場や仕事について自由に意見の言える環境を作りたいという願いに発した行為は苦い後味を残した。直訴状は銀行という巨大組織の活性化のために、より巧く利用されたのである。

茂が水戸支店に来て一〇年が過ぎた。東京石神井の中学校長を停年退職した実父から連絡があったのは昭和三七年の晩春である。米軍横田基地に近い拝島に土地を買い自動車学校を作るから、銀行を辞めて手伝いに来てくれという話だった。いつもながらの唐突で身勝手な言い草だと思ったが、なぜか父子の血のつながりを無視できない。直訴状事件のこともあって、将来に希望のもてなくなった銀行と手を切るチャンスが訪れたようにも思えた。

「大掃除屋」の支店長に実父からの話を打明けると、「自動車学校なら将来性がある」と言って退職を内諾してくれた。すぐ上京して建設中の拝島の現場を見た。実父は上機嫌で計画を語ったが、待遇の話になると、銀行でもらっている給料を保証するという最初の約束とは違って、当分はその半分で辛抱しろと言われた。いまの給料でも、家のローンを払いながら妻と二人の子を養い、祖母と母の生活を援助し、茨城大学へ入った弟の学費を出している自分には余裕がない。「それでは手伝えないよ」ときっぱり断った。しかし、いったん退職を希望して諒承され、すでに茂の後任の手配をしている支店長に「この話はなかったことにしてください」とは話し難い。話し難いが頼むよりほかないと観念して、日曜日だったか、ビールを一ダースさげて支店長宅へ行って頭をさげた。「きみも大変だねェ」と支店長は笑い、その場で人事の副部長宅に電話して茂の退職を取消してくれた。直訴状事件でお咎めなしにしてくれたのと、今度の件で「二つ借りができた」と思った。

そういう気持があったので、翌年祖母が亡くなると待っていたように「係長に昇格させるから東京へ行ってくれ」と言われると、断れなかった。その頃、常陽銀行の武藤亮彦が東京から茨城へ戻って来たのも、なにかの因縁かもしれない。同じ高卒銀行員だったが、二人のサラリーマン人生は戦後世界への考え方が共通しているようには共通点がなかった。

昭和三〇（一九五五）年、山種学園富士見中・高校の社会科教員になった宮本克は、生徒たちに歴史をどう教えればよいか悩んだ。進学校ではないことを逆手にとって、受験用でない教え方をしようと考えた。歴史は年表の丸暗記で分るものではなく、政治や経済的事件はもちろん、その背景にある民族や宗教、風土や文化の絡み合いによって作られていくドラマティックで面白いものだということを教えたかった。

テキストに上原専祿の『高校世界史』を選んだ。ところが昭和三一年の学習指導要領の改訂で『高校世界史』は検定不合格になった。世界史が東洋文明、西洋文明という文明史的視点で書かれていて、人類の起源や考古学的人類史の記述がないことが不合格の理由とされた。「そんなバカな！」と克は怒り狂ったが、使えなくなった事実は変えようがない。

教員仲間に気の合う勉強家が何人かいて、週一回の読書会を始めた。マルクスの『経済学批判序説』を輪読し、その関連でパッペンハイムの『近代人の疎外』を読むといった具合である。六〇年安保の時には読書会の仲間が音頭をとり、三〇人近い教職員が一緒に国会請願デモに出かけた。市民の自由参加によるフランス式デモが気に入って、銀座通りを初対面の人たちと手をつないで歩いた。これだけ大勢の人々がこれだけ一所懸命に反対しても安保は通るだろうと思った。しかし無力だといって反対の意思表示をやめたら、もっとひどいことになると気持を励まし歩き続けた。

それでも、安保騒動が終ると反対派はなんとなくショボリしてしまった。教育者であると同時に生活者である自分を鍛え直すために、「結婚」を「決意」した。やはり理屈が先立つ男なのである。相手は富士見高の教え子で、当時は三菱系の会社に勤めていた。「決意」から「結婚」まで二年余りを要したが、千葉県柏市に完成した公団住宅に応募すると一回の抽選で新居が当り、目出度く団地族の仲間入りをした。

読書会で労働組合法を読んだのをきっかけに、富士見にも教職員組合を作ろうという話になった。都立の中・高校とくらべて富士見は給与水準も昇給率も低い。これは組合がないためだと意見が一致した。教職員の大多数も不満に思っているのだが、理事者側に遠慮して声をあげる者がいなかったのである。克たちは作戦を練り、抜打ちで組合結成大会を開くことにした。理事者側はもちろん一般教職員にも内密に組合規約を作り、結成大会の会場用に中野公会堂を借りた。そして当日、何事かと戸惑う教職員を三台の貸切バスに押し込んで会場へ走った。こうした隠密行動に対する、心配していた一部教職員の反撥もなく、山種学園教職員組合が結成され、克は組合書記長に選出された。理事者側との軋轢を嫌う多くの組合員の意向を考慮して、大会宣言では「よりよい富士見の教育の実現」を謳った。そのうえで組合結成の目的は教職員の労働条件の改善にあることを全員の拍手で確認した。組合結成の翌昭和四〇年六月、東京教育大学での恩師のひとり家永三郎教授が、文部省の検定制度を違憲とする「家永教科書訴訟」を起した。その支援運動のひとつ「家永先生の教科書訴訟を支援する会」が、宇野重吉、村山知義、松岡洋子、北林谷栄、鶴見俊輔などの人々を呼びかけ人に発足した時、「よびかけ」の原案を克が書いた。戦後教育の現状を憂える文章のなかに以下のような個所がある。

——二〇年前、戦争に敗れました。大きな犠牲をはらって私たちは平和と自由をえました。教育の分野では占領下の民主主義の一環として、軍国主義、国家主義の教育が破棄され、民主主義、平和主義の教育の確立のため、制度も内容も変りました。教科書の国定制度は廃止され、国家の思うままのことを押しつけられることがなくなり、すぐれた教科書が生まれました。

それも束の間（中略）平和と民主主義と人権尊重を掲げた日本国憲法の空洞化は急テンポで進んでいます。私たち国民の中にも「正常化」「行き過ぎ是正」という声が無気味に反響し、気がついてみると、悲惨な戦争からえた自由も民主主義も人権も、頑丈な檻の中に閉じこめられているではありませんか。（中略）これまでの一〇年余、教科書は改悪につぐ改悪で、ついに社会科歴史の教科書に限らず、全教科に汎って巧妙な規制が加えられるようになりました。教育内容の統制がやがては国民の思想統制に及びかねない危機が迫っています。——

長期化した家永裁判を通じて、克はつねに恩師の側に立っていた。目立たないが確実な支援者でありつづけた。相変らずいかなる党派にも属さなかったが、民主主義の養子としては実に律義者だった。

一二年勤めた富士見中・高校を辞めたのは、故郷の茨城で県立高校の教師をしたいと思ったからである。そのため茨城県の高校教員資格を取る必要があった。その年齢制限が三五歳なので昭和四一年がラストチャンスだった。翌年の大学卒業予定者と同じ条件で社会科教員試験を受けて合格した。しかし教員資格があっても採用してくれる高校がなければどうにもならない。柏市の団地住いなので、近くを流れる利根川の向うは茨城県だから、県南の高校なら通勤圏である。その目算でいくつか高校を当ってみたが、いずれも欠員がないという理由で断られた。多少時間はかかるが、母校の水戸一高へ通えないことはなく、実家に居候する手もあるので期待していたがあっさり断られた。赤い教員だという風聞が伝わっていたせいもあるらしい。その水戸一高の元生物教師でいまは日立一高の校長をしている大和田先生から「うちへ来る気があるなら採用する」という連絡が来た。克が困っているのを知って救いの手を差しのべてくれたのである。恩師はありがたいとつくづく思い、採用してもらった。

昭和四二年四月、克は柏市の団地を引払って日立市へ移った。夫婦と幼児二人の間借暮しである。日立一高の社会科教員になって、最初に頭を悩ませたのは、四〇万の米軍の侵攻で泥沼化したベトナム戦争を生徒たちにどう教えるかということだった。考えた末、歴史に翻弄された民族の歴史を教えることにした。長く中国の勢力圏にあった少数民族の集合体が、一八世紀に統一国家を作ったものの、一九世紀にはフランス領インドシナになって植民地支配の時を刻み、二〇世紀には太平洋戦争中の日本の占領による支配を挟んで、戦後はフランスとの独立戦争を戦い、それに勝利したのも束の間、東西冷戦の見本市のような南北分断国家となって同じ民族同士が戦っている。その歴史を事実として教えることが、ベトナム戦争を教えることだと宮本克は考えたのである。十代の頃、歴史は面白い学問だと一途に思った。それは変らない。しかしいまは、歴史は辛い学問でもあるという思いにしばしば捉えられるのである。

昭和三一（一九五六）年四月に茨城大学文理学部助手になった鈴木昌友は、その秋、腹立たしくも滑稽な「ツキヨダケ事件」を体験した。助手になって間もない頃、研究室での雑談で毒茸の話になり「ツキヨダケは毒茸といわれているが煮こぼせば食える」と教授が言った。普段から冗談と本気の区別のつかない人なので、「本当ですか」と昌友が疑うと、「本当だ、間違いない」と植物学の権威の口調で言う。

秋になって昌友は県北の八溝山の植物調査に行った。山を歩いていて、ブナの木に寄生しているツキヨダケを見た時、「煮こぼせば食える」と言った教授の顔が目に浮んだ。食えるか食えないかは後で考えればよいと思い、とりあえず胴乱一杯分を採集した。ツキヨダケは光る茸としても有名である。まだ見たことのない学生もいるので、暗室で発光の状態を見せたり、胞子を顕微鏡で覗かせたりした。しかし「ツキヨダケは煮こぼせば食える」という教授の言葉が呪文のように昌友を縛っていた。胴乱一杯のツキヨダケをバケツに移し、水に浸してその日は帰った。

翌朝、研究室へ行くと教授が待ち構えていた。バケツの中のツキヨダケに目を向けて「食ってみるのか。食え、食え」と声を弾ませる。「煮こぼせば大丈夫なんですね」と念を押すと、「そうだ」と声を大にして請け合う。こうなったら食うしかない。覚悟を決め、教授の眼の前で煮こぼして食った。自分に注がれている教授の目がサディストの目のように思えた。一分も経たないうちに胸がむかつき、吐き気がやって来た。「どうした、気分が悪いのか」教授は一応気遣う顔をしたが、昌友を観察し、時計を見ながらメモを取っている。「おれを実験台にしたな」と抗議する余裕もなく、煮こぼした残りのツキヨダケの入っているバケツに顔を突っ込んで吐いた。教授は昌友の背中をさすりながら、メモを取るのをやめない。七転八倒して「死ぬのか」と脅えている昌友に教授も多少不安を感じたのか「病院へ行こう」と言う。観察者か介護人か、多分そのいずれでもある教授は昌友を背負って車に乗せ、近くの病院へ運んだ。気熄えんえんで診療室のベッドに横たわっている昌友の症状を刻明に医師に伝えている教授の声が遠く聴えた。胃を洗滌され、注射を二、三本打たれて吐き気が収まり、どうやら一命は取り止めた。その日の昌友の体験は、後日、教授が『植物学研究』に発表した『ツキヨダケ試食記』に詳しい。本気か冗談か、確かなのは昌友が身をもって論文の材料を提供したことである。ただしツキヨダケは煮こぼせば食えるかどうか、肝心の点は実験例が一例しかないので、いまだに真偽は不明だと論文にはある。

助手になって五年目、三〇歳で結婚した。大学での昌友は真面目で研究熱心、ユーモアのセンスのある助手として学生たちの人気が高い。さらに二、三年経った頃、研究室に不穏な空気が漂いだした。助教授、講師、助手がそれぞれ二人ずついるなかで、昌友を除く五人が教授排斥の密議を凝らしていたのである。横暴教授に付いていけないという一点で、五人は結束していた。排斥派から除け者にされた昌友にしても、教授が独善独裁の人であることは承知している。にもかかわらず、昌友が教授の秘蔵っ子であることも確かなのだ。

排斥派は慎重に策を練った。まず外堀を埋めるべく、昌友を教授から切り離す工作をした。助手とはいえ、すでに十年選手の実力者だから配置転換にはそれなりの理由がいる。運よく、教育学部理学科生物学教室に植物学専攻の講師の欠員ができた。排斥派はこぞって昌友を推薦した。教員養成が主目的の教育学部は研究主体の文理学部より格下と見られている。しかし助手から講師への昇格なら悪い話ではない。教授には助手にしてもらった恩義があり、しんどい人だと思う一方、学者としては尊敬していたし、理屈をこえた親近感もある。しかし排斥派と闘うのは教授自身の問題で昌友が出る幕はない。なによりも、教授と排斥派の対立が学問とは関わりなく、心情的な反撥や学内政治のドロドロに起因しているのがやりきれない。「そんなこと、勝手にやってくれ」と思っていたら、しがない助手の自分が目ざわりだから教育学部へ行けと言われた。文理学部でも教育学部でも植物分類学にちがいはない。望んだ訳でもないのに講師にしてくれるという。研究生活上も助手より講師の方が有利なことは決っている。昌友は笑いがこみあげてきた。

昭和四二年四月、三五歳の鈴木昌友は文部教官教育学部講師になった。その翌年、排斥派に敗れた教授は教養学部に転出した。クーデターは成功したのである。その経緯から教訓を得た。学内政治から完全に自由になることは不可能だが、有効な自衛策を講じることは可能である。それは学内政治が関わりにくい方向で自らのテリトリーを構築することである。学生に対する適切な指導と、自分の研究成果を着実にあげていくという、誰も文句をつけにくい領域に専念して、やがてそのテリトリーを学内政治に干渉もしなければ干渉もされない、一見無防備でいて実は堅牢な小世界に変えていくことを鈴木昌友は秘かに思いめぐらしていた。

昭和二八（一九五三）年一〇月、二三歳になったばかりの塙治夫は外務省語学専門職研修生の身分でエジプトに着任した。

カイロ空港へ着くと、出迎えに来た日本公使館員の横に、立派な髭をたくわえた偉丈夫がいる。どこかアラブ諸国の外交官かと思って丁寧にお辞儀をすると、「うちの運転手だよ」と公使館員に笑われた。日の丸の小旗のついた車が市内に入ると、林立する高層ビルが目にとびこんできた。東京より遥かに立派な街並である。目貫通りには欧米からの輸入品を並べた店が続き、整った服装の人々が行き交っている。東京よりずっと豊かな街へ来たというのがカイロの第一印象だった。商店街の一郭で車が停った。階下が雑貨屋で二、三階が安ホテルになっている。明朝迎えに来ると公使館員に言われ、重いトランクをひきずって二階のフロントに行く。そこにも運転手並の髭の男がいて、三階の表通りに面したダブルベットの部屋へ案内された。安ホテルにふさわしく、ぬるま湯しか出ないシャワーを浴び、機内でもらったクッキーをかじりながら、窓の外の暮れなずむ街並を眺めていると心細さが募った。夕食を摂るにも方法が判らず食欲もない。そのうち長旅の疲れが出て、余り清潔とはいえない毛布の間にもぐりこみ、いつか睡った。

明け方、断続する悲鳴のような声で目覚めた。絶望の極みのような声である。窓を開けて通りを覗くと薄明りの路上に五つ六つ黒い影が動いている。眼を凝らすとロバである。ロバたちのあげる悲鳴が路上を徊い、立ち昇って治夫の耳に達する。後で聞いた話ではカイロではロバを放し飼いにするのが習慣だという。ロバたちが街角を曲って姿を消すまで見送り、窓を閉めてベッドに戻った。染みだらけの天井を眺め、耳に残っているロバの声に自分自身を重ね、遠い国に来たことを実感した。

翌朝、こじんまりした公使館で公使に挨拶すると、「一年半でアラビア語をマスターするのがきみの仕事だ」と言われた。その期間中は業務を免除するから語学研修に専念して、公使館にも余り顔を出すなとも言われた。ありがたいような、邪魔にされているような、淋しいような妙な気持だった。

下宿と、語学研修のため通学する小学校の手配も済んでいた。公使館でもらった地図を頼りにナイル河に面した住宅街の下宿先を訪れると、髭を生やした、生意気そうな中学生の息子が出て来て「シーニー」と連発する。シーニーとは中国人である。アラブ世界ではどこへ行ってもアジアの人間はシーニーと呼ばれることは聞いていた。日本人だと言うと「ヤーバーニー?」と驚いた顔をする。少年が発音する「ヤーバーニー」が「野蛮」と聞えて、つまらない事だがいつも腹が立った。

往生したのは食事である。とにかく油っこい。兎や鶏の肉がギラギラした油にまみれて異臭を放つ。胃袋に送り込むと、てきめんに猛烈な下痢に襲われた。しかし他に食うものがないので下痢っ腹で食っていると、二週間ほどでピタリと下痢が止った。それどころか油まみれの肉を旨いと感じるようになった。アラブの食文化と出会って、人間の味覚も肉体もいい加減だと判った。自国の食文化に固執するのは誤りだという教訓を得た。

下宿からバスで三〇分のところにカイロでは名門校のヌクラーシー・模範小学校がある。一年生の教室で治夫が教科書を読むと、小さな同級生たちがゲラゲラ笑う。校庭に出ると、日本人を始めて見る子供たちに囲まれる。珍しい動物に会ったかのように近づいて来て躰に触わる子供までいた。そういう扱いも馴れてくると平気になった。治夫の発音の間違いを親切に直してくれる級友も多い。午前中の授業が終ると、午後は個人教授を受けに行く。アラビア語をマスターする意欲に燃えているので、猛勉強は苦にならない。一ヶ月余りで一年生の教科書を読み上げ、半年で小学校の教科書を卒業した。一年経った時には、中学校の教科書も読み了った。日常会話なら不自由がなくなった治夫の肩を抱いて、個人教授の先生は「この次アメリカと戦争する時は負けるなよ」と励ましてくれた。

ある日、下宿の生意気な中学生が「おまえの宗教はなにか」と訊いてきた。「仏教だ」と当りさわりのない返事をすると、「仏教とはどんな宗教だ」と追及されて閉口した。次に「イスラムを知っているか」と来た。「よく知らない」と正直に答えると「おまえの服は誰が作った？」と言うので「そりゃ洋服屋だろう」と言って笑うと、相手はひるまず、「服は洋服屋が作る。家は大工が作る。ものにはすべて作る人間がいるが、その人間を作ったのがアッラーの神だ。その唯一の神を信じるのがイスラムだ。どうだ、おまえの信じる仏教よりずっと簡単で判りいいだろう」と得意そうに鼻をうごめかし、髭を撫でた。

下宿の息子に限らず、子供から老人まで宗教について驚くほど熱心である。町を歩いていて、人々が突然その場に跪づき、メッカの方角に向って日に五回の礼拝をする光景によく出会った。治夫にとっての宗教は年中行事や冠婚葬祭で付合う程度のもので、生き方の根幹にはかかわらない。しかし、アラビア語を共通語とする二億五千万人のアラブ人を中心に、他にも世界中に何億人もいるアッラーを信じるムスリムと呼ばれる人々にとって、アッラーの啓示を伝えるコーランが生活のすべてを律する唯一絶対の規範となる。なぜ?という西欧個人主義的問いかけはほとんど無意味だ。理性は絶対でなく欲望は際限がないから神のルールに従うのである。

カイロの生活に馴れ、あちこち散歩する機会も増えた。下町の貧しい人の住む地区に伝統的な生活の匂いが立ちこめているのが面白い。古いモスク、その前の広場、水飲み場、その辺りを歩いていると人なつっこく声をかけられる。時にはこちらから声をかける。エジプト人はお喋りでお節介で、小ずるいとも言われるが、治夫の感想では感情の発露が日本人より自然で、付き合い易い人たちだと思うようになった。これも勉強のうちと考え、アラブ映画を観たり、妖艶なベリーダンスを見にキャバレーにも通った。エジプトが好きになるにつれ、ふくよかなエジプト美人と結婚するのも悪くないと思ったりした。なにしろクレオパトラの国なのだ。

ところで、治夫が滞在した時期、エジプトは革命の渦中にあった。一九五二年七月にナセルを中心にした自由将校団が無血革命で国王ファルークを倒し、治夫がカイロに着く直前の一九五三年六月、ナセルは上官のナギーブ将軍を共和国大統領に担いで共和制を実現させた。しかし、ナギーブ系とナセル系の間に権力争いが起り、一九五四年一一月実力者のナセルはナギーブ大統領を罷免して自ら首相兼軍事評議会の議長に就任した。この時ナセル三六歳、二年後には大統領になって名実ともにエジプト革命の最高指導者になった。

ナギーブ罷免のきっかけとなったのは、ナセル暗殺未遂事件である。ナギーブが糸をひいているといわれる狙撃事件は治夫がたまたまラジオを聴いている時に起った。なにかの集会でのナセルの演説をラジオが中継していた。突然、銃声がして一瞬の静寂の後、悲鳴と怒号が交錯した。すると再びナセルの声が聴えた。「私の血は諸君のもの、私が死んでもエジプト革命は続く……」アラビア語を習って一年余りの治夫だったが、なぜかその時のナセルの言葉は明瞭に理解できた。ラジオからは聴衆の熱狂とどよめきが伝わってくる。「エジプトは燃えている」と治夫は思った。

ナセル政権下エジプト革命は進行していたが市民生活に目立った変化は感じられない。当時カイロに住む日本人は公使館関係者を除けば、新聞社の特派員と商社の駐在員がそれぞれ三、四人いるだけだった。語学研修の一年半が過ぎ、公使館の業務にもかかわるようになったが、治夫にたいした仕事は廻ってこない。それでも真面目に務めながら、勤務時間終了後、アラビア語の個人レッスンを受け続け、またカイロ大学の聴講生になって随時通った。大学では歴史と文学の講義に出て、あとは図書館で小説を手当り次第に読んだ。その中にナギーブ・マフフーズという作家の『バイナル・カスライン』という新刊の長篇小説があった。第一次大戦当時、イギリスの支配下にあったカイロの下町を舞台に、富裕な商人一家の人間臭い葛藤劇が延々と続く。親しくなった学生のひとりは「彼こそアラブのバルザックだ」と言った。確かにバルザック的だと治夫も思った。当時四〇代で役人と小説家の二足のわらじを穿いているという。興味が湧いたので彼の作品を系統的に読んでみようと思った。

一九五六年、正式に大統領に就任したナセルはその年の七月、世界中をアッと言わせる大博打に出た。英仏の所有するスエズ運河会社を国有化すると発表したのである。ナセルは「アラブのものはアラブへ」と叫んだ。しかし既得権を否定された英仏はイスラエルと図ってスエズ運河地帯に進駐、占領した。カイロの街は戦時色で溢れ、一九五四年に公使館から昇格した日本大使館も情報収集に忙しくなった。治夫のような下っ端も言葉ができるのを買われて、アラブ諸国の大使館や新聞通信社を走り廻らされた。治夫の得た情報では、中東の石油資源を重視するアメリカ、政治的影響力の拡大を狙うソ連の動きから見て、英仏、イスラエルは軍事的に勝利しても政治的に敗北するという観測が大勢を占めている。植民地主義の象徴のようなスエズ運河の利権に執着する三国の行動は、ナセルを反植民地主義、反シオニズムの英雄に押しあげるばかりでなく、パレスチナ問題の解決をますます難しくさせるという意見に、治夫も同感だった。

一一月、国際的圧力による英仏軍の撤退でスエズ動乱は終熄した。ナセルは大博打に勝った。翌年四月、運河の運航が再開され、一九五八年、当事国のエジプトとシリアが合邦して、アラブ連合共和国が誕生した。その初代大統領にナセルが選出された。

昭和三三（一九五八）年八月、四年一〇ヶ月振りに対面した東京は、発つ前にはまだ残っていた戦争の痕跡を綺麗に拭い去っていた。アラブ民族主義で沸き立つナセルのエジプトから、「もはや戦後ではない」ことの確認のように元A級戦犯の岸信介が首相を勤める日本に帰り、自分がその体制下の外務省の一員であることに戸惑いを感じた。あしかけ六年、カイロの街と人間に酩酊した自分の坐り場所がなくなったような、落着かない気分で毎日を過した。世間の派手な動きに背を向けて暮した。外務省に出勤しても特別の用事はない。中東調査会という研究機関に出かけて、日本には伝わらないアラブ世界の情報を入手して研究員と話し合う。それ以外は狭い公務員アパートでアラビア語の勉強を続けた。

皇太子の成婚パレードのテレビも見ず、六〇年安保騒動はラジオで聴いた。ナセルのような政治指導者がいない日本で革命が起るとは信じ難い。治夫は傍観者の視線で日本を眺めていたのである。六〇年安保の年、外務省に登用制度が出来た。中級職で採用された者のなかから必要な条件を充たした者に上級職採用と同じ資格を与える制度で、治夫は有資格者と認定され、昭和三五年の外交官試験合格者と同格の上級職に登用されることになった。一人前の外交官になるのに八年かかった計算でアホらしかったが、官僚制度の露骨な差別から解放されただけ、気分的には楽になった。

二九歳になって再度海外勤務が近づいたとき、帰国したときには三〇代の半ばになってしまうことを考え、身を固めることを決心し、見合結婚をした。相手は水戸出身の五歳年下のやせた人だったが、付き合ってみると、小心な自分より余程太っ腹で、庶民的な性格の上、社交性と行動力を備えているのに感心した。アラブ世界という日本人には馴染みにくい国々での生活にも偏見はなく、巧く適応してくれそうである。自分には過ぎた人かもしれないと考え、結婚を申し込んだ。豊満なエジプト美人との結婚はやはり見果てぬ夢だったのである。

昭和三三（一九五八）年九月、武川康男が入社した三菱化成の中央研究所には、東大よりも新しい実験設備が並んでいて、快適な環境で気分よく染色合成の研究が継続できた。

その実験室で、康男が同僚たちに注目を浴びたのは特異な勤務態度だった。残業時間になると、同僚たちは顔を見合せ笑いを噛み殺す。これからは自由な研究時間であることを高らかに宣言するかのように、声量豊かなテナーで唄われるシューベルトの歌曲が実験室中に響き渡るのである。本社の人事部は別件で注目した。新入社員は地方勤務の可否について調査用紙に○×で解答するのが決りだった。四月入社の新入社員はすべて○印で解答している。ところが康男の調査用紙に×印がついているのを見て、人事部の方が慌てた。本社に呼んで人事部長直々に真意をただすと「父母が生きている間はそばにいたいからです」と臆するところがない。人事部長は啞然としたが、「会社の人事より個人の希望が優先されては組織が成り立ちません」と訓戒を垂れて×印を○印に変更させた。

それが予告でもあったように、翌年の春、北九州市の黒崎工場研究室へ転勤になった。出発前、コーラス部仲間の婚約者と挙式した。こうして心ならずもサラリーマンになった男は新婚旅行もできないまま九州へ発った。黒崎工場でドイツ歌曲を唱いながら染色合成の研究を続け、翌昭和三五年には長女が生まれた。政治は関心事ではなかったが、日本が技術立国、産業立国を国是としたことは康男の人生に影響した。時代の要請に従って三菱化成でも技術者の長期海外留学が制度化された。最初の留学生をドイツの石炭研究所に送り出し、二人目はフランスの石油研究所に二年間留学させることが決り、康男に白羽の矢が立った。

話が来たのは昭和三六年一一月である。当時私費留学生は外貨割当の関係で、留学先の外国語試験に合格する必要があった。フランス語の試験は、翌年一月に科学技術庁で行われる。試験まで二ヶ月しかない。英語かドイツ語なら明日試験があっても合格する自信があるが、フランス語はお手あげだ。知っている単語はウイ・マダム、ノン・ムッシューはともかく、アベックとアプレゲールくらいである。とても見込みがないと断ると、これから勉強しろと言われた。試験は年に四回あるから一年以内に合格すればよいという。それならやろうと思った。東京にいたいと言って、黒崎くんだりへ飛ばされたのだから、これがフランスになっても父母と離れて暮すことに変りはない。九州よりもフランスの方が楽しそうだと思った。大学教授になりそこねて以来、日本という国に好意を持てなくなっていた。

暁星中学のフランス語の教科書を手に入れＡＢＣ《アーベーセー》から始めた。町はずれにフランス人の修道僧がいる修道院があると聞いて、個人教授を頼んだ。定時に退社しても冬の日はとっくに落ちている。その年は雪が多く、高台にある修道院への道は雪に埋っていて、しばしば雪煙の中で方向を見失った。「こうなったら意地だ」と声を出して自分を励ました。

文字通り寝食を忘れてフランス語と格闘したお陰か、並外れた語学の才能のせいか、二ヶ月後の試験に一発で合格した。これには本社も黒崎工場もビックリで、「語学の天才」の尊称がついた。合格後はそのまま東京に残り、三月末の出国まで両親と康男一家は水入らずで暮し、会社公認で日佛学院へ通った。フランス留学中の給料は留守宅へ送金され、本人には月額三百ドルが支給されると人事部から告げられた。「それはないでしょう」と直ちに抗議した。せっかくフランスに行くのに妻子を置いてはいけない。留学手当と給料で生活するのだから、妻子同伴でも会社に迷惑はかからない。康男の理屈に人事部は困惑した。ドイツへ留学した技術者は単身で出かけたと言っても、それは他人の事だと康男は言う。やはり変り者だったと人事部長は再認識した。結局、出発までもめて康男はしぶしぶ羽田を飛び立った。しかしフランスへ着いてからも妻子の渡仏許可を執拗に求めた。辟易した会社が康男の言い分を認めたのは半年後のことである。「あの工学博士がなぜサラリーマンになったのか、実に不可解だ」と人事部長は改めて慨嘆した。

一九六二年三月、羽田を発つ朝、康男は玄関まで見送りに来た八〇歳の父と握手をして別れた。その父が翌年の正月に亡くなったことは母からの手紙で知った。死者が夢枕に立つと信じていた康男は、なんの感応もなく父が死んだことで、霊魂の存在を信じることをやめた。それが、武川康男流のプラグマティズムだった。ところで、康男が到着したフランスでは大半の国民に安堵の表情が見えた。前年の国民投票の結果をうけたドゴール大統領の決断で、三月一八日アルジェリア臨時政府との間に独立を前提にした停戦協定が調印されたからである。この一〇年フランスは植民地主義の悪役でありつづけた。一九五二年のチュニジアの民族解放運動への弾圧にはじまり、五四年のインドシナではホー・チミンの民族解放軍によってディエンビエンフーで屈辱的敗北を喫した。その見返りを求めるかのように、同じ年に始まったアルジェリア民族解放闘争に対しては苛烈な武力弾圧をもって臨んだ。その戦争のさなかの五六年のスエズ動乱ではナセルの反植民地主義のカッコワルイ引立て役を演じた。こうしたフランスにとっての恥多い一〇年がようやく終ったのである。

そんな政治状況は素通りして、康男はパリ西郊の町にあるフランス石油研究所へ直行した。まず下宿探しである。人通りの少ない住宅地を歩いていると、昔風の大きな三階建の家に「空室アリ」の札を見つけた。家の前にいた四、五歳の女の子にフランス語で話しかけると嬉しいことにちゃんと通じて、その家の門番の娘と判った。父親のところへ連れていってもらい下宿探しの訳を話すと、これも立派に通じて空部屋を見せてくれた。中庭を囲むアパートに現在七家族が住んでいる。空いている部屋は日本流に言えば2LDKだが、団地サイズとは段違いのゆったりした間取りで、妻子が来ても充分すぎるほどの広さである。「日本人ははじめてだ」と言う中年男の門番も感じのいい男だったので、すぐに契約した。

石油研究所の勤務は快適だった。康男の場合、身分は実習生だが研究員並の待遇をしてもらった。決った研究テーマがないので専門の合成化学の知識を生かして、研究員の実験を手伝ったり、意見を述べたりした。嬉しかったのはキャリアのある研究員に自分の思ったことをそのまま口にしても僭越とはとられず、むしろ研究上の意見を言える人間と認められ喜ばれることだ。こういうことは日本の大学や研究所ではまず起りえない。その一方で研究に関しても私生活のことでも、他人にお節介をやく人はいない。例外はあるかもしれないが、日本の大学や企業の縦割の人間関係をわずらわしく思い、反撥を感じていたので、さすが市民社会と個人主義の伝統のある国だと感心した。半年足らずでフランスびいきになった康男は妻への手紙に、「フランスは居心地のよい国です」と書いた。

その妻が二歳になった娘とフランスに到着したのは、長いバカンスがなかばを過ぎた頃だった。早速、ガイドブック片手にパリ観光に出かけた。エッフェル塔に始まるお定りの観光名所をメトロを乗り継いで廻った。日本人には滅多に会わず、パリッ子がバカンスに出かけて空っぽになったパリはアメリカ人に占領されている。

二年目のバカンスには中古のシトロエンを買い、康男の運転でスイスや南ドイツへ家族旅行と洒落こんだ。耳にするドイツ語が分り、ホテルやレストランで自分のドイツ語が通じるのを知って無性に嬉しかった。

二年間はたちまち過ぎた。康男一家がフランスを発ったのは昭和三九（一九六四）年四月である。帰国する飛行機の中で「日本に帰るの余り嬉しそうじゃないわね」と、妻に図星をさされた。「そう見えるかい」と微苦笑を返したが、頭の中では「いったいおれはなにをしにフランスへ留学したのだろう」と考えていた。会社は目の届くところではあれこれ拘束したがるが、目の届かないところでは好きにしろと言わんばかりだった。つまり、会社が自分を留学させたのは制度を作ったためで、研究成果を期待したためではないことに気付いたのである。「会社とは妙な組織だ」というのが康男の結論で、会社にとって自分は何者かという将来に関わる部分は考えを保留していた。武川康男の帰国後の職場は東京本社企画部で、彼が研究者の生活に戻ることはなかった。

昭和三〇（一九五五）年四月、吉村卓也は日活へ入社し、経理部に配属された。しかし安月給には往生した。そのくせ社長の堀久作は新入社員への訓示で、「日活社員たる者、常にパリッとしたスーツを着用すべし」と厳命した。同期入社の仲間は金持の坊ちゃん揃いなので平然としているが、着たきり雀の卓也は慌てた。父に借金して吊しを一着手に入れるまで、ズボンの寝押しが日課になった。

その年の夏『一橋文芸』で一緒だった石原慎太郎が、『太陽の季節』で芥川賞を受賞した。戦後社会を気侭に生きる太陽族と作者の慎太郎刈りが社会的風俗的事件になった。翌年五月に日活で映画化された時、脇役で出演した弟の裕次郎が注目された。次の年の夏、裕次郎主演の『狂った果実』を社内試写で観た卓也は、戦後世代の新しさを体現している裕次郎には日本版ジェームズ・ディーンになる可能性があると思い、期待した。

たしかに裕次郎の時代は来たが、作品は卓也の期待とはかけ離れていた。昭和三三年の正月映画『嵐を呼ぶ男』の大ヒットに気をよくした日活は、裕次郎を「歌うアクションスター」として売り出し、その路線を突っ走った。当時の日活には『幕末太陽伝』の川島雄三をはじめ、中平康、今村昌平など若く優秀な監督がいた。しかし彼らの作品の芸術的成功と興行的成功はしばしば一致しない。そればかりか、裕次郎に続く小林旭や吉永小百合の人気をもってしても、日活は上昇気流に乗れなかった。日活だけでなく日本映画全体が昭和三五年をピークに、お茶の間に進出したテレビに敗北し、衰退していった。日活は予定していたテレビへの進出にも失敗し、連鎖反応のようにサービス産業、レジャー産業でも業績不振におちいった。卓也が将来を楽観する材料は次々に失われていく。

この間、二六歳で結婚した。相手は水戸地方裁判所判事の娘で、家が近かったので子供の頃から知っていたが恋愛関係はない。顔見知りだった少年と少女が大人になって再会し、懐かしさを媒介に結婚するケースは特に珍しくはない。やがて二女の父になった。独身ならともかく扶養家族が三人になると、日活の給料では生活できない。二九歳になった卓也は深刻な立場にいることを自覚した。

そんな時、水戸の母が脳溢血で倒れたという報せがあり、駆けつけると、母は寝たきりで介護なしには食事もできない状態だった。父ひとりではどうにもならない。そうかと言って自分は勤めがあって身動きがとれず、妻は二度の出産後体調不良で寝たり起きたりの生活である。いまさらながら姉の死が恨めしく、ひとりっ子になったわが身の不運を嘆かずにいられない。そんな卓也に「うちへ来ないか」と誘ってくれた友人がいた。勤め先の東海村原子力研究所に欠員があるという。東海村なら水戸から通勤できるので、母の介護を父と分担できる。給料も日活よりかなり良いので、当分東京の縁者に預ける予定の妻子への送金も可能だ。原子力関係の仕事につくことにも抵抗感はなかった。当時は世界的に原子力発電は平和利用としての期待感が高く、安全性を問われることは少なかった。完成間近い東海村原子力発電所に対するマスコミ報道は、「原子の火」への待望論一色だった。

昭和三六年の初夏、卓也は日活へ辞表を出し、東海村原子力研究所へ単身赴任した。ところが翌年、もう一度転機が来た。日活時代の友人に「転職したいのでアラビア石油に紹介してくれ」と頼まれたのが発端である。アラビア石油は昭和三三年に実業家の山下太郎が設立した会社で、一橋大学の寮で親しかった先輩が一流商社から転職している。たまたまその転職が話題になった時のことを友人は覚えていた。そしてアラビア石油は事業拡張のため、経理の経験者を募集しているという。先輩に電話して友人の話をすると「その男も推薦してやるが、おまえが来いよ。うちの会社はおまえのような男に向いている」と思いがけない誘いを受けた。

山下太郎はヤマシタにひっかけて「山師だ」と言われるだけに馬力のある異色の起業家だった。アラビアでの日本最初の原油生産事業を目指して、すでにサウジアラビアとクウェート両国の領海にまたがるアラビア湾内に有望な海底油田の採鉱権を取得している。先輩の誘いに「海外に出てスケールの大きな仕事ができそうだな」と心騒いだが、いまは自分の都合だけでは動けない。そんな未練を父に話すと「それは願ってもない男子一生の仕事だ。こっちはなんとかするから心配せずに好きな道を往け」と、卓也がびっくりするほど父の方が乗り気になった。せっかく入れてもらった原子力研究所を一年も勤めずに辞めるのは気がひけたが、紹介してくれた友人は快く諒承してくれた。すぐ先輩に連絡して社内推薦をもらい、途中採用の試験を受けて合格した。入社のきっかけになった日活時代の友人は不合格で、慰める言葉がなかった。

アラビア石油では経理部財務課に配属され、現地鉱業所の原油生産に備えて、資金計画と資金調達のシステムを作るプロジェクトチームに、いまは直属の上司になった先輩がひっぱってくれた。社長の山下太郎は当初、原油採鉱から精製、販売まで一貫して扱う構想を描いていた。しかし山下の独占方式は国内の石油業者の反撥を受け、通産省が調停に乗り出した結果、アラビア石油は原油を日本へ輸出し、精製と販売は国内の業者が行う方式に決定した経緯がある。プロジェクトチームでは、通産省の役人、石油業界の関係者、外資を扱う日銀や都市銀行の担当者などとの連日連夜の打合せや交渉が続いた。日活や原研にくらべて仕事が格段に面白く、「転職してよかった」と父にも妻にも話した。昭和三八年の晩春に母が亡くなった時も、仕事に追われて時間が取れず、やっと葬式にだけ日帰りで参列した。

その年の暮、二年越しのプロジェクトチームの仕事が一段落すると、現地鉱業所勤務の内示があった。久しぶりに泊りがけで帰った水戸の家で、父の晩酌に付合っていると意外な話が出た。六十男の父が再婚するのだという。相手が元GHQで通訳として働いていた二二歳年下の女性ときいて二度びっくりした。「だからおまえは安心してアラビアへ行け」と父は威張った口調だ。「おやじ、あんたは立派だ」と卓也が応じたのをきっかけに、二人は顔を見合わせて大笑いした。

昭和三九（一九六四）年二月、三二歳の吉村卓也はアラビア石油カフジ鉱業所へ単身赴任した。現地で建設中の社員住宅が完成次第、家族と一緒に暮せる予定である。われわれの主人公たちでは、塙治夫、武川康男に次いで三人目の海外駐在になる。月の砂漠をラクダに乗った隊商が行く童謡の風景と、アラビア湾の水面を激しく突きあげて噴き出す原油の光景が交錯する。そんな未知の世界への出発だった。

第五章　職業的人間の視界

一九六〇年代に始まった日本の高度経済成長政策の基軸となったのは、敗戦国日本のパトロンになったアメリカへの全面的追従であり、徹底した企業優先主義だった。アメリカなくして日本は存在せず、企業なくして日本人は生存できないという論理があたりまえのこととして通用する社会が出現した。その偏向した現実認識に批判的な人々の声は、結果として実現された「金持ニッポン万歳！」の大合唱のなかに掻き消されてしまった。

その間、世界はベトナム戦争、パレスチナ紛争から生じた中東戦争、東欧に広がった自由化運動に対するソ連の抑圧、造反有理の文化大革命、インド・パキスタン戦争など緊張が続いた。しかし、経済大国への道を一路邁進していた日本の八〇年代は次第にバブル景気に染めあげられ、九〇年代になって間もないバブル崩壊でようやく正気を取り戻したのが実情だった。

その九〇年代、地球規模での環境悪化のなかで、南北格差の拡大による飢餓やエイズの流行、地域紛争の多発による難民の激増など、あらゆる分野で価値観の修正が迫られていた。しかし、ソ連邦解体後の世界状況は超大国アメリカによる一極支配の構図を鮮明にさせた。当然、核の傘に象徴される日本の対米依存度は高まるばかりで、同盟国とは名のみで、実態は衛星国という日米関係に修正の気配はない。

三〇年を超えるこの時期、われわれの主人公たちは戦後民主主義の理想とひきかえに獲得した繁栄の時代に、職業人としての自己形成を果した。彼らはそれぞれが異なった領域に棲み、異った視座のなかにいて、風俗の新しさと底流の保守化の波に漂いながら、歴史的時間を生きることを余儀なくされていた。にもかかわらず、人間が個人としての存在理由を問われている事実に変りはない。彼らが必要とする存在証明はそれぞれの生活史に記録され刻印されている。

武川康男は西ドイツ駐在の体験から、日本の企業体質に疑問を持ち続けた。その延長上で自己の適正を認識し外資系企業への転身を図った。

吉村卓也はアラビア駐在員生活で異文化との違和を実感した。アラビアに続く中国でのビジネスを通じて、国際社会での企業のあり方を模索した。

塙治夫は外交官としてアラブ七カ国に勤務した。自分を魅了するアラブ世界とはなにかを自問自答しながら、世界認識に至る長い道程を歩いた。

関済美はエジプトとの合弁事業に関わり、世界の合理と不合理を体験した。企業によって生かされ、同時に疎外される自分自身を発見した。

鈴木昌友は大学紛争で学問の社会化に関心を持った。専門分野の研究と、研究の社会化を両立させることが、その後の学者生活の課題になった。

宮本克は母校水戸一高の百年史編纂を通して、歴史の意味を再確認した。戦後民主主義の正当性を主張し、生徒たちに教え伝えることを教員生活の目標にした。

立川雄三は演劇による自己表現と劇団活動による社会参加を志していた。芝居作りの苦しみと劇団経営の困難と闘いながら、自ら選んだ道を歩き続けた。

田辺良夫は東南アジア相手の輸出入業者として自立した。東南アジアの風土と人間への傾斜を深める彼の姿勢は、趣味の世界で人生を楽しむ姿勢と合致していた。

永田康平こと鄭康憲《チュンカンフン》の起業家人生は平坦ではなかった。公私に汎る苦境を儒教倫理と楽天性で乗り越え、朝鮮半島と日本の国境のない未来を夢みていた。

高比良和雄は官僚組織の秩序の枠内で能吏として生きた。その条件のなかでの自己表現を志して長い時間を費し、一冊の専門書を完成させた。

鈴木千里はさまざまな夢を追いかけて転職を重ねた。最後に落着いた会社でもそこが自分の人生にとって望ましい場所であるという意識はなかった。

川原博行は自分の人生は自分で決めるという信条に従って、挫折後に就職した中堅企業で出世した。そこで会社人間として生きたことも彼の信条を脅かすことはなかった。

松尾茂は時代の傍観者だった。自分が作る小さな世界を信じ、素人画家であることに幸せを感じた。サラリーマン生活の現実を耐えるのは彼にとって自由の代償だった。

武藤亮彦は銀行員としてささやかな出世を手にしたが、企業社会に抱いている根深い不信を、サラリーマン生活の最後の日まで「仮面」の下に隠し通して生きた。

昭和四〇年が明けて間もなく、フランス留学から帰国して一年足らずで、武川康男は三菱化成西ドイツ出張所へ派遣された。康男は喜んで受けた。ドイツ語には自信があり、今度は出発時から家族同伴なので気分的にも爽快である。相変らずヒラ社員なのが唯一の不満だった。勤務地のデュッセルドルフは西ドイツ経済の中心都市で、最先端の都市再開発地区が完成したばかりである。高層のオフィス・ビル、アパート、病院、学校、マーケットなどが車の入らない空間に配置され、遊歩道で機能的に連絡している。その一郭の高層ビルに、政府の出先機関、商社、銀行、メーカーの出張所などからなる「日本村」があった。

三菱化成の出張所は、所長と康男、ドイツ人女性秘書の三人だけで、三菱商事から一室を間借りしていた。着任しての感想は「日本企業の海外進出も本格的になった」という多少誇らしい気持だったが、一ヶ月経つと「ここは本当にドイツなのだろうか」と疑いたくなった。日本村の向う三軒両隣の住人と毎日顔を合わせ、どこの事務所も日本語で用が足りるので、ドイツ語を聴く機会も話す機会も極端に少ない。昼食は近所の日本料理店でそばかうどんを食い、夜はその店にたむろして、日本酒を飲み寿司をつまみながら情報交換をする。興至れば肩を組み、軍歌や寮歌を放吟する。夫人たちも例外でなく、二年、三年いても満足にドイツ語を喋れない。会社で夫の身分がそのまま通用する夫人たちのグループがあって、電話を掛け合い、連れ立って買物に出かけ、週に一度はホームパーティーが招集され、日本料理の腕を競う。

「こりゃ　たまらん」、康男は妻に嘆いてみせたが、ヒラの駐在員の分際ではどうにもならない。付合いたくても日本人のいなかったフランス留学時代を夫婦で懐しんだ。「ここはドイツであってドイツではない」というのが康男と妻の哲学的結論だった。唯一の慰めは若い頃の美女の面影が残る女性秘書とのドイツ語での会話だ。康男がドイツ歌曲を唱って聴かせたことから仲良くなり、彼女を通じてドイツ人の生活態度やビジネスのやり方を知った。

三菱化成西独駐在員の主な仕事は共産圏へのプラント輸出の事務処理である。ハンガリーの反ソ暴動から一〇年経った東欧で、チェコスロバキア政府と日商の間で商談が成立し、三菱重工と西独企業との共同で首都プラハの西地区で化学プラント建設工事が始まっている。プラントの建設工事が終ると三菱化成の出番なので、化学製品の技術提供のために技術者が五人、すでに現地入りしている。彼らとの事務連絡のため康男は何度もプラハへ出張した。

当時のプラハは「人間の顔をした社会主義」運動をめぐって政治的緊張状態にあった。一九六八年一月、スターリン主義を踏襲していたノボトニー共産党第一書記が解任され、党内改革派のドプチェクに交替した。つづく四月、同じ改革派のスボボダが大統領に選出された。その直後、康男は何度目かの出張でプラハへ行った。街のいたるところに中世にできた美しい塔や橋がある。ゴシックやバロックの典雅な建物が立並んでいる石畳の道を歩いていると、スメタナやドボルジャークの音楽が聴こえてくるような街である。その街がこれまでと違って華やぎ、活気に充ち、学生らしい若者たちが陽気に騒いでいるのに出会った。「プラハが西欧の街のようになった」という印象を抱いてデュッセルドルフに帰った。

帰って一ヶ月余の六月二七日に発表された自由派知識人七〇人による『二千語宣言』を女性秘書が解説してくれた。従来の党指導者たちは労働者の意志を代行していると称して自分たちに都合のよいように振舞ってきた。その欺瞞性を批判した文章なのだという。宣言の政治的意味を冷戦構造のなかで考えるような発想はなかったが、康男が驚いたのは『宣言』の署名者のなかに女子体操のベラ・チャスラフスカヤや陸上のエミル・ザトペックというオリンピックの金メダリストが入っていることだった。「こんなことして、彼ら大丈夫かなァ」と心配すると、女性秘書は「そりゃソ連は黙ってはいないわ」と断言した。

康男が事の重大さを認識したのは八月二〇日である。ソ連、ポーランド、東独、ハンガリー、ブルガリアの五ヶ国六〇万のワルシャワ同盟軍がチェコスロバキアに侵攻した。康男は自宅で妻とテレビを見ていて、同じ事件を西独のテレビは「侵略」と報じ、東独のテレビでは「解放」と伝えているのが、なんとも奇異な印象だった。「政治がますます判らなくなった」と言う夫に「だから政治なんでしょ」と妻は達観している。

駐在員には緊急を要する仕事がある。プラハにいる五人の技術系社員の安全確保のため手を打たなければならない。同じ現場で燃料ガスの施設工事を担当している西独企業の技術者たちは、五ヶ国軍のプラハ到着前にいちはやく情況判断してプラハを脱出して西独に戻ったという情報が入った。「一緒に逃げてくればよかったのに」と女性秘書に愚痴ると「会社の指示なしには動かないのが日本人でしょう」と気の毒そうな顔をされた。

日本大使館の交渉で国境の通行が許可され、康男は重工の駐在員と大使館調達のバスに同乗して、現地駐在社員の救出に向った。西独とチェコの国境を越えると、五ヶ国軍の戦車や兵員輸送車と頻繁に擦れ違った。幸い、重工二〇人、化成五人の技術者たちは建設現場のトラックで国境近くまで戻って来ていた。再会の嬉しさもそこそこに全員をバスに収容し、直ちにUターンした。無事に救出された安心感からか、若い技術者のなかには擦れ違う五ヶ国軍の兵士に車窓からカメラを向け、手を振る者もいる。「やめろ、危いぞ」と声をかけながら、康男は自分よりもひどい政治音痴がいると思うとおかしかった。

モスクワに連行されていたドプチェクが帰国し、自由化を一時制限して対ソ同盟関係を優先するという声明を出すと、各地で反ソデモが起きた。しかし大勢は決していて「人間の顔をした社会主義」の要求は鎮静化した。その状況を受けてチェコ政府はプラント建設の継続を要請してきた。真っ先に逃げた西独企業が真っ先に戻った。一方、日本人技術者は身の安全の保障を求めた。この場合の安全の保障とはなにかという疑問はさておき、康男は「会社の指示だ」の一点張で、しぶる技術者たちをプラハへ送り届けた。そのバスの車中で不機嫌に黙り込んでいる技術者たちを眺め「ヨーロッパ人と日本人たちの考え方はかくも違うのか」と感じ入った。

昭和四〇（一九六五）年から一度も帰国せずに六年間をヒラ社員で過した康男が、妻と娘とドイツ生まれの息子を連れて日本に帰って来たのは昭和四六年五月である。思えば、フランス留学の二年間は素晴らしく幸せで、六年間の西独生活もまあまあ幸せだった。帰国後は東京本社の海外部、企画部などで勤務した。社内では「語学の天才」が通り相場で「三菱化成の外務大臣」などとおだてられたが、評判ほどには出世できなかった。現に四〇歳代での目立った仕事は、社長に随行して西欧、東欧へ出張することだった。交渉相手の外国人と英、独、仏語で対等に議論ができて、日本にいる時よりも生き生きとしている日本人は珍重に価する。しかし、それが日本の企業社会で重用される能力であったのか、保証の限りではない。ある日、東大の先輩で教授になった男と偶然に顔を合わせた時、「最近は社長の鞄持ちをやっているそうじゃないか」と冷やかされ、康男は躰が震えるほどのショックを受けた。他人が自分を見る眼に、なかなか思いが及ばない性格なのである。

五〇歳に近づくと同期の中で役員になる者が何人かいた。康男は出世する男が羨しかった。彼の生き方からすれば奇妙にも思えるが、本人は学者を諦めてサラリーマンになった時点で、最終目標を役員に置いていた。それが難しくなった時、自分は語学屋として巧く使われただけかもしれないという疑問が生じた。そして五〇歳を過ぎ、遅まきながら定年までの自分の道筋が見えて来た。うまくいっても子会社の役員止りだろうと、状況を正確に認識したのである。

そんな時、フランスの化学会社と医薬品の分野での提携話が持ち上り、幹部が来日した。当然のごとく案内役をした。工場視察や京都で遊んだりしていると「あなたのフランス語は完璧だ」と賞められた。万更お世辞だけとは思えない相手の口振りに、フランス語が使いものになるなら、ドイツ語はもっと使い道があるだろうと思った。いっそ外資へ行こうかと考えが飛躍した。妻に相談すると大賛成だと言う。早速、会社には内密にヘッドハンターと連絡して、ドイツ系の会社への移籍を打診してもらった。「語学力抜群の工学博士」がセールスポイントだが、なかなか名乗りをあげる会社がない。やはり子会社の役員かと悲観しているところへ、バイエル日本から連絡があった。バイエルは一八八九年アスピリンの商品化で、一躍世界中に知られるようになったドイツの化学薬品メーカーである。第二次大戦後はアダラートという心臓病治療薬で業績をあげている。日本にある子会社はドイツ本社から薬品を中心にした製品を輸入販売するのが仕事で、機能としては商社で、五百人ほどいる社員の大半は営業マンである。

バイエル日本のドイツ人社長に会うと、康男の経歴書を睨みながらドイツ本社との接触の多い広報担当部長で来てくれと言う。「あなたの語学力を生かしてください」と念を押された。そのうえで、いきなり役員という訳にはいかないが実績次第だと希望の持てる発言もあった。その場で移籍を決めた。五二歳になってはじめて、自分の意志で自分の生き方を変えたのだと思った。ひとつのサラリーマン人生に訣別して、もうひとつのサラリーマン人生に移っただけとは思わなかった。

昭和五九年一二月、すがすがしい気持で三菱化成に辞表を出した。勤続二六年の最終職歴は東京本社企画開発室長という部長相当職だった。翌年一月からバイエル日本に出勤した。二、三年で役員になれると予測した。しばしば出張したドイツ本社での評判も上々だったからである。しかし、四年、五年と経っても役員の声がかからない。勤務内容に不満はなかったが広報部長では六〇歳が定年である。外資系企業ではその後の面倒はみてくれないから自分で働き場所を開拓するほかない。食べていけない訳ではないが楽隠居する心境にはなれない。思惑が外れたのは残念だが、悔いても仕方がないと自分を励ます気力はあった。

五八歳を前にして、国際交流基金の日本語教師養成講座の試験を受けて合格した。週二回、時には会社を早退して北浦和の研修センターへ通った。資格を取るまでに二年間かかるが六〇歳の定年には間に合う。その段階で海外派遣が決まれば喜んで出かけるつもりである。外国暮しは望むところで、子供たちはすでに独立しているから、妻と二人で日本を離れることに抵抗感も不安もない。

その一方、外資系企業の役員になる希望も捨てていなかった。まず、バイエル本社の日本担当の副社長に処遇への不満を訴える手紙を出した。別にヘッドハンターの仲介で、フランスの化学会社の日本駐在員と接触した。先方は康男の語学力と化学関係の知識に興味を示した。近く開設を予定している日本支社の役員就任を条件に、パリで経営総責任者と会う段取りができた。その日程調整をしている時に、バイエル日本の社長に呼ばれた。本社の役員会で康男の役員選出が決ったと言われた。一瞬呆然として、次の瞬間喜びがこみあげてきた。すぐヘッドハンターに連絡してパリ行きをキャンセルした。国際交流基金の日本語教師資格取得には未練があったが、役員の身分では時間的に無理があるので諦めた。

平成三年五月一日付で康男はバイエル日本の取締役社長室長になった。「新聞に出ているわよ」と妻に言われた。企業人事欄に小さな活字で載っているだけだが、いささか鼻が高かった。思えば長い道程だった。人間の資質としてはサラリーマン向きでない男がサラリーマン重役を目標にして生きてきたのである。その目標のために転職し、我慢し、動揺し、やっと摑んだ役員の辞令にどれだけの意味があるのかと思うのは他人の勝手で、本人が家族の前で小躍りして喜んだ事実については、だから人間は面白いと考えるべきだろう。

康男が取締役社長室長になって得た報酬は自尊心の満足と共に、定年が三年延長されたことである。場合によっては再選の目もある。武川康男にとって、サラリーマン人生の最も充実した日々が流れていった。

昭和三九（一九六四）年二月のある日、吉村卓也はクウェート空港に降り立った。ムッとする熱気が足元から湧き上って全身を圧迫する。陽光を乱反射して白く光る砂漠が地平線の彼方まで海のように続く風景に出迎えられた。その風景は百キロ先のカフジ鉱業所まで変りなく続いていた。

アラブ湾岸地域が石油資源の宝庫であることは周知の事実だ。確認されている埋蔵量で一位がサウジアラビア、二位イラク、三位がアラブ首長国連邦で四位がクウェートである。サウジとクウェートを併せた量は全体の三五パーセントに達する。この両国の領海にまたがり、両国が中立地帯に定めたカフジ地区の沖合四〇キロに、アラビア石油が操業している海底油田があった。日産三〇万バレルは単一油田としては世界の十指に入る巨大油田で、当時の日本の石油需要の一五パーセントを供給していた。

カフジ鉱業所に到着しての第一印象は百人の日本人社員を含めて千五百人いる従業員のすべてが男であることの異様さである。幸い経験はないが、刑務所のようだと思った。挨拶廻りに事務所内を一巡したが、やはり女性の姿はない。それがイスラムの戒律に忠実な政教一体国家の特色だとは予備知識として頭に入っていたが、卓也の日常感覚ではやはり異様だった。

鉱業所では経理部に配属され、課長クラスの仕事と部下を与えられた。部下の大半はアラブ系で、サウジアラビア人の比率が高い。砂漠の民という過酷な自然条件のなかで、イスラムの戒律と文化に育てられた人々と、温暖な島国で和洋折衷の文化に育てられ、冠婚葬祭の他は無宗教に近い日本人との間のコミュニケーション・ギャップは深刻である。卓也は同僚と「アラビアのＩＢＭ」と称するコピーを考案した。Iはインシャーラ＝神様次第。Bはボクラ＝明日。Mはマーリッシュ＝気にするな。このIBMがアラブ人の心情と行動の基本原則で、彼らと仕事をする場合に忘れてはならない三ヶ条だと考えたのである。

カフジに来てしばらくの間、卓也は大学の運動部の合宿所のような仮設の宿舎で、いい年の男ばかりで暮した。隙間風と共に吹き込む砂で床もベッドも砂まみれの惨状だった。彼方にオアシスのような緑の森が見える。広大な敷地を植林で緑化したアメリカの石油会社村だと聞いた。休みの日に見物に行くと、常緑樹林で囲まれた敷地に広々とした芝生が拡がり、教会の塔やドーム型の体育館が見え、洒落た個人住宅が散在していた。比べるのもアホらしくなる格差だが、日本村でもようやく生活環境整備に取りかかり、砂嵐が吹きこまない程度に頑丈で、広いリビングと冷房付きの一戸建てが立並んだ。そこへ駐在員たちの家族が大挙して到着した。一年振りに妻と娘たちと再会した卓也は、身辺の世話をしてくれる女性の有難さをしみじみと感じた。

生活環境よりも仕事優先で頑張ったおかげか、原油生産は軌道に乗り、現地駐在員の待遇も飛躍的に向上した。卓也の月給は東京では四万円だったが、家族がカフジに来てからは一八万円相当の米ドルが支給され、週休は二日、有給休暇も四〇日に倍増し、毎年家族連れでヨーロッパ旅行を楽しみ、四年に一度は日本へ帰った。

鉱業所勤務も数年が過ぎ、アラブ人との付合いにも馴れたと自信をもった矢先、事件が起った。部下のサウジアラビア人の仕事上のミスを叱責したとたん、相手の顔色が変り、日ならずして裁判所から出頭命令が来た。叱責された男が「アッラーの神の名に照して」ムスリムの名誉と誇りを傷つけた日本人吉村卓也を告発したのである。卓也は何日も裁判所に通い、おのれの異文化認識の甘さと浅さを知った。ビジネスマンとしては不本意だがアッラーの神が出て来ては勝目はない。観念して謝罪に応じた。この裁判中、数少ないサウジアラビア人の友人から受けた忠告が永く心に残った。「日本人は真面目で優秀だが、アラブの正義を本当には理解していない」と彼は言う。「部下が仕事をミスすると大抵の日本人は怒り出す。だが朝の出勤時間に遅れた部下を怒る人はいない。これはアベコベである。部下が仕事をミスしたら能力のある上司は間違いを教え、訂正するのが当然だ。しかし遅刻した部下は能力とかかわりのない怠惰なのだから厳しく咎めなければいけない」「なるほど……」と卓也は一応頷いたが、弱者を助けるのが神のルールだという友人の意見はイスラム世界独特のもので、日本はもとより欧米の企業社会では通用しない考え方だと思った。

このようにして卓也のカフジでの駐在員生活は一九六四年にはじまり一九七五年に終った。一一年間経理の実務を担当して最後は部長職を務め、その場所から国際的な石油ビジネスについて多くを見、多くを知り、多くを考えた。国際政治を背景にした石油ビジネスの動向がつねに予測困難な領域にあることを身に沁みて体験した。その体験を後に手記に書いた。

——私が現地鉱業所に勤務していたのは米ソ冷戦のさなかで、また、豊富な石油資源を背景にアラブ民族主義が高揚した時期でもあった。サウジアラビア、クウェートに巨大な石油利権を持つ米英石油資本、それら石油生産企業を国有化しようとする産油国側の攻勢など、穏やかなアラビア湾も次第に波高く、アラビア半島の上空には不穏な黒雲が湧き立っていた。一九七三年の第四次中東戦争を契機に、アラブ諸国は日本を含めたイスラエル支持の西側諸国に原油供給制限という石油戦略を発動した。当時、田中角栄内閣の列島改造に浮かれていた日本は、「敵の敵は味方、敵の味方は敵」というアラブの論理が理解できず、オイルショックとトイレットペーパー騒動に短絡するような、事態の本質を外れた反応で世界の失笑を買った。それに懲りて、中東問題が日本に与える重大性に気付いたとすれば怪我の功名といえるかもしれない。遅まきながらの中東外交が始動した。その外交戦略が単なる石油乞い外交に終らないことを、アラビア湾の石油生産の現場で苦労した人間としては切に願っている。――

帰国後数年、東京本社で新規事業計画に携わった。石油開発は世界のどの地域でも米英資本を軸に動いている。アラビア石油がカフジに続く石油生産の候補地に選定した中国渤海湾も例外ではなかった。日本はアジアの隣国として中国と永い交流の歴史はあっても、日中戦争での侵略の負い目がある。香港返還を視野に入れたイギリス、中国の国連加盟を真っ先に支持したフランスに政治的に遅れを取り、石油開発技術ではアメリカの敵ではない。頼みは新興成金なみの資金力だけである。石油開発に際して中国政府には、内陸は自力開発、領海は外国に委せるという原則がある。そのため渤海の場合は国際入札になり、日本の石油公団が落札した。石油公団は探鉱から採鉱に至るまでの開発事業のため、日中石油開発という国策会社を設立して業界各社の参加を求めた。卓也はアラビア石油からこの新会社に出向した。しかし、昭和五五年に始まった渤海油田開発は沖合一五キロの湾内で探鉱に成功したものの、海底油田の規模は極めて小さいことが判明した。カフジに続く巨大油田開発の夢は実現しなかった。

次なる標的は香港沖の南海海洋油田だった。探鉱には日本の他、米、英、仏、伊など定連の石油会社が名乗りをあげた。今回は自由競争で、中国領海内に各国それぞれが広大な割当海域を専有して、夢とも博打ともつかぬ国際的な開発競争が展開されることになった。卓也は出向三年目の日中石油開発から引抜かれて、南海油田開発のためにアラビア石油が設立した華南開発への出向を命じられた。取締役として陣頭指揮をするため、広州市に常駐することも決った。そこの国営飯店、つまり国営ホテルに事務所を構えて探鉱の作戦を練った。同じ飯店に欧米の石油会社も事務所を設けたので、国際色豊かな一郭がにわかに誕生した。各国の石油会社がこれほどまでに中国領海に執着するのは、そこに未確認の巨大な石油資源が睡っている可能性を捨てきれないためである。

そんなある日、卓也は専用車の運転手と広州に集っている外国人の品定めに興じた。会話は片言の中国語に時に筆談をまじえて進行する。「英人は狡猾」「仏人は傲慢」「伊人は陽気」と運転手は明快に評した後、余り自信がなさそうに「米人は大雑把」と言った。「日本人は?」と卓也が催促すると「勤勉」と答えてニヤリと笑い「だが、計算高い」と付け加えた。

広州市を拠点に三年、単身赴任で頑張ったが結果は完敗だった。欧米諸国もご同様で撤退が相次いだ。しかし一年後には再挑戦が決った。探鉱の海域を変え、組織も改めた。華南開発他二社による連合組織JHNを設立して、卓也が総指揮に当ることになった。事務所も広州市から深圳工業区に移動し、再び単身赴任した。この第二次探鉱にも欧米諸国は参加したが、多くが二年足らずで撤退するなかでフランス、アメリカの各一社、そして日本ではJHN一社が遂に探鉱に成功した。JHNが発見した海底油田は香港の沖合四〇キロにあって、その後の調査で埋蔵量も品質も渤海油田よりはるかに優秀な中堅の油田であることが判明した。

平成元年に卓也は帰国し、新華南石油常務取締役の椅子を与えられ、中国との縁が続いた。その帰国直前の六月はじめ、南海油田で働く日本人と中国人の賃金格差で問題が生じた。卓也は交渉のため北京へ飛んだ。交渉相手の政府担当者は「こんな時期によく北京へ来てくれた」と歓迎してくれた。こんな時期とは、学生、知識人らによる民主化要求で戒厳令下の北京が騒然としている情況を指していることは理解できたが、お互いその話に触れることはなく、交渉が合意に達したので卓也は満足した。

宿舎への帰途、天安門広場に立寄ったのは一九八九年六月四日の午後である。広場は群集で埋め尽され、中央に巨大な「民主の女神像」が立っていた。広場の周辺には地方から来た学生のためのテント村が出来ていた。陽はまだ高かったが、学生たちは「民主バンザイ」と口々に叫んでいる。卓也が日本人と判ると接待所のようなテントに連れていかれ、「民主」に「乾盃」させられた。若者たちは民主化の要求が通ると信じているように見えた。民主といってもどのような形の民主なのか、まさかアメリカ流の民主主義を党が許すはずはなかろう……そんなことを考えながら、広場全体に漂う高揚した空気の中をしばらく歩いて宿舎に戻った。

翌五日の朝、香港へ飛び、馴染みのホテルで一泊した。翌朝、何気なく部屋のテレビをつけると「天安門事件」の速報が流れていた。とっさに頭に浮んだのは四〇年近く前に皇居前広場で目撃した惨状である。記憶の底にあったその光景と目前のテレビ画面がダブって、天安門広場で乾盃した学生の顔が血まみれになり、笑顔の美しかった女子学生が泣き叫んで走る姿を見たような気がした。

「これは血のメーデー事件どころでない、最悪の事態になった」と思った。次に考えたのは「これからの中国との商売は難しくなる」という危惧で、すでにビジネスマンの視点を取戻していた。

とりあえず深圳の事務所へ急行した。部下の報告では近くのアメリカ石油会社の駐在員事務所では、早朝から家族の本国引揚げが始まっているという。卓也は狼狽している社員たちを落着かせ、手分けしてできるだけ多くの情報を集めるように指示した。それにしても日本人は暢気なのか無神経なのか、政府の出先機関からも東京の本社からも、なんの指示も連絡もない。こういう場合「事態を注意深く見守り、慎重に判断する」のが日本の役所や会社の不文律で、「現場の判断で適切に行動せよ」とは滅多に言わないのが日本流である。サラリーマン生活の大半を海外駐在員で過した経験と、異質の文化、異質の環境への対応に悩んできた卓也は、他国と他国民を理解しなければ自国と自国民が理解されるはずはなく、従って国際的ビジネスも永続きしないという論理を信じていた。その論理に従えば、日本の役所も会社も、そして残念ながら自分も、アラブ世界を理解していないように、判っているつもりの中国についても本当のところは判っていないことを痛切に感じた。石油ビジネスの立場からいえば、天安門事件後も幸いなことに南海油田の操業に支障はなかった。それを確認して、吉村卓也は現場事務所を離れて帰国の途についた。

昭和三六（一九六一）年七月、外務省三等書記官塙治夫は二度目の海外勤務地レバノンに赴任した。地中海沿岸の首都ベイルートは中東の保養地といわれる快適な土地柄で、結婚三ヶ月の塙夫妻にとって恰好の場所だった。しばらくは平穏な生活だったが年の暮、突然クーデターが起きた。折柄、妻は外出中で安否を気遣ったが手の施しようがない。そこへ妻から電話が入った。戒厳令違反で捕まり軍の施設に収容されたが、隙を見て電話したという。所在を聞いてすぐ救出に行った。間もなく、銃を構えた兵隊に付き添われて収容先から出て来た妻はケロッとしている。やはり見込んだ通りの女だったと思う一方、この調子では一生尻に敷かれそうだとも思った。クーデター騒ぎはやがて収まり、ベイルートは平静に戻った。翌年長男が生まれて間もなく、シリアへの転勤命令が出た。治夫は妻と赤ん坊をフォルクスワーゲンに乗せ、ベイルートからシリアの首都ダマスカスまでの百二〇キロの山道をそろそろと移動した。

ダマスカスの日本大使館は代理大使他二人の小世帯で、三等書記官の仕事はなんでも屋の雑用係である。エジプトとの合邦を解消したばかりのシリアは政情不安定で、治夫は四年間の在勤中に二度クーデターを体験した。ここでは、どんな勢力がどういう意図で、いつクーデターを起すか、日本大使館の情報収集能力では事前に察知できない。ある朝、遠くで砲声がして、なに事かと思う間もなく、大使館前の道路に戦車が現われるという具合である。それから慌ててラジオを聴き、現地の新聞社や外国通信社に電話を入れ、一般市民から余り正確でない情報を集め、判った限りのことを東京に報告する。しかし通信設備が故障がちで東京への直接連絡が取りにくい。トルコのアンカラ経由でようやく届いたダマスカスからの情報よりも、東京で外務省が関係諸国から集めた情報の方が速くて正確だったという笑い話に事欠かない。

一九六七年、イスラエル軍によるパレスチナ自治区の占領を決定的にした第三次中東戦争の年に治夫は帰国した。レバノンに二年、シリアに四年、足かけ六年間を中東の動乱の巷を右往左往して過したのが実感で、日本の土を家族三人無事に踏んだ時は正直ほっとした。四歳の長男がはじめて見る東京に目をキョロキョロさせ、街を忙しく往来する車の流れに足を竦ませるのが妙におかしい。

治夫が生涯の仕事になるアラブ文学の翻訳を始めたのはその頃からである。２ＬＤＫの公務員アパートの一室に閉じ籠って、最初にナギーフ・マフフーズの処女作『狂気の独白』を訳した。「狂気とはなんであるか」で始まる短篇小説で、日常の世界を自由に生きる実験を志した男がさまざまな奇行を演じる。そのたびに常識的に生きている人々から制裁を受け、ついに「神《アッラー》が創りたもうたままの裸」になって、唖然とする街頭の群集に向って呵々大笑するという、寓意性の強い作品である。続いてエリート政治青年の挫折を描いた中篇小説『渡り鳥と秋』を訳しはじめたところへ出発命令が来た。任地は治夫をアラブ世界の虜にした最初の国エジプトである。一九七〇年九月にナセル大統領急死の報に愕き、後継のサダト大統領の動向に注目していた。その状況でのエジプト勤務と知って興奮した。辞令によれば治夫の新しい身分は一等書記官である。

昭和四六（一九七一）年五月に治夫は妻と二人の息子を伴って懐かしいカイロ空港に降りた。公使館時代とちがって日本大使館は大きな建物に引越し、人数も増え、通産省や大蔵省などからの出向者が在勤していた。治夫のここでの仕事は広報文化センター所長である。二〇年近く前の下宿住いの語学研修生とは月とスッポンで、大使館と通りを隔てた英国風の館がオフィス兼住居になった。金持国になったおかげで広報文化センターの予算も潤沢だった。黒沢明の『七人の侍』を皮切りに日本映画の連続上映会を催した。東北の民族舞踊団を招いたあと、東郷青児の個展を開いた。盛り沢山の企画でカイロ市民に日本文化をＰＲした。

多忙な公務のなかで、マフフーズに会えたのは個人的には大きな収穫だった。東京で訳しはじめてカイロで訳了した『渡り鳥と秋』と、先の『狂気の独白』を出版する話があり、その諒解と大作『バイナル・カスライン』の翻訳を申出る手紙を送ると、折返し面談に応じる返事が来て、ナイル河畔のレストランを指定された。アラブ世界を代表する作家の地位を確立した六一歳の巨匠は濃いサングラスをかけて治夫の前に坐った。食事をしながら、彼は自分の作品が日本人に読まれることを非常に喜んでいると語った。作品の翻訳、出版を含めて治夫の希望はすべて諒承された。

マフフーズに会った感激が覚めやらぬ間に「サダトの戦争」と呼ばれる第四次中東戦争がはじまり、カイロは騒然となった。この戦争はナセル時代の第三次中東戦争に大敗し、シナイ半島をイスラエル軍に占領されたエジプトがサダト時代になって政治的駆引きを秘めて仕掛けた戦争だった。一九七三年一〇月六日、エジプト軍、シリア軍は呼応してシナイ半島とゴラン高原のイスラエル占領地域の奪還を目指して侵攻した。しかし戦争ではイスラエル軍には勝てない。サダトの計算通りエジプト軍は敗けた。しかし、これもサダトの思惑通りにアメリカが仲介に動き、戦争がはじまって僅か二〇日足らずでエジプトはイスラエルとの単独停戦に応じた。その後の長い交渉の末、イスラエルはシナイ半島をエジプトに返還し、奇々怪々な「サダトの戦争」は目的の一つを達成したのである。

見た目にはサダトは政治的勝利を獲得した。しかしその政治戦略はアラブ諸国の信頼を裏切った。第三次中東戦争でヨルダン川西岸地区をイスラエルに占領されたヨルダンの状況に変化はなく、第四次中東戦争でエジプトと歩調を合わせてイスラエルとの停戦に応じたシリアはゴラン高原の返還を拒否されたのである。なんのことはない、サダトはヨルダンとシリアを裏切って「抜けがけの功名」を果した。これ以後、ナセル色を一掃して反ソ親米路線に舵を切ったサダトのエジプトは、その後長くアラブ世界で孤立した存在になった。

一方、戦争のはじまりと共にアラブ諸国にかつてない動きが生れた。反イスラエルの立場で、サウジアラビアを中心にしたアラブ産油国による石油戦略が発動されたのである。石油生産の削減と価格の引上げを骨子としたこの戦略は、予想外の効果を発揮した。アメリカ、イスラエルに近いことでアラブ世界から非友好国と名指された日本は、オイルショックに見舞われ、狂乱物価に翻弄された。田中角栄内閣はこの事態に動揺を隠せず、なりふり構わず親アラブへ政策転換を図った。これまで石油を買う以外に全く関心のなかった中東産油国へ、主要閣僚が次々と石油乞いに訪れた。七四年一月、中曽根通産大臣がイラクを訪問したとき、治夫は本省からの指示でカイロからバグダッドに飛び、通訳を担当した。

ところで、治夫が習ったアラビア語はいわば候文で、字の読める上流階級、知識人が話す言葉である。外交官としてはそれでよかった。一方、塙夫人のアラビア語は夫から習った言葉ではない。彼女の教師は大使館の使用人や市場の商人やおかみさんたちで、方言の多いベランメエ調である。パーティーなどで妻の話す声が聞えると、治夫は毎度冷汗がでる。しかし夫人は一向平気だったし、自分の言葉が字の読めない階級の人々に小気味よく通じることを知っていた。夫の任地に着くと塙夫人は、そこでどうして生きていけるかを考える。候文では米も卵も砂糖も手に入らない。そういう時の最強の武器がベランメエ言葉なのだ。第一、気楽に土地の人間の中に入って早くその土地に馴染んで暮す方が、大使館の塀の中でくすぶっているより、はるかに人生を楽しむことができる。

昭和五〇（一九七五）年、四年間暮したエジプトから塙一家は帰国した。入居した公務員宿舎は相変らずの2LDKで、息子も二人になり、治夫自身も翻訳のための書斎が欲しかったので、妻が探してきた都心からは遠い日野市に土地を買い、一九七七年念願のマイホームを建てた。しかし、その家で仕上げたマフフーズの長篇小説『バイナル・カスライン』が本屋の棚に並ぶより早く、一九七八年サウジアラビアに赴任した。息子二人は日野に残した。息子たちが自炊生活で火事でも出したらと治夫が心配すると、「取越苦労はやめましょう。親がなくても子は育つ」と妻は動じる気配がない。

サウジアラビアは世界でダントツの産油国だが、石油が生み出す巨大な富は王族を中心にした支配層に集中している。その半鎖国的政策で、諸外国の公館は徳川時代の長崎の出島のようなジェッダに置かれていたが、治夫は大使館の事務所長の肩書で、首都のリャドに駐在して、中央官庁に技術協力を売り込む一方、石油がらみのサウジ進出を狙う日本からの使節団や政府与党のお偉方を、王族や政府要人に引合わせる役割に明け暮れていた。そうした「石油外交」で、日本は友好国並の扱いを受けるようになったが、アラブ世界、特に普通のアラブ人の世界についての無知は一向に改善の兆もない。日本の不定見な中東政策に批判的なアラビア石油の吉村卓也はカフジの鉱業所にいるが、会う機会はなかった。

サウジアラビアはエジプトと違って宗教的戒律に厳しい国である。酒の密造が発覚して公開処刑場で男が首を斬られるのを目撃したことがある。酒の好きな治夫にはドキッとする光景だった。女性だけの外出を禁じる内規が大使館にある。塙夫人は規則違反の常習犯だったが、銃を構えた宗教警察の目が街中に光っているので市場廻りもままならなかった。自由に振舞っているのはアメリカ人だけである。石油の利権を独占し、ドルの威力を背にしたアメリカ女性はショートパンツで街を闊歩していた。そういうアメリカへの反撥が貧しい庶民の間で根強いのも確かである。

昭和五五年に外交官が担当地域外で一定年限勤務する制度ができた。この制度が適用され、翌年から治夫はオーストラリアで文化広報を担当することになった。息子たちの大学受験があるので妻は帰国し、結婚以来はじめての単身赴任になった。アラブ世界にはない西欧的雰囲気はそれなりに自由で楽しく、独身時代も思い出されて治夫にとっては恰好の中休みになった。しかし、息子たちが大学生になり、妻がオーストラリアに来ることが決った矢先、イラク駐在の公使の自動車事故による死亡が伝えられ、後任の公使に治夫が任命された。

昭和五八（一九八三）年の秋、治夫は東京から直行した妻とバグダットで落ち合った。一九八〇年九月にはじまったイラン・イラク戦争が四年目に入って、首都バグダットは戦時下でギスギスした印象だった。この戦争は一九七九年のイランのホメイニ革命に端を発している。同じ年にイラク大統領になったサッダーム・フセインにとってホメイニ師は眼の上のタンコブだったのである。湾岸諸国の盟主たらんとするフセインの野心をホメイニ師は許さない。同じイスラムでも世俗的なバース党を背景にしたフセインとシーア派を率いるホメイニ師は水と油である。フセインは湾岸諸国の支持を取りつけ、アメリカとソ連の武器援助を得てイランに侵攻した。米ソ共にイラクの石油に関心が深く、アメリカは自由化を推進した王制を打倒したホメイニを嫌っていたし、ソ連もイランが政教一体国家になることを好まず、米ソの利害は微妙に一致したのだった。

緒戦こそイラク有利で展開したが、ホメイニで団結したイランの反撃で戦線は膠着した。治夫がイラク公使になった頃は一進一退で、ミサイル合戦からタンカー攻撃にまでエスカレートしていた。日本の外交機関の仕事は専ら邦人の安全確保に集中していた。いつ、どこへ飛んで来るか分らないミサイルも怖いが、米、卵、ジャガイモ、砂糖などなど、食料品の入手が日を追って難しくなるのが頭痛の種である。塙夫人のベランメエ言葉の出番が必然的に多くなった。下町や市場で会う市井の人々はあくまでも明るく、親切だった。

そんなある日、治夫は場末の古本屋でアブー・ヌワースという八世紀から九世紀にかけての『千夜一夜物語』の時代に活躍した詩人の詩集を手に入れた。酒と女、さらには男色まで、ひたすら快楽を追い求め、自らの背徳の人生を怖れ気もなく唱い上げた詩人である。そんな悪徳詩人と内気で品行方正な日本人外交官との取り合わせで、『アラブ飲酒詩選』なる訳詩集が誕生した。治夫が秘かに愛唱して止まないヌワースの詩に、例えば次のような一節がある。

人生は酔ってまた酔うだけのこと／酔いが長ければ憂き世は短くなるだろう／私が醒めているのを見られるぐらいつらいことはなく／私が酔いにふらついていることぐらい結構なことはない

昭和六三（一九八八）年に訳詩集が出たのを祝うように、イラン・イラク戦争が終結し、治夫はカタール駐在の大使に昇格した。カタールはアラビア半島の中央部にあり、アラビア湾に出臍のように突き出た人口六〇万人の小国だが、石油と天然ガスが豊富で日本が最大の輸出国である。カタール大使になって半年足らずの翌年一月、日本は昭和から平成に移り、更に二年後の一九九一年一月、アラビア半島で湾岸戦争が起った。この戦争ではイラクの一方的かつ非道なクウェート侵略に米英を中心にした、アラブ諸国を含む国際社会が正義の戦いを遂行したという構図がまず浮び上る。それを別な角度から読むと、湾岸諸国の盟主たらんとする野望を捨てきれないフセインが、その第一歩としてクウェートの石油を手中にしようと考え、これに対して、イラクの石油よりもクウェートやサウジアラビアでの石油の既得権を重視した米英がフセインの野望を叩くことが先決と考えたという、石油をめぐる覇権争いの構図もなしとしない。

治夫が駐在するカタールでは、普段は平穏な首都ドーハも一挙に緊張状態に変った。イラクからのミサイル着弾圏内であるため、在留邦人の帰国が相次ぎ、治夫は邦人との連絡、湾岸諸国の動向についての情報収集、各国外交官との協議など、思いがけなく多忙な毎日だった。しかし現実にはドーハ近郊の非居住地区に流れ弾のようなミサイルが一発落下しただけで戦争は終った。

平穏を取り戻したドーハで、治夫はアラブ世界と日本との相互理解と地道で永続きする友好関係を築くために働いた。彼は大使館の庭で芝を刈る男、調理場で働く女たちにも、顔が合えば挨拶した。少しも威張ったところがない、大使らしくない大使というのが、彼を知る人々の一致した意見だった。塙治夫はアラブ世界に敬意を払い、そこに生きる普通の人々を愛してやまない日本人外交官だった。

関済美が大成建設海外事業本部エジプト担当課長の辞令を受取ったのは、昭和四九（一九七四）

年七月のことである。それから足掛け三年、舞台も登場人物もアラビアンナイト的な謎に充ちた不条理劇に日本のゼネコンの一課長という役柄で出演することになった。

不条理劇は、日本のある大学教授がロンドンの某不動産会社のM会長を大成建設のワンマンS会長に紹介したことに始まる。不動産業を通じて世界各国の要人と親しいというM会長は、魅力的な提案をした。エジプトのサダト大統領は中東戦争で破産に瀕している自国経済の抜本的な建て直しのため、ナセル前大統領以来の社会主義経済体制を自由主義経済体制に転換し、西側の資本を導入して国をあげての観光事業に取組む方針だという。その目玉になるのが、カイロ市内数ヶ所に観光客用の巨大ホテルを建設し、ナイル西岸のギーザの大ピラミッド周辺に国際的レジャー施設を建設する計画である。「この計画に参加を希望するならサダトに紹介する」とM会長は言い、大成建設に参加の意志があることをサダト大統領に直接伝えるように勧めた。

S会長は話に乗った。早速、M会長と同道してカイロへ飛びサダト大統領に会った。大統領は大成建設の参加を歓迎し、計画の運営に当るエジプト観光公社総裁をS会長に引合わせた。エジプト側の実施計画では、観光公社はカイロ市内のホテル建設用地を斡旋し、ピラミッド周辺の国有地をレジャー施設用に現物出資する。ホテルとレジャー施設の建設は大成建設が一括受注する。そしてこのプロジェクトの数千億円に達する事業資金は、サウジアラビアのカシオギという財閥が調達し、三ヶ国三社による合弁事業のための新会社を設立するという青写真だった。

巨額資金を調達するカシオギのオーナー、Kという人物は、アメリカ製の武器取引で想像を絶する富を蓄えた男だと説明された。自家用ジェット機を二機所有し、世界中を飛び廻っていることから、「フライング・ベドウィン＝空飛ぶ遊牧民」と呼ばれている。合弁会社への出資で巨額の利益が見込まれるから、Kがこの話に乗ることは間違いないと、エジプト観光公社総裁は請合った。S会長は計画の実現に自信を持った。帰国前に表敬訪問したサダト大統領に日本刀を贈り、「万一この事業が大成建設に約束不履行などの不祥事があれば、この刀で私の首を撥ねてください」と笑顔で告げた。

以上が第一幕で、主役が勢揃いした。国際的なプロジェクトに企業家としての野心と情熱を抱く大成建設のS会長。国家財政の立直しのため、あえて体制の変更を決意したエジプトのサダト大統領。事業への資金調達で巨利を目論むサウジアラビアの死の商人K。その三者の間を黒い影のように動くユダヤ系イギリス人の不動産会社のM会長。しかし、S会長を除いて他の三人の主役たちの心底はこの幕の中では読みきれない。

第二幕は大成建設の動向である。S会長の計画を検討する役員たちの会議で幕が上る。帰国した会長の指示でプロジェクト・チームが結成された。済美がエジプト担当課長を命じられたのはこの時点である。しかし新事業計画に対する役員たちの反応は、傍聴を許された済美が呆れるほど反対意見のオンパレードだった。サダト大統領が対外政策を反ソ親米に転換させたのは結構だが、社会主義経済体制から自由主義経済体制への移行は本当に可能なのか？　たとえ自由主義経済体制になったとしても、そのために必要な法体系の整備はいつ実施されるのか？　仮に法体系の整備に着手しても、エジプトの極端な外貨不足が解消される保証はあるのか？　プロジェクトに大成建設が投入する資本財の回収、利益配当金などの日本への送金に問題はないのか？　さらにはエジプト国内の通信、運輸など社会資本の不足と労働力過剰の現状から、建設工事に日本から持込む予定の近代的機材による施工方法が無意味になる危険はないのか?等々。

ところが、済美を二度びっくりさせたのは、これだけ反対意見が圧倒的多数を占めながら、エジプトに合弁会社を設立する案件が、代表権を持つ役員で構成されている経営協議会で、準備作業に入ることが諒承されたことである。信じ難い成行きだが、これが日本の会社の経営術なのかもしれないと済美は考えた。社長をはじめとする反対派の役員たちは腹の中で、会長の顔を立ててプロジェクトチームをスタートさせても、それは日本、エジプト、サウジアラビアの合弁会社設立の準備作業に入っただけの話で、社運を賭けて人と金と物が動き出した訳ではないという共通認識があるにちがいない。過去にも採算の取れない合弁事業が準備作業の段階で中止された例は国内でも海外でもあった。

だとすれば、中止が濃厚なプロジェクトに参加する人間こそいい面の皮だ。エジプト課はエジプト部に格上げされ、済美の上に担当部長が新任された。他に事務系の済美と同格で技術担当の課長、部長秘書兼通訳の係長が加わった。ヒラ社員のいない役職者だけの四人チームである。彼らは「選ばれた不運な四人組」だという噂が社内に流れた。四人組も自分たちの立場を心得ていて、その分同志的結束と連帯意識は強かった。

昭和五〇(一九七五)年の春から二年近く、エジプト部の四人は二、三ヶ月の周期で東京とカイロを往復し、意地でも合弁会社を立上げたいと意気込んだ。会社設立の可能性を探って情報を収集し、進展状況をチェックし分析した。最初のカイロ滞在の時、済美は任期を了えて帰国する直前の堝治夫に会った。再会を喜んだ治夫に、若い頃通ったというベリーダンスが名物のキャバレーに案内された。カイロの今昔を語る治夫に、済美はサダトの観光立国策についての意見を求めた。治夫は首を傾げ「ナセルは意表をつくが明快だった。サダトも意表をつくが難解なところがある。サダトが判るほどおれは老練な外交官じゃないんだよ」と言って苦笑した。「おまえが判らんサダトがおれに判るわけがないな」と済美は笑い、近づいて来たダンサーの妖しく律動する腹部にチップを載せた。

第三幕は昭和五一（一九七六）年のクリスマス・イヴだ。いまだ霧の中にいる四人組が鳩首協議するカイロのホテルの一室ではじまり、ある悲劇的事件で終る。

サウジアラビアのKが資金調達を渋っているという情報を入手したのは、三ヶ月ほど前だった。合弁会社設立の基本契約書に、エジプト観光公社と大成建設は仮調印をすませていたが、Kのカシオギだけが未調印である。エジプト側はKが商用で忙しく連絡がつかないと言う。それでは大成建設がKを探して直接連絡を取り、資本参加と資金調達の意志確認をしたいと申し出ると、「この件の運営責任はわれわれにあり、権限もある。大成建設は観光公社を信用しないのか」とエジプト側は気色ばんだ。

それから現時点までなんの変化もない。ここに至ってエジプト部の四人組はKが資本参加せず資金調達もしないなら、このプロジェクトは画に描いた餅になるという意見で一致した。「もう引際だ」「そうだ、潔く撤退しよう」「本調印をしていないのが、せめてもの幸運だ」「役員連中は思う壺だろう。連中に踊らされるのもいい加減でやめよう」「やめだ、やめだ」、酒の勢いもあって異口同音に声をあげた。しかし、撤退は四人組の合議だけでは成立しない。最大にして唯一の難関はS会長の説得である。そのため社長に腹をくくってもらう必要がある。「社長ははじめから反対だった。だから明日おれが東京へ飛んで社長と一緒に会長に頼むよ」と部長は覚悟を決めた顔だった。

部長と秘書兼通訳の係長はクリスマス当日、エジプト航空機でカイロを発った。そして悲劇が起った。二人が乗ったボーイング七〇七機がバンコクのドンムアン空港で着陸直前に墜落したのである。乗客乗員五六人は全員死亡した。カイロに残って休暇のプランを話し合っていた済美と技術担当課長は、大使館から事故の報せを受けて呆然自失した。

かくして第三幕は悲劇的幕切れとなったが、続く第四幕は一転してブラック・コメディの様相を呈する。幕開きで済美は帰国して社長に会い、部長が伝えられなかった撤退案を具申した。社長の対応は迅速だった。直ちに役員会を招集し、カシオギのオーナーKの資本不参加、資金調達拒否というエジプト部の結論を全会一致で諒承し、その切り札を持って会長に直談判した。ついに会長も「仮調印までしたエジプトとの約束は破れない。しかし三社合弁が実現しなかったことでエジプト側が撤退を認めるなら諒承しよう」という線まで譲歩した。

撤退交渉の大任を背負って、エジプト部の生き残りの二人の課長はカイロへとんぼ返りした。観光公社の会議室での交渉のテーブルに、二人は被告人の心境で臨んだ。「武士に二言はない、約束をたがえた時は首を切ってくれと大成の会長は大統領に刀を贈っている。その刀で諸君の首を撥ねても文句はなかろう」と、いきなり脅かされて文字通り首を竦めた。「首なし死体の二つぐらいナイル河にプカプカ浮いていても、誰も気に止めないよ」と、からかわれた。しかし済美たちには冗談を返す余裕も気力もない。ひたすらKの不参加で暗礁に乗り上げた計画の白紙撤回を主張した。エジプト側は腹を決めていたようだ。頃合いを計っていたように観光公社総裁が口を開き、「この案件は三社による合弁を前提としているので大成建設の撤退に契約上の問題はない。よろしい、撤退を認めよう」と言ってくれた。会議が終って廊下に出た済美を総裁が呼び止め、「大成でこの計画に熱心なのは会長ひとりで、他の役員はすべて反対であることは知っていた。そんな状態で合弁会社を作ってもうまくいくはずがない。だから撤退を認めたのだ」と言った。しかしサウジアラビアのKが基本契約書に仮調印もしなかった理由については、会議中も廊下の立話でも一切ノーコメントだった。

この不条理劇にエピローグがあるとすれば、要点は以下のようになる。サダト大統領、大成のS会長、カシオギのKの三者を仲介した不動産会社のM会長は、ロンドンのフィナンシャル・タイムズ紙に「サダト大統領と組んでギザのピラミッド周辺に大規模なリゾート開発を計画中」というニュースを流し、自社株が急騰すると世界的なホテル業者に持株を売り払い、忽然と姿を消した。また、大成建設の撤退後、エジプト観光公社の態度も一変した。ギザのピラミッド周辺の国有地をレジャー施設に現物投資する話そのものが誤報とされた。サダト大統領も、いやしくもエジプトが世界に誇る文化遺産の周辺を、外国資本が乱開発することは許さないという内容の布告を出し、観光開発事業そのものが消滅した。

東京でそのニュースを聞いた済美は狐につままれた気分だった。端役の立場では知ることに自ら限度がある。この謎の多い、端倪すべからざる不条理劇に、裏の裏、あるいは隠された真相があったとしても、それは日本のゼネコンの一課長には手の届かない聖域の出来事である。

エピローグ付き四幕の不条理劇が終幕した後、済美は海外事業本部調達担当部長に昇進した。五年ほどその職にいる間に、昭和五六（一九八一）年一〇月のある日、サダト大統領暗殺のテレビニュースを見た。なにか遠い昔の知人の訃報に接したような思いがした。この時期、済美にとっての最大の事業は、常磐線の上野から一時間余りの茨城県牛久市に百坪の土地を購入して、終の棲家を建てたことだ。明治人の父から「男が一人前になったら自分の家を持て」と言われていたのが気になっていた。五四歳で最後の親孝行ができたと思ったのは本当で、昭和六〇年の春、庭にしだれ桜の古木を植えた新居への引越しの直前に父が亡くなった。

新築の牛久の家から新宿の超高層ビルに移った大成建設本社まで、往復四時間かけて通った。勤続三〇年を過ぎた現在の仕事は閑職の営業担当部長で、定年までの冷飯食いとはこういうことかと他人事のように思った。ところが五七歳の初夏、会社の健康診断で肺癌の疑いがあると告げられて慌てた。その日から四〇年近く喫い続けてきたタバコをやめ、慶応大学病院で診察を受けた。血液検査にはじまり、CTスキャン、アイソトープ検査と進んだが肺癌は確認されず、そうかといって疑いも晴れない。その頃、テレビも新聞も、天皇の重態報道一色で、世間も自粛ムードに染まり街は静まり返った。祭りも運動会も文化祭も軒並み中止になり、常軌を逸した自粛の広がりを皇太子が憂慮したほどだった。さすがにマスコミからも「自粛ウイルスが増殖する」事態に反省の声が出たが、情況は変らない。イギリスBBCの東京支局長は「天皇について語ることの日本人の困惑、躊躇が非常に明確に表面化した」とコメントした。しかし一方で、お笑い番組からプロレス中継まで、中止ずくめのテレビに退屈した若者でレンタル・ビデオ店が大繁盛し、円高のせいもあって年末年始を海外で過す人が急増した。天皇の死を想定した「Xデー」に熱中するマスコミと、一般市民の感覚は遠く隔っていたのかもしれない。

済美は少年の日に神であった天皇が、敗戦の翌年の正月に「人間宣言」をしたあと、象徴天皇という地位を堅持してきたことを、ほとんど奇跡を見る思いで眺めていた。その奇跡の人に死期が訪れ、その人の時代に人生の大半を過した自分たちも死とのかかわり合いを深くしている現実に、なにか因縁めいたものを感じるのだった。暮に内視鏡検査を受け、結果の判明は年明け早々と言われた。憂鬱な気分で年末年始を自宅で過すのは家族に迷惑だろうと考え、一人旅を思い立ち、クリスマス当日に東京を発って西へ向った。一〇年前、バンコクで飛行機事故死したエジプト部の二人の仲間がカイロを発ったのもクリスマス当日だった。「おれは一〇年余計に生きているのだ」と胸の中で呟いた。琵琶湖畔に点在する観音像を見て廻り、京都に出て新年を迎えた。東山の袂を通る冬枯れの「哲学の道」を歩いていて素十の句碑に出会った。「大いなる春といふもの来るべし」とある。「これだな」と独り言が出た。自らのちっぽけな命の去就に思い患って、かじかんでしまった心身が「大いなる春」の中へ柔かく溶け込んでいく、そんな姿に憧れた。

牛久に帰り、正月七日「天皇崩御」のテレビニュースを見て、自分の昭和もやっと終ったと思った。思えば永い付合いだった。そして昭和の終りが自分の終りになるかもしれない現実を思った。「それもよかろう。大いなる春がくるじゃないか」と声に出し、しばらく飲まなかった酒を飲んで新年を祝おうと思った。三日後、慶応病院で内視鏡検査の結果を聞いた。肺癌の疑いが晴れた。拍子抜けした気分だったが、やはり嬉しかった。そしてまた定年までの単調な勤め人の生活が再開された。タバコはあれっきりやめたが酒は飲んだ。社用の酒、友人との酒、独りの酒、さまざまの形の酒を毎日飲み、休日にはよくゴルフへ出かけた。仏教の本、日本の古典や現代文学を読み、英字新聞を購読し、時折ワープロで文章を作った。まるで定年後の生活の予習をしているようだと思うことがある。

昭和四二（一九六七）年に鈴木昌友が茨城大学教育学部講師になった翌年から大学紛争が始った。パリの学生たちの五月革命に伝染したように日大、東大で学園改革の要求が噴出したのである。日大全共闘は不明朗な大学経営の追及に端を発して、神田界隈にバリケードを築いて警察機動隊と市街戦を演じ、東大全共闘は安田講堂を占拠し、翌年の入試を中止に追い込んだ。こうした大学改革の要求はさまざまな形で全国の大学に波及し、茨城大学も例外ではなかった。

茨城大学では教養学部と学生会館が全共闘系の学生によって封鎖された。話し合いに出かけた教養学部長は長時間の吊るしあげに会って体調を崩し、やがてパーキンソン氏病を発症した。補導部長は学生会館に入ったまま三日間帰ってこなかった。大学当局と改革派学生の正面衝突では学生有利の展開だったが、膠着状態が続くうちに学生側に内部分裂が生じた。無党派左翼の全共闘系と共産党主導の民青系が主導権争いを繰返すうちに全共闘系にも中核派、革マル派などの分派の対立が生じた。加えて体育会系の正常化委員会を名乗る学生たちが新たに学友会を組織して、全共闘系、民青系を問わず「大学の秩序を乱す」改革派学生の排除に乗り出した。こうして、大学の内部改革と社会へ開かれた大学という紛争の根底にあった課題は、集会、デモ、衝突、ビラ合戦の悪循環の中に埋没していった。

紛争が始まった頃、昌友は大学当局、教職員、学生の三者にとって望ましい改革とはなにか、明確な展望を見出せなかった。改革派の学生や彼らを支持する知識人や一般市民の眼に、大学が閉鎖的な場所として映っていることは強く感じた。旧帝大系の大学ほどではないにしても、地方の国公立大学にも改革すべき問題点は数多くある。紛争は社会に開かれた大学を目指すために必要な手続きなのかもしれないと考えた。

しかし時が経ち、学生たちがバリケードの中での高揚感に酔い、紛争自体が目的化され、大学側も学生側も大学のどこをどう改革するかの議論に踏み込めずにいる状況を見て、昌友は次第に自らのテリトリーに閉じ籠るようになった。教育学部の学生はほとんどが中学高校の教員志望であるうえ、女子学生が多数派であることもあって、デモや集会も比較的穏便で教室封鎖のような実力行使は行われなかった。昌友のテリトリー内では紛争中も授業はほとんど普段通りに行われた。

この時期、昌友が関心を持ち続けたのは大学内部より外の世界の出来事である。原子爆弾まで落とされて焼野原になった敗戦国が、たった二〇年で世界の先進国の仲間入りを果すという手品の仕掛けは高度経済成長に他ならない。日本人は驚くべき熱心さと勤勉さでその路線を突っ走った。金儲けのためなら大抵のことには目をつぶって来た。産業公害や乱開発に対しても、政府は、「環境保全対策と経済の健全な発展との調和を図る」という曖昧な表現でお茶を濁し、産業優先主義の政策を変えなかった。産業なくして国家も国民もないという認識は、実は政府と産業界だけのものではなく、この時期の国民の大多数が暗黙のうちに支持していた諒解事項だったのである。この下地があって、昭和四七年に田中角栄が発表した「日本列島改造論」は国民的人気を博した。田中は都市と地方の格差是正を旗印に、工業地区の再配置や地方都市の育成、新幹線と高速道路による全国的な交通ネットワーク作りを提唱した。その実現のための二本柱は、産業の更なる発展であり、公共事業の推進である。

時代の変遷を、昌友は植物学者の眼で眺めていた。人間の被害を軽んじていた訳ではないが、政治絡みの錯綜する議論に参加する自信はなく、発言権もない。ただ、自分が知り尽くしている茨城県の山野が眼に浮び、それが荒廃していく風景を怖れた。森と林と草原に植物が生き、微生物が生きているから、野鳥が来て、ムササビが棲む。そうした自然環境こそフィールドワークと不可分の領域である。その領域の保護と保全について県や政府に意見を言える立場になったら、自分の現実に対する姿勢も変るかもしれないと思ったりした。

講師を五年、助教授を二年勤め、昭和四九年四月、茨城大学教育学部教授になった。その間『日本産カシワバハグマ属植物の実験分類学的研究』によって東京教育大学から理学博士号を取得した。助教授になった頃から、県内の開発事業について自然保護の立場からの意見を求められる機会が少しずつ増えた。筑波学園都市の工事が進むなかで、県の自然環境審議会の委員になり、開発地域の松を移植して学園都市に松並木を作る案を出して採用された。他にも常陸那珂湊の飛行場跡地の針葉樹林に自生する、日本では北海道と青森の一部の地域にしかないオウウメガサ草の保存を強く訴えた。長い交渉の末、保存に必要な最低限の一一〇ヘクタールの自生林を残すことができた。

県内の開発の波は予想をはるかに超える速度で北上していた。県の首都圏化は利根川べりの取手市辺りを防波堤にして止ると考えていたのはとんでもない話で、つくば市が誕生し、鹿島灘から波崎砂丘に至る太平洋岸では、一大石油コンビナートの建設が始まった。開発は時代の要求だから完全阻止は不可能である。しかし程度を越えた開発には抗議し、開発対象地域で救い出す必要があると思う自然環境を全力で救い出すというのが昌友の姿勢だった。その姿勢と行動を支えてくれたのが、県内全域の中学高校に散らばっている教え子たちのネットワークだった。彼女ら、そして彼らは昌友に叩きこまれたフィールドワークの方法と技術で、各自の勤務地のエリアの動植物の生態系の現状についての詳細なデータを作成して発信してくる。その教え子たちの熱意と行動に報いたい気持から、堅固に作りあげたテリトリーから外の世界に出撃している自分を発見して驚くことがある。地元の新聞社が出している月刊誌に、乱開発に苦言を呈するエッセイを発表した時には、会合で同席した県会議員や建設業者から再三、嫌味を言われた。自分の立場は開発の全否定ではなく、自然との共生の方法を提案することだと説いてもなかなか理解してもらえない。しかし、昌友の言説に曖昧さがないともいえない。彼の提案が受け入れられる場合でも、それが開発する側の都合のよい隠れ蓑に利用されることもなしとしない。ただ、そうした策略や駆引きは昌友の生き方の圏外にあった。

昔、子供の頃に近くの山へタラノメなどの山菜採りによく出かけた。そんな時、土地の大人たちは植物が人間の都合に合わせて生きている訳ではないことを経験的に承知していて、今年採っていいものと、採ってはいけないもの、今年入っていい山と、入ってはいけない山を、子供たちに判り易く教えてくれた。そういう事実に即した不分律を守ることで自然と人間の共生が可能になる。うまい山菜を採って食べる喜びと、自然の法則に従う人間の掟の厳しさは一体のものである。そのことを難しい学問も高度な科学技術も知らない普通の人たちが知っていた。事実から学んだ生活の知恵が大切に守られていた。いま植物学を学び教えている自分のルーツはそこにあると昌友は信じている。

昭和六〇年四月、つくば科学万博からの帰途、筑波山の植物観察に訪れた天皇の案内役を勤めた。昌友の手記から一部を採録する。

――筑波山頂に向うケーブルカーで「この宮脇駅は標高三〇〇メートル、山頂駅は八〇〇メートルですから、植物の垂直分布がご覧いただけます」と切り出すと、ミヤマシキミの花がお目にとまったようで、「あの白い花はなにか」とお尋ねになった。次から次へと興味を示され、「ツクバネソウの花が多いね」とも言われた。向かい合って坐っている私と植物談義を楽しまれているようだった。山頂駅へ着き、自然研究路をゆっくり歩かれた。途中、ワチガイソウ属の植物をご覧いただこうと、ワダソウとナンブワチガイソウを岩陰に用意した場所に来た。「これらは筑波山に生育する植物ではなく、陛下に拝謁たまわりたく山へ登って来た者たちです」と言うと、「ハハハハハ」と大声でお笑いになった。ツクバネソウのつぼみ、ミミガタテンナンショウの花などを一つ一つ大きな声で感心され「いい時期に来た」と喜ばれた。ツクバザサを示すと「あ、これか」と、すぐ指で葉の裏面に触れ、稈鞘の眉毛の所に注目なさった。ササの分類のキーキャラクターをご存知なのだ。（中略）ホテルへ戻ると部屋に呼ばれた。いきなり「ここへ来る途中に見えた白い花はなにか」と尋ねられた。車に同乗していたわけではないから場所の見当もつかない。「ソメイヨシノがまだ残っております」と当ずっぽうにご返事すると「ちがう。ソメイヨシノではない」そして前と同じ口調で「途中で見た白い花はなにか」と、大きな声で繰り返された。難題だが私も考えた。そして学園都市の街路樹が閃いた。あそこにはハナミズキがある。いま白い苞が目立ち、花のように見える。「街路樹にハナミズキが植えられております」すると「あ、そうか」と大声を出され、しきりに頷かれた。それから私の方を向いて「今日は植物を説明してくれてありがとう。これからも研究を続けてください」と言われた。(中略)ホテルを出られる陛下を玄関前でお見送りした。ゆっくりした足取りだが、先ほど山を歩かれた時のリラックスしたご様子ではなかった。顔の表情も植物をご覧になっていた時の表情とはまるで別人のようだった。私どもの前に立止って声をかけられたが、すでに公人としての天皇にお変りになっていた。——

昭和六四(一九八九)年一月七日、昭和天皇は腺癌で亡くなった。八七歳八ヶ月の波瀾の生涯だった。昌友は四年近く前、筑波山を一緒に歩いた八四歳の元気な老人だった頃の天皇を偲んで冥福を祈った。ずっと昔、中学生の自分が全国巡幸中の天皇を見た時は、この人のために死ねと教育されたことが否応なく思い出されて愉快ではなかった。それから四〇年間が過ぎて、植物を介して出会い、言葉を交したその人に同好の士のような親しみを感じた。しかし去り際に見せたその人の表情は公人の威厳を作っているようで驚かされた。その人自身の考えは知るよしもないが、送迎の折の仰々しさや、その人を取巻く人々の態度や言葉に、その人をもう一度雲の上に押し上げたいと望んでいるような空気を感じて残念に思った。

いずれにしても、鈴木昌友が人生の大部分を生きたことになる昭和という時代はその人の死と共に終った。

昭和四八（一九七三）年四月、宮本克は社会科教師として六年間勤めた日立一高から母校の水戸一高へ転勤した。中学、高校の六年間を教えられる側で過した懐かしい場所へ、教える側の人間として帰って来たのである。しかし、転勤にあたっては多少もめた。克が家永裁判の支援活動をしたり、勤務評定に反対する発言をしたことで「宮本はアカだ」と言って受入れに反対する人がいたのである。当時の水戸一高の校長は中高校生の時の英語の教師で、東京教育大学の先輩でもある。その橋本校長が「体制派の人ばかりより、反体制の元気のいい人がいた方が面白い」と言って克の採用を決めてくれた。日立一高に呼んでくれた大和田校長といい、旧師は有難いと改めて思った。

水戸に移って生活環境にもゆとりができた。日立では間借生活からスタートし、三人目の子供が生まれて借家暮しにはなったが、自分の書斎がないので本の置場所にも困った。その点水戸の住居は子供の頃から住み馴れた土地に、戦災後のバラックを亡父が建て替えた家なので念願の書斎も持てた。それで本人は大満足だが、本の置場所ができたとたん本代が急上昇して、三人の育ち盛りの子を抱えた妻を嘆かせる破目になった。

水戸一高での克の授業は受験勉強に疲れた生徒たちに人気があった。その頃、選択日本史という履修単位ができて、担任の教師の裁量で高校としてはかなり自由な授業内容が許された。克は生徒たちに読ませたい本を一〇冊ほど挙げ、その中から生徒自身で選んだ本についてレポートを書いて提出するという大学並みの授業を導入した。克が選んだ本には笠原一男『日本史百年』遠山茂樹『明治維新と現代』などの他、大佛次郎の『パリ燃ゆ』から、スウィフトの『ガリバー旅行記』やボーボワールの『第二の性』まで入っていた。そうした本を読み、読後感を書く授業を新鮮に感じた生徒も多かったのである。

水戸一高に来て二、三年経った頃、明治一一（一八七八）年の創立から百年を迎える記念事業のひとつに『水戸一高百年史』の刊行が決った。編纂と執筆を現職の教員が担当することになり、社会科三人、国語四人、英語一人の編集委員が選ばれた。八人のなかで日本史を専攻しているのは克だけだったので編集委員代表に互選された。

充実した日々が始った。学校にあった古い時代の史料は空襲で焼けてしまったので、どこかに焼け残っている資料はないか、図書館や役所、先輩などに当って資料を探す作業を始めた。この仕事に全力投球する意気込みだから、勤務が終ってから、あるいは休日を返上しての資料探しも苦にならない。八人が手分けして集めたものを持ち寄って、討議を重ね編集方針を決めた。「たとえ一地方の学校の歩みであっても、それをしっかりした歴史書としての骨格をもったものにする」ことで衆議一決した。善いことも悪いことも隠さずに書こうと話し合った。水戸中学から水戸一高に至る百年を、事実を誌すだけでなく事実に対する明確な視点を持った歴史として残したいと克は考えていた。「誌」ではなく「史」を書くことを目標にしたのである。その作業についての克の報告がある。

——一九七六（昭和五一）年一月から時代区分をめぐって議論をはじめ、仮目次を立てていった。時代区分は歴史認識として極めて重要なことである。それゆえ、従来よく見られる、制度の変遷、校長の交替、校舎の所在などを指標とする便宜的区分はやめ、学校という教育の場で教師、生徒が、わが国現代史の激動する歴史の中で、いかなる時代にいかに生きたか、いかに教えいかに学んだかが浮びあがってくるような観点に立って時代区分を試みた。

本書で一九四五（昭和二〇）年八月一五日の敗戦（終戦ではない）をもって、第一編と第二編にわけ、六・三・三制に基づく新制高校発足の一九四八（昭和二三）年で大別しなかったのはその一例である。教育の理念と内容は敗戦によって根本的に転換したとの認識の表現だった。——

資料探しが一段落すると、八人の編集委員は連日放課後に集まり、時には深夜まで、山積みになった資料と格闘した。なにを選び、選び出したものを、どう読み、どう書くか、すべて八人の合議で決定していった。構成案がまとまると分担して執筆にかかった。各自が書いたものを全員で検討し、異論があれば合意するまで議論した。二稿、三稿と稿を重ね全体の統一を図るように努めた。こうして九一〇頁の大冊『水戸一高百年史』が完成、刊行されたのは、学校創立百周年の昭和五三（一九七八）年一〇月である。学校史としてはめずらしく、学校関係者以外からの注文も多数あり、増刷分を含めて七千部を完売した。

百年史を書きながら興味ある人物に出会った。水戸中学一一代校長の菊池謙二郎である。菊池は水戸中学を経て東京帝国大学に学んだ。正岡子規、夏目漱石とは学生時代から交際があった。早くから水戸学を研究し、いくつかの中学の教員、校長をした後、仙台の第二高等学校長になった。その頃『藤田東湖伝』を刊行している。その後、上海の東亜同文書院の教頭を勤めてのち、水戸に帰って静養中、当時の茨城県知事に請われて水戸中学校長を引受けた。明治四一（一九〇八）年、子規はすでに亡く、漱石の文名があがっていた。

校長になった菊池は校是や校歌を制定し、生徒規約を作って水戸中学の近代化に取組んだ。在職一〇年が過ぎた大正八（一九一九）年の夏から一年間の休暇を取り、欧米視察の旅に出た。アメリカからヨーロッパを巡り、欧米社会に根づいている自主、自立、自発、自治の市民意識に啓発された。それを水戸中学の教育方針に繰り入れたいと考え、帰国するとすぐ、定期試験を廃止するような思い切った改革に着手した。欧米の社会、学校から学ぶべきことを月刊の校内誌に巻頭言として書き続けていた。

そして舌禍事件が起った。帰国して半年ほど経った大正一〇年の一月『国民道徳と個人道徳』という菊池の講演筆記が地元の新聞に掲載された。菊池の思想は水戸学直系の皇室中心主義を基軸にした日本独自の道徳観と、近代的自我に基づく自主、自立、自発などの個人主義的道徳観の調和を図るもので、今日で言えば中道保守の考え方である。従って、井上哲次郎や穂積八束に代表される偏狭な国粋主義には懐疑的で、それが欧米視察の体験に裏付けられた時、痛烈な批判となって表現された。その一部を引用する。

——穂積らは祖先の遺志を重んじ、これを継承することが日本独自の思想というが、我らの祖先は何百代まで遡って明らかになっているのか、これは明白ではない。たとえ何代か前まで判っても、ただ系統が続いただけでは祖先崇拝の念は浮ばない。また国民は共同の祖先を祭るのだと博士らは言うが、伊勢の皇太神宮は国民が祭るのではない。また博士らは祖先の墓参をするのが日本人として大切だと言うが、墓参は日本人独特でもなんでもない。知り得る程度の祖先を崇拝するのは何れの国にもある思想風習である。（中略）

家族制度について言えば、穂積らは日本には戸主があり、家督相続があり、日本の家族は親子本位で永久持続的であって西洋にはない誇るべきもの、教育勅語の中の徳目はこの家族制度を眼中に置かなくては解釈できぬと言うが、我々は社会共同生活のため、いわゆる家族主義を離れて個人として国家全体の福利を希望しつつ活動する。家を重んじるがために国利民福を希う道徳心を養成するというのは謬見である。

さらに忠孝とは君父に対して常に一身を捧げて、従順にこれに奉仕することと穂積博士らは説くが、我々の全生活、心身の活動は忠孝のみではない。古では忠孝一致を説く必要があったが、今日では通常平日に各自が職分を遂行すれば、忠即孝となる。また、孝というと親孝行だけが強調されているが、親も自己保存上子孫繁昌が希望であるはずで、孝の本義は子と自分を愛する人情の自然にもとづくものである。――

果然、茨城神道団という超国家主義の団体が喰いついてきた。菊池の講演は「神祇崇拝、祖先崇拝、家族組織、忠孝両道の諸徳を悉く非難し、教育勅語の趣旨を根底より排斥せしに異ならず」と言っていきり立ち、県選出の政友会代議士を動員して、衆議院で菊池を弾劾させた。内務省は県知事を呼んで善処を要望した。地方の一中学校長の進退に政府や国会が大騒ぎする前代未聞の事態である。講演内容が新聞に載って一ヶ月後に、菊池は依願免職になった。

それを知った水戸中学の八百人の在校生が一人残らず立ち上がった。彼らは菊池校長の復職を願う八百人の血判状を知事に提出し、二月一二日から同盟休校に入った。上級生の圧力で血判を押した者もいたはずだが、菊池を慕う生徒が大多数を占めていたことは否定できない。しかし、中学生の同盟休校に国家権力が屈することはありえない。菊池自身の生徒への説得もあり、同盟休校は二月二一日に終った。

菊池謙二郎と水戸学、水戸中学校長就任以降の学校改革、そして欧米視察から舌禍事件を経て同盟休校に至った経緯を、克は「大正デモクラシーの地方における一表現として把握できる」と考え、『水戸一高百年史』に記録した。

三年に汎った大仕事を了えた満足感はこれからの教育方針を考える機会にもなった。たとえば、従来から疑問のあった共通一次試験に対する態度も定まった。生徒の大部分が大学進学を目指し、父兄の期待もそこにあるから、教師としても受験教育を無視できない。克も例年、共通一次試験が終った翌日は問題解答を中心に授業を進めていた。しかし、その年は共通一次試験の問題点を指摘して、歪んだ受験制度の渦中にいる生徒たちを励ましたいと思った。「共通一次の日本史ができたか、できなかったかは、本当の日本史学習が身についているか、いないかとはほとんど関係がない。試験を受けた諸君の身になってみると、先生が歴史学習の真の目標をあれこれ言っても虚しいことだろう。しかし……」克は少しためらい、やがて一気に断定した。「誤解を怖れずに言えば、共通一次の日本史は日本史ではない。」

それだけ言って、普段通りの授業に入った。その日の主題は「十五年戦争と民衆」である。満州事変から太平洋戦争の敗戦までの、加害者であり被害者でもあった日本の民衆だけでなく、日本の侵略戦争で心身ともに傷んだアジアの民衆の存在を「戦争を知らない子供たち」に伝えることが教育者の使命だと信じている。しかし、授業を進めながら、共通一次試験で傷ついた生徒たちの心情を思いやり、複雑な感情につきまとわれた。教師としての克の心の内側に、絶望とまではいかないまでも、哀しみに似たある種のペシミスムが貼りついているのだった。

茨城県では高校教員は一校一〇年の在勤を越えないという内規がある。水戸一高勤務はすでに一一年を経過した。学校史の仕事があったので年限の延長を黙認されていたのだが、その仕事が終った現在では転勤の内示があって当然だった。それでも転勤はもう一年延び、次のステップになる教頭職の資格試験を受けて合格した。

仕上げは長期在勤のボーナスがわりに、文部省教員海外派遣団の一員に選ばれたことだった。スウェーデンにはじまり、東西ドイツ、フランス、アメリカを一ヶ月で廻る観光ツアー並みの視察旅行だったが、その体験を貴重なものと受けとめた。行った先々の国はそれぞれ歴史も文化も違う国々である。その違いがそれぞれの国の教育現場にどのように反映されているかを「視察」することは、克たちに与えられた時間では到底できない。しかし、異なる国々の風景をバスの車窓から眺め、案内された高校のキャンパスを歩き、街並を見物して廻り、ビールを飲み飯を食う日常的な行動のなかにも、さまざまな発見の喜びがあった。それが自分にとっての「視察」だと思った。それにしても、いま自分が駆け廻っている国々を、菊池謙二郎は一年かけて悠々と廻ったのだと気がついた時には、羨ましいような、情けないような気分になった。ついでに菊池が水戸中学に在籍した時間と自分が水戸一高に在職した時間が同じ一三年である偶然を面白く感じた。

三〇日はたちまちに過ぎ、宮本克は日程通りの旅を了え、ビール腹をかかえて帰国した。「空手遷御」が偽らざる心境だった。

立川雄三が昭和四一(一九六六)年に旗揚した演劇集団未踏の出足は快調とはいかなかった。「大衆性を志向しながら、つねに前衛たらんとする」結団の合意は、上演作品の選択や配役などで絶えずもめた。芝居をやる人間にとって自惚れも才能の一部ではある。しかし自惚れが嵩じると収拾のつかない事態が頻発する。せっかく演目が決っても、演出でもめ、役作りでもめ、もともと食扶持は本人持ちの志だけの結びつきだから、入退団は気安くできた。毎年、半数近くが退団し、その人数分が入団するという具合で、劇団としては、経営はもとより出演者の頭数を揃えるのにも苦労した。それでも芝居を作ることで観客と連帯し、今日的課題に取組もうという雄三の意欲は健在である。

昭和四三年にブレヒトの『カルラールのかみさんの銃』を渋谷初台教会の地下室に特設舞台を設けて上演した。その後流行したアングラ芝居のハシリと自負している。同じ地下劇場で翌年には西鶴の『武道伝来記』を下敷にした『新学問のすすめ』という、東大紛争を諷刺した時代劇を上演した。同じ年の秋、かつて中野重治から劇作の才能を否定された戯曲『強盗猫《がんとうねこ》』を、全面的に改稿して上演した。この作品はその後も繰返し上演され、劇団の地味だが息の長いレパートリーになった。雄三としてはそれなりに名誉を回復した思いがあった。

旗揚から五年が経った。よくぞ五年間もったというのが正直な感想である。解散しないうちに一度は派手にいこうと、新宿の厚生年金会館小ホールを二日借りて、立川雄三作・演出『又四郎の川』を四ステージ公演した。四五〇円の入場料を払って一三〇〇人が観に来てくれた。この公演では研究生を含めた劇団員一八人が総出演して、希望の灯が見えた思いがした。

昭和四八年はオイルショックの年だったが、劇団未踏にとっては画期的な年になった。ひとつは児童劇『やっこの凧平』の上演である。『未踏三〇年の歩み』によれば「劇団風の子の作者多田徹さんの小品をいただいて、思い切ったアチャラカ演技、狂言、歌舞伎風表現で大うけに受け」「後にこれが未踏ミニミニ子ども劇場として、小・中学校巡演を中心に一〇〇ステージをはるかに越える、超ロングランレパになろうとは、予想もできなかった」成功を収めた。学校巡回が劇団経営の支えになるシステムが確立したのである。いまひとつは、一九二三年の関東大震災の直後に官憲によって虐殺された労働者劇の先駆者平沢計七の数少ない作品を発掘、上演したことだった。演劇評論家尾崎宏次に以下の文章がある。「私は平沢計七の実体は判らなかった。だから、未踏の公演を観たくて見にいった。『一人と千三百人』ほか、短い芝居を見た。なるほどそれらは単純だけれども、なにかがあると思った。そうだ、これはきわめて単純なことだけれども、芝居に目的がある、ということだと思った」

翌年六月、改訂再演した。その『平沢計七』を雄三が演劇人となるきっかけを作ってくれた八田元夫が観に来た。終演後に顔を合わせると「やったな立川！」と声をあげ、固く手を握って「誰かが取り上げなければならなかった平沢計七を、そのドラマを、立川が構成を含めてもう一度現代的視点から取り上げてくれた。ありがとうよ立川……」と言って八田は涙ぐんだ。

その八田元夫が亡くなった昭和五一年、金達寿の原作を雄三が脚色・演出した『朴達の裁判』が労演例会作品に選ばれ、中野文化センターの公演には一五〇〇円の入場料で二三〇〇人の観客を動員した。未踏の一公演最多動員記録である。七〇年代の終りの年、劇団経営の支柱である学校巡回劇のレパートリーを強化する意図もあって、アーネスト・シートン原作の『森のロルフ』を本邦初演した。

こうした公演活動の成果と共に、未踏にとっての「幸福な七〇年代の証」は、昭和五一（一九七六）年三月に「新宿通り、御苑正門前に初めて未踏専用のスペース」をえたことである。「ビルの地下で三二坪ほど、敷金、改装費等一〇〇万円を越える出費に青くなりながらも、この日、お囃子、歌、踊りの演し物にぎにぎしく稽古場開き」をした。

しかし一九八〇年代は波瀾の幕開きだった。すでに「未踏は立川の劇団」という評価が定着していたが、その状況に批判的な団員の退団が相次ぎ、公演は客演中心にならざるをえなくなり、観客動員も低下していった。そこへ雄三のスキャンダルが加わった。若い劇団研究生との、雄三にしてみれば一途で大真面目な恋だったが、結果は雄三の演劇人生活を支え続けて来た妻との離婚に終ったから、雄三の評判はよろしくない。妻は一人息子を連れて去った。他人の非難は無視できても、別れた妻への自責の念は消し難い。恋人には自分の気持を話し、一緒に暮すのを待ってもらった。再婚する気持になれるまで子供も作らない約束をした。

恋と別離の間をゆれ動く心理状態のなかで、雄三は五〇歳という年齢にふさわしい仕事をしたいと思った。四半世紀前、役者としての出発点になった『土』を自分の脚色・演出で舞台にのせようと考えた。八田元夫の演出で雄三が主役の勘次を演じた時、九州の高校生たちにゲラゲラ笑われたのが頭にこびりついていて、なんとか現代の若者との接点のある芝居にしたかった。そこで、かつての小作人勘次中心の芝居を、勘次の娘おつぎを主役にする芝居に書き換えることにした。

新解釈の長塚節原作、立川雄三脚色。演出の『土』は昭和五六年九月、水戸市での初演を皮切りに東京読売ホールでの公演後、四ヶ月一五回の地方公演で一万三千人の観客を動員した。水戸の教育会館は、水戸一高卒業の年に「学生小劇場」を旗揚げした懐しい舞台である。雄三の『土』を成功させようと同窓生が入場券の売上げに協力してくれ、初演当日には大勢で観に来てくれた。舞台への拍手も楽屋への差入れも盛大だった。公演前には水戸一高で社会科の教師をしている宮本克などの尽力で、地元の新聞に二頁に汎って座談会が掲載された。そこで雄三は新しい『土』の意図を語った。その記事から抜書する。

「勘次の娘おつぎは生きることに非常に忠実だ。異性に対する感情も実に素直で大らかで、かたくなな拒否性のない女性だ」。この辺り、雄三自身の若い研究生との恋の告白とも受け取れる。そういうナイーブな若い女おつぎを主役に据えたのは「おつぎが社会的に目覚めたかどうかは知らないが、自分を取り巻く村人たちから、自ら学びとって成長したことに興味を覚える。聡明ではあるが生意気さがひとかけらもない。特別に新しくもない。いつの時代にもいる娘だろうが、そこに視点を当てることは、現代の若者との合意性を求める方法であると感じた」からだという。新しい『土』の脚色に当って、雄三の身近かに絶好のモデルがいたことを想像させるのである。くどいようだが、雄三と『土』には妙な因縁がある。最初の『土』で結婚し、役者人生をスタートさせたが八田の劇団を首になった。二度目の『土』で新しい恋をし、妻と別れた。「人生は芝居だ」を地でいった趣きがある。新作『土』の評価は褒貶なかばした。

昭和が終る前年、離婚から七年経って、待たせていた女性と再婚した。五七歳の再出発だったが、翌年孫のような息子が生まれた。その息子のはじめての誕生日を祝った頃、雄三は五年余り借りていた新宿御苑前の稽古場からの立退通告を受け取った。株価の暴落などバブル経済に破綻の兆候が見え、東京の地価が下落に転じたところで、家主が所有するビルの売却を急いだのである。契約上からも居直りはできない。どうせ移るなら事務所と稽古場を兼ねた場所を確保したいと考え、立退き期限までの半年間、都内一円を探し廻って、足立区梅島に本拠を移すことに決めた。

同時に、生涯自分の家など持てるはずがないと思っていた男が、梅島に近い埼玉県草加市のはずれに、田圃を宅地造成した土地をバブル崩壊のおかげで格安に手に入れ、小さな二階家を建てた。六〇歳にして、ささやかながら不動産持ちになったのである。資金は亡くなった父から相続した水戸近郊の内原村のわずかな田畑を売った金と、新夫人の両親からの援助があり、それらを頭金にしてローンを組んだ。新居二階の書斎の窓から、雄三の家と似通った小住宅群と、その間に取り残された田圃と畑がモザイク模様になって見渡せる。その風景が自分も含めた都市近郊生活者のつつましくも平和な生活の図案化なのか、日本の市民社会の本質的貧しさをカンディンスキー風に描いたものなのか、立川雄三はぼんやり考える。その思考を中断させるように、階下から赤ん坊の元気な泣き声と泣く子をあやす若い妻の艶やかな声がきこえてくる。

昭和四五（一九七〇）年に菓子の輸出入業を主力に、ケージー・インターナショナルを創設した田辺良夫は、シンガポールを起点にマレーシア、タイ、香港、台湾、中国と取引先を広げていった。商売に出かける東南アジアに商売抜きの親しみを感じた。風景も人間もおっとりしていて、生活は貧しくても人の心は豊かだと思った。生活の貧しさを言うなら、良夫が体験した敗戦後四、五年の日本の方がひどかったし、貧しさの中で生きる人の心も殺伐としていた。東南アジアを旅する良夫の視界には過去の日本の侵略の痕跡や、加害の後遺症はほとんど映らなかった。意識的に避けて通ったつもりはないが、あえて捜し求めることもしなかったのである。

どこの国へ行っても商売の相手は中国人か華僑が多い。初対面で、「まず麻雀」という習慣が嬉しい。「芸は身を助く」は本当で、麻雀のおかげでどれだけ商売が助けられたか分らない。単なる取引相手が友人に変り、麻雀で知り合った人が新しい取引相手になることも一再ではない。そうして親しくなった人の子弟の日本留学の世話をしたり、自宅に預かったりすることも珍しくなかった。東京で世話をした東南アジアの若者たちが、それぞれの国に帰ってさまざまな分野で活躍しているのを見たり聞いたりすると嬉しくなる。そうしたこともあって、東南アジアを旅していると、日本にいる時よりずっと寛いだ気分になれる。自分の経験を積極的に受け入れ、引継ぎ、発展させてくれるのは東南アジアの若い人だと思った。高度経済成長で金持になった日本が、その潤いを発展途上の人々の生活に役立て、経済や社会に好い刺戟と影響を与えることを、良夫は期待し楽観的に信じていた。

ケージー・インターナショナルの創設から四年ほど経ったある日、良夫は数人の仲間と、これも麻雀仲間で、水原秋桜子が主宰する『馬酔木』の同人の弁護士の紹介状を持参して、秋桜子宅を訪れた。八〇歳を越えた俳壇の大御所はめったに弟子などとらない人と聞いていたが、紹介状を差し出して、おそるおそる「弟子にしてください」と言って頭を下げると、「本気でやる気があるなら、毎月十句作って持っていらっしゃい」と言ってくれた。

秋桜子に弟子入りしたいと思った動機は単純だ。二人の子供も大きくなり、旅に出るほかは酒を飲んで麻雀ばかりしている父親ではしめしがつかないと思ったからである。なにかひとつぐらいは、子供たちに尊敬されるようなことをしなければと考えていた矢先、麻雀仲間の弁護士が秋桜子にコネがあると聞いた。秋桜子がどんな俳人か詳しくは知らないが名前だけは知っていた。芭蕉や蕪村の俳句集なら読んだこともあり、なかなかいいものだと思っている。宗匠気取の友人の作った句を見て、この程度なら自分にも作れそうな気がしていた。それで本格的に俳句に挑戦しようと決めた。友人のコネで秋桜子の弟子になれたのは幸運なスタートである。神田の古本屋で山のように俳句の本を買いあさって、まず師匠になった人の句集から読み始めた。吟行と銘打っての小旅行に再三出かけた。東南アジアの商用の旅にも句帳を必携した。そうして作った句を毎月一度、秋桜子の家で丁寧に添削してもらった。添削の合い間に語られる自然諷詠の心得についての座談を心して謹聴した。

やがて、田辺鳴草の名で詠んだ句が『馬酔木』の東京例会で入選するまでになった。「春疾風土間にとび入る軍鶏のあり」「凍る瀬に産卵の鮭果てにけり」などが、秋桜子門下になって二、三年目の入選句である。良夫が俳句に凝っているという噂が麻雀仲間に伝わり、麻雀の業界誌から句の注文が来た。ちょっとした宗匠気分で「麻雀はひとまずおいて初詣」など五句を送って掲載され、少額ながら原稿料をもらった。俳人協会の会員に推薦され、浅草の商店会が発行している月刊誌『浅草』の俳句欄の選者になったあたりから、本物の宗匠らしくなった。ある号の選者吟に東南アジア旅行中の句「田掻きして水牛河を戻りゆく」がある。弟子にしてもらって七年目に水原秋桜子が八九歳で亡くなった。生前の秋桜子が山本健吉と編んだ『俳句歳時記』に、田辺鳴草の「コスモスに槌ひびけるは舟大工」の句が選ばれた。

三〇代で金儲一筋の生活をやめてから、良夫の処世は事業の成功や発展よりも、安定と持続に傾いていった。起業家としては格別の成功者とはいえないが、趣味人としては満足できる人生を送って来た。麻雀と俳句が生き甲斐の両輪で、そのための起業であり事業家人生だった。東南アジア相手の商売でも、実益と趣味がおのずからバランスを保っていた。やがて還暦を迎える田辺良夫は四〇代の頃に目標とした、生活にあくせくせずに人生を楽しむ術を身につけたようだった。

一九六〇年代の後半、永田康平は関係する三つの会社を走り廻って金儲けに励んだ。自前の電子計器、出稼ぎの太陽電子工業、いまひとつは兄弟三人で共同経営する新和産業で、ここでは全国規模での自動販売機の営業にはじまり、室内用サウナの輸入販売まで手広い商売を扱っていた。

七〇年代に入った昭和四七年に康平は四〇歳の声をきき、兄の借金返済のメドも立った。ほっとしたところへ、義兄の金日植からお呼びがかかった。福島県白河で建設業を営んでいる「兄貴」が事業規模を拡大して、総合建設会社三金興業を設立するので是非協力して欲しいという話である。常勤は無理なので非常勤の取締役になった。それを機会に多忙な身辺を整理した。太陽電子工業の水戸工場長を辞職し、新和産業は、商才という点では兄も自分も一目置いている末弟に全権を委任した。自前の電子計器は商社的な活動を主体とするように改組して、株式会社サンセラエコビイと社名も変え、場所も東京から母の住む茨城県那珂町に移した。

身辺整理が終ったところで、個人的には重要な決断をした。韓国籍の取得である。朝鮮人鄭康憲《チュンカンフン》が韓国人鄭康憲になる。直接の動機は年老いた母が故郷への墓参を熱望したためである。小学校入学前に二年間滞在した母の故郷、まだ見ぬ父の故郷への想いは康平の胸の底に沈んでいる。母も自分も朝鮮人国籍のままでは渡航許可が下りない。康平は悩んだ。一九六三年の軍事クーデターではじまった朴大統領の政権はすでに一〇年を越えている。その間韓国経済は飛躍的に発展したが、民主・自由への弾圧はゆるむ気配がない。アメリカも日本も朴の強権政治を黙認している。つい最近、康平が希望を托している元大統領候補金大中が東京のホテルから韓国KGBの手で拉致される事件が起ったばかりである。考えは堂々めぐりしたが、最後は母の顔を見て、母と二人韓国人になって故郷を訪れることを選んだ。韓国籍を取っても、自分は朝鮮半島の全域で生活している朝鮮民族のひとりであり、政治的状況を越えて父祖の地につながっている。その地に立って、その事実を確認するのだと自分自身を納得させた。

昭和五二（一九七七）年秋の『茨城日韓だより』に六回に汎って連載された『私の中の韓国と日本』には鄭康憲の署名がある。当時の彼の心情が語られている部分を採録する。

——ソウルより水原を経てポプラ並木の続く街道を一路西へ向い、着いた先が宮坪の里でした。父が一五歳まで生まれ育ったという祖父の家で一夜を過したことは、私の人生にとって意味深い出来事でした。土壁に囲まれた家屋は韓国特有の屋形をなし、母屋の中室の前面に忠孝の二文字が大書してあります。父が少年期を過したこの家は宮坪の小高い丘の上にあり、黄海につながる入江に面しています。海雲峰と呼ばれる峰続きの一角は穏やかに海へ伸びていますが、有史以来出城の役目を果し、またある時は中国や倭国からの使節を迎える場所でもあったそうです。そして古くからこの地域は新羅の都慶州への街道の出発点でもありました。

現実に日本列島に居住する私と、韓半島に生きてきた祖父との関わりが、時を越えて私を捉え、人と海、はたまた韓国と日本との関わり合いを強く認識させられました。私たちの祖先は永い時間の中で流動と定着を重ね、遠く満蒙の地より韓半島へ、さらには日本列島に及ぶ広がりのなかで、それぞれの生きる場所との同化が進み、現在に至っていることは否定できません。時代の権力者がいかに虚構を繕っても、源流はツングースに連なり、倭国は韓国との関わりのなかで形づくられていったのです。私の居住する日本が韓国抜きには考えられない国であることを、韓国を訪れ、その地に立って確信できたのでした。

年老いた母の望郷の想いにひかれて、省墓訪問したのが四〇年振りの祖国、私の韓国でした。

母と共に先祖の墓前にぬかづいた時、私は心底から草溪鄭氏の末孫であることの誇りを自覚できました。父が終生失わずに抱き続けてきた民族の心を、わが身に再生できた喜びに言葉もありません。人は自らの血筋に従うからでしょうか。この旅の体験は、誇り高い韓国人へと私を変身させずにはおかないもののようでした。――

永田康平こと鄭康憲には二つの「自分」が内在している。ひとつは、広大な大陸の東端の半島と海峡を隔てた列島が、国境のない生活圏として描かれたアジア地図に従って生きている「自分」である。もうひとつは、朝鮮半島という限定された地域のなかで凝縮された民族性、先祖伝来の家族意識や文化的伝統を濃厚に受け継いで生きている「自分」である。この二つの「自分」が時に同化し、時に異化しながら、日韓の間を往復する機会が次第に多くなった。

昭和五四(一九七九)年一〇月、韓国では朴大統領が側近に射殺される事件が起った。たまたま商用で釜山にいた康平はニュースを聞いて衝撃を受けた。これからの韓国は何が起っても不思議でない時代になったと思った。はたして、強権政治家の死で学生や市民による民主化運動が高揚した。翌年の五月、金大中のお膝元の光州市で学生、市民による反政府デモが拡大して全市占拠の状態になった。反政府勢力によるコミューンが出現したのである。やがて政府側は完全武装の戒厳軍を出動させ、武力弾圧を開始した。二〇年経った現在でも正確な人数が判らないほど多数の学生や市民が殺された。百年余り前のパリ・コミューンとそっくりの顚末を辿ったのである。

その年の九月、朴の死から一年経って全斗煥が大統領に就任し、新しい軍事政権のドンになった。

新大統領は国民各層に広がっていく民主化要求に対して、巧妙な政治手法を採用した。反共法を廃止し、非常戒厳令を解除したのである。光州事件の陰の首謀者として死刑判決を受けた金大中は減刑され、一九八二年にはアメリカへの出国が許可された。全斗煥が軍事政権による強圧政治を徐々に転換させていった背景には一九八八年のオリンピック・ソウル大会の開催がある。経済発展を基軸に国内的にも国際的にも開かれた韓国をアピールする狙いがあった。全大統領は精力的に行動した。南北関係の打開に動き、八五年九月には南北離散家族の相互訪問を実現させた。平行してアジア諸国の歴訪、訪日、訪米などによる訪問外交による対外関係の改善にも一定の成果を挙げた。

そうした祖国の動向を康平は日本から、また時に韓国で一喜一憂しながら眺めていた。民主化を要求する運動は依然として継続しているが、朴政権時代の暗く殺気立った雰囲気は次第に消えつつあった。一九八七年には新憲法が公布され、金大中が復権し、アメリカから帰国して政界復帰が決った。康平にはなによりも嬉しいニュースで、「これから韓国はどんどん良くなる」と妻に明言してみせた。

しかし、全斗煥のアキレス腱は政権内部の腐敗にあった。朴正煕から受継いだセマウル（新しい村）運動に関連する公金横領事件が発覚し、オリンピック年の年明け早々、大統領職を後輩の盧泰愚に譲らざるをえなくなった。オリンピックを目指して韓国のイメージアップに奔走した男は、半年後のオリンピックに、現職大統領として晴れ姿を見せることなく表舞台から退場した。皮肉な見方をすれば、朴政権時代にはなかった民主化の一例を、全斗煥自身がその進退によって示したともいえる。

一九八八年九月一七日のソウル五輪オープニングセレモニーを、永田康平こと鄭康憲は巨大なスタジアムの観客席で妻と並んで見守っていた。ヒトラーの発明といえる聖火リレーが到着し、聖火台に点火された。赤々と燃えあがるその炎の中に、康平は韓国の希望の星金大中の顔を見たような気がした。

高比良和雄が建設省建設業課課長補佐になった昭和四〇（一九六五）年、前年までのオリンピック景気の反動で不況風が吹き、中小の建設業者の倒産が続出した。癌で倒れた池田勇人の後を継いだ佐藤栄作首相は、不況対策として公共事業費、住宅対策費に一千億円を前倒しして支出し、戦後はじめての赤字国債二五九〇億円を発行した。

公共事業費の膨張はそれを取り仕切る建設省の権限を相対的に強化させる。政府発注の公共事業の契約方法は明治時代に始った指名競争入札制で、これも明治時代に制定された会計法に基づいて、厳密な予定価格方式が守られていた。発注者の建設省が認めた業者による競争入札には、建設省が決めた予定価格があり、それを一円でも超えた業者は自動的に失格する仕組みである。こうした業者の選定も工事価格も、すべて建設省まかせの入札制度に対する不満と批判は、業界学界はもちろんマスコミなどにも広がっていた。時代遅れと言われても仕方のないこの制度の改革が必要だという認識は、建設省内にもあった。しかし、どこをどう改めるかという具体策の段階になると、政治家がらみ、関係官庁がらみでまとまらないのが実情である。

入札制度に直接かかわりのある部署の課長補佐になった和雄が、就任間もないその年の九月、四〇日間の予定で欧米へ出張したのも懸案の研究のためだった。まずアメリカ西海岸へ飛び、ついで東海岸へ向った。この間、ロスアンジェルス、サンフランシスコ、ニューヨーク、ワシントンと主要都市を巡り、入札制度の現状を調査した。アメリカでは、公共事業の入札に当って自由競争の原理原則が守られているのは一目瞭然だった。アメリカから大西洋を渡ってイギリス、フランス、ドイツを廻った。イギリスの制度は指名競争という点では日本に近く、フランスとドイツは一般競争という点でアメリカに近いという感想を持った。

和雄の場合、入札制度を政治的に判断するよりも、学問的対象として捉える気持が強かった。調査を進めるなかで問題の複雑さと重要性が認識された。相手は明治以来連綿として継続し、戦後民主主義も乗り越えてきた制度である。四〇日間の調査旅行で具体的な改革案を提示できる訳はない。「更なる調査が必要」と報告するのが現段階での和雄の立場である。そしてこの問題を、今後の役人生活を通じての研究テーマにしたいという思いが膨らんだ。官僚組織の一員だから、他の部署に移ることはある。そこでの職務を果しながら、「公共事業の入札制度」という研究テーマを手放さずに持続させたいと思った。制度改革には時間との勝負という側面があるが、幸いなことに霞ヶ関には「改革を前提としつつ最終的判断は慎重を期す」というロジックがある。たとえ時間がかかっても和雄の研究成果が制度改革に役立つ可能性は充分にある。帰国前夜、精神の高揚を感じた和雄はパリのホテルでシャンパンを注文して自分自身に乾盃した。

ところで今回の出張は生まれて始めての海外体験である。出発前から本場の音楽を生で聴くのを楽しみにしていた。アメリカでもヨーロッパでも、昼間は仕事に専念し、夜はコンサートホールやオペラ座、場末のミュージックホールまで足繁く通った。ニューヨークでブロードウェイ・ミュージカルを観たあと、パリで憧れのオペラ座へ出掛けた。ヴェルディの『リゴレット』の幕が上ると華麗な舞台装置に圧倒され、堂々たる体軀のオペラ歌手の劇場の隅々にまで響き渡る歌声に堪能した。終幕近く「風の中の羽根のように　いつも変る女心……」の日本語の訳詩でお馴染の「女心の歌」を聴きながら、いま自分がパリにいて、オペラ座の客席にいて、『リゴレット』を観ているという幸福感で胸が震えた。

帰国後は二、三年の周期で職場が変った。日本道路公団への出向や地方建設局の勤務も経験した。そして少しずつ昇進して、昭和四八年に建設省計画局建設振興課長の椅子に坐った。建設官僚組織の中枢に近づいたのである。同じ頃、大成建設のエジプト担当課長だった関済美によれば、監督官庁の課長はたとえ同窓生でも雲の上の存在で、ゼネコンの一課長が仕事の上で対等に付合えるような存在ではなかったという。

和雄にとって建設振興課は、しばらく遠ざかっていた入札制度問題に直接かかわる職場である。最初の海外出張から八年、その間の出向先でも海外出張の機会があるたびに、個人的な研究テーマのための調査や資料集めを怠らなかったので、改革を提案するのに必要な材料は山積みになっている。それでもまだ不充分だという思いがあって海外出張に熱が入った。課長になって発言力も増し、省内外で入札制度のあるべき姿を論じることもできるようになった。しかし、公共事業のもつ極めて政治的な性格のため、入札制度の改革についても「慎重を期す」霞ヶ関の態度に変りはなかった。その状況に適応するように、和雄の関心も日本の入札制度への直接的なアプローチよりも、欧米の公共事業の建設契約制度についての比較研究の方向に傾いていった。

昭和五七（一九八二）年八月、和雄は五一歳で建設省を辞職した。官僚としての和雄には手堅い実務家で能吏の印象がある。しかし政治的野心や権力志向とは遠い人のように見える。余り融通は利かないが研究熱心な大学教授といった役どころが、むしろ似合っているように思える。若い頃の和雄が志向した入札制度の現実的な改革の実現には、権謀術数に長けた政治手腕が必要だったのかもしれない。官僚を辞めた和雄の新しい職場は、建設経済研究所という研究機関だった。彼の能力と人柄にふさわしい場所に落着いたのである。研究所には内外の大学教授、研究者、ジャーナリストなどが出入りしていて、環境としても快適だった。

平成四（一九九二）年、還暦を自ら祝うように『欧米の建設契約制度』を出版した。米、英、仏、独など欧米諸国の主な公共事業の建設契約制度の歴史と現状を、詳細に比較分析した大冊である。はじめての海外出張で生涯の研究テーマを決めてから四半世紀が過ぎていた。経過した長い時間のなかで、官僚として研究者として、談合や丸投げの横行する公共事業の生臭い現実のなかに何を見、何を考えたかを著書から読み取ることはできない。しかし、自らの研究成果を踏み台に日本の入札制度を時代に応じたものに改革して欲しいという、元建設官僚の願いを感じることはできる。その意味で著書の出版後、高比良和雄が小冊子に書いた文章を穏健な改革派の「書かれざる脚注」として読み取ることができる。

——第一に一定の工事について公募型の事前資格審査の採用を考えてはどうか。第二に業者選定に当って、技術重視型を打出し、単に金額だけの競争ではなく、技術力や提案力など、あらゆる要素を総合した競争になるような方式で、しかもプロジェクトの企画立案、基本設計の段階から参画する業者を決める必要があると思う。いずれにしても、これからの建設契約制度には透明性と国際性が必要である。――

鈴木千里が昭和四〇（一九六五）年春に途中入社した日本通信紙は事務用機器の革命的進歩に乗って急速に業績をあげていた。しかし、一族会社であるための軋轢があった。千里が入社して間もなく、遣り手の専務が義兄に当る社長を会長に棚上げして自身が社長に就任すると、おのずから社長派と会長派が反目し合って社内の空気が陰湿になった。千里は専務に気に入られて入社した男なので、当然社長派に色分けされた。しかし社内抗争は好まないので、会長派の社員と融和を図るように心掛けた。街の貸金融の手代にはじまり、保険の勧誘や建設現場を渡り歩いたので、人の話を聴くのは得意だったから、会長派の社員から反抗を受けることも少なくてすんだ。

もういい加減に落ち着きたいという思いが、三五歳で遅い結婚をしてから一層強まっていた。落ち着きたいから結婚したとも言える。相手は日暮里の貸金融会社の近所の美容院の娘で、本人も腕のいい美容師である。顔見知り以上の永い付合いがあった。結婚後も共稼ぎを続けたので、ささやかながら銀行預金のある生活が送れるようになった。翌年に娘が生まれると、千里の処世観は更に安定志向に傾いた。家族への責任もあり、これまでのように自分だけの夢を追って生きていくわけにはいかない。この会社に骨を埋めようと心に決めた。

その思いと歩調を合わせるように、千葉県柏市にある柏工場から、工場の事務管理部門を委せたいので来て欲しいという話があった。目下のところ日本通信紙の製造工場は柏工場だけで、社長の実兄が工場長を勤めている。弟の信頼の厚い千里を見込んだ人事だった。昭和四三年、千里は柏工場総務課長の辞令を受け取り、家族三人で柏市の団地に引越した。東京の私立校から茨城県の日立一高の教員に転じた宮本克が前年まで住んでいた団地である。同窓生というだけで交友関係はなかったが、お互い元気のいい男という印象は残っていた。

それから六年余り、千里は順調なサラリーマン生活を送った。二番目の娘が生まれ、妻は駅前の美容室で働いているので銀行預金も増え、四人家族に平穏な日々が流れた。ところが、昭和四九年の秋、思いがけない事件が起った。新製品の開発準備のために西ドイツに出張していた社長が、自動車事故で急死したのである。早速、政権が交代した。会長職にくすぶっていた社長の義兄が社長に復帰した。再任社長がまっさきに手がけたのは、亡くなった義弟が作った社内組織の大改造だった。前社長の側近で固められていた主要ポストはすべて再任社長派で占められた。前社長派は冷や飯を食う結果になった。柏工場で総務部長への昇格が内定していた千里の人事も凍結された。「あの時、おれは辞めるべきだった。しかし、家族があり、四〇歳を過ぎてからの失業の怖さもあって辞められなかった」と後に語った。職業上の不満をはじめて我慢したのである。

それからは負け犬の心境で、千里にできたことは夢を捨てることだった。サラリーマンとしての出世を諦め、現実を直視して、なんとか社内に自分の場所を確保することだった。当時、柏工場の事務管理で千里に代る人間はいなかった。本社がどう考えようと工場は自分を必要としている。そこまで開き直ると気持も楽になった。しかし、三年後に転勤命令が来た。昭和五二年、茨城県石岡町の工場団地に第二工場の建設が決まると、新工場を軌道に乗せる役目が廻って来た。千里の手腕が認められたのか、実質的な左遷なのか、いずれにしろ肩書は総務課長のままだったが、事務管理のシステム作りに必要な現場の人事権も与えられた。千里は運転免許を取り、中古車を買って柏と石岡を往復した。本社にどんな風が吹いていても、工場に吹く風は実務の風だと考えていた。身すぎ世すぎに徹して、サラリーマン社会の不合理不平等を無視してしまえば、それはそれで居心地のよい世界だったのかもしれない。

千里の性行に特徴的だった「水戸っぽ」らしさは次第に影をひそめた。彼は彼なりに学歴社会と闘い、実力主義を希求した。その戦略は直線的で、しばしば情に押し流されたため、お世辞にも巧妙とは言えなかったが、失敗と挫折は挑戦する心情の帰結であって、失うことを怖れたためだけではなかった。昭和五八年、石岡工場が軌道に乗ったのを機に柏工場へ戻った。再任社長派の工場長から総務部長の辞令を手渡された。千里は家に帰り、風呂に入って食卓に向い、普段通りに焼酎を飲みながら、「こんなの、くれたよ」と辞令を妻に渡しただけだった。

それからしばらくして、鈴木千里は柏工場まで車で一五分ほどの新興住宅街に手頃な値段の土地を買い、家を建てた。堅実なサラリーマンの証明のように見えるその家は、現状に抗議し続けて来た男が闘うことをやめた証拠のようにも見えた。

昭和四五（一九七〇）年の春、大阪万博が開幕して間もない頃、川原博行はセメダイン大阪支店長から東京本社営業部長に転勤した。これを機会に、そろそろ四十男になることだし、二人目の子供も小学生になったので、思い切って自分の家を持つことにした。千葉県流山市のツツジの植込みが百メートル余も続く別名ツツジ通りに面した土地を購入し、芝生の庭のある家を建てた。

昭和四八年、川原一家が新居へ移ったのとほとんど同時に、オイルショックが来た。第四次中東戦争に伴うアラブ産油諸国の石油戦略の発動で、日本は原油価格の三〇パーセントアップを通告され、国内経済は混乱した。卸売物価は二〇パーセント、三〇パーセントとみるみる上昇し、昭和四九年の実質GNPは戦後はじめてのマイナス成長を記録した。しかし、トイレット・ペーパー騒動に見られるようなパニックは、経済の実態を反映したとは言えない風俗現象だったのにもかかわらず、企業の便乗値上げ、売り惜しみの口実となり、パニックが収まったあとには高物価だけが残ったのである。そしてこの時期、市民生活を犠牲にした産業第一主義の弊害が次々に露呈された。水俣病の原因を作ったチッソ株式会社は被害者に全面謝罪し、PCB汚染が社会問題になり、食品、薬品、環境など市民生活に直結した分野での産業公害がクローズアップされた。

昭和四九年暮の田中角栄首相の退陣が、一般国民には高度経済成長の終熄の合図のように映った。しかし、その後の一〇年余日本人は経済の慢性不況と開発の促進、生活の安定と環境への不安という矛盾した社会構造の中にいた。国民の意識調査では六〇パーセントを越える人々が自らの生甲斐を「仕事第一」と答えた。EC白書は「日本人は兎小屋に住む働き気狂」と酷評した。しかし言われた当人たちには動じる気配がなかった。なにしろ国民の九〇パーセントが中流意識を持ち「ジャパン・アズ・ナンバーワン」と言われて胸を張るお国柄なのである。

博行にとって昭和五〇年代は会社幹部への昇進の時期だった。四六歳で取締役開発部長、二年後には常務取締役営業本部長、昭和が平成に変り、株価が暴落してバブル経済が崩壊する中で、代表取締役専務に昇りつめた。いまは遠い昔になった水戸空襲の夜の記憶が甦ることがある。あの恐怖の体験が自分を駆りたてて現在に来たと思うのだった。博行の矜持は武蔵野映画劇場時代の光と影の日々を含めて、自分の好きなように生きて来たという自負と、それが許された時代への信頼に基いている。そういう生き方を会社人間というなら、自分は会社人間でよかったと思うのである。

しかし、予期しない事件に見舞われた。平成四年の春、セメダインの筆頭株主である創業者一族が株主代表訴訟を起したのである。被告は社長、専務以下セメダインの取締役一一人と、関連のセメダイン通商の取締役三人の計一四人で、請求された損害賠償額は一四億円を越える。

発端は七年前に遡る。当時セメダインの売上げの二〇パーセント強が自動車用接着剤で占められていた。一九八〇年代から、自動車メーカーは海外での現地工場生産を積極的に推進した。お得意さんに歩調を合わせて、セメダインはまず東南アジアで現地生産販売を開始し、次に北米進出を計画した。バブル景気にも後押しされて、合弁会社セメダインUSAが設立された。昭和六〇（一九八五）年にはミルウォーキーに工場が完成し現地生産が始まった。合弁の相手はロスアンゼルスのH社で、出資金は双方五〇パーセント、経営はH社、生産はセメダインという責任分担で合意した。ところが、折からのアメリカ自動車業界の不況で売上げが伸びない。毎年三億円前後の赤字が出た。

博行が専務取締役になったのはその時期である。外国担当役員を兼ねてセメダインUSAの経営改善に当ることになった。すでにバブル崩壊の兆が見えていた平成二（一九九〇）年の春、最初の手段としてセメダインの持株五〇パーセントを五パーセントに削減して、セメダインUSAの経営の全権をH社に委ねることにした。これが失敗だった。H社はセメダインにかわる第三者資金の導入を図ったがうまくいかず、そのうえ、これまでセメダインへの信用で資金提供していた在米の邦銀が馴染みのないH社への融資を渋ったのである。このままでは破産やむなしとの経営判断がH社から伝えられた。セメダイン側は苦境に立たされた。破産によって出資金や貸付金などが回収不能になるのは痛手だが、それ以上に「セメダイン」のブランドに傷がつくのが大打撃である。セメダイン経営陣は、業績の回復をH社に一任した方針を一八〇度転換し、セメダインUSAを自社の責任で再建させる方針に改めた。

太平洋を互いに何度も往復する交渉の末、平成三（一九九一）年九月、セメダインUSAの資本、経営のすべてがセメダイン本社に譲渡されることでH社と合意した。その時点での損失が株主代表訴訟の対象となった一四億円に達していた。それでも、アメリカの自動車業界に景気回復の徴候が現われ、セメダインUSAが合理化による体質改善に成功すれば、近い将来の黒字転換も夢ではない。当面の危機が回避できたことで博行は安堵し、その年の暮、専務取締役を辞任して相談役に退いた。

株主代表訴訟はこうした北米進出の経緯を踏まえた訴訟だったのである。事件は創業者一族とサラリーマン経営陣との、人事も絡まった確執という視点で新聞雑誌で広く報じられた。被告人川原博行は社長につぐ標的とされた。博行は毎月一度東京地裁の民事法廷に出廷して、憂鬱な時間を過した。経営者としての自分たちの判断にはミスも試行錯誤もあったが、損害も回復可能な状況にある。だから裁判に負けるはずはないと思っていた。しかし裁判所の判断によっては敗訴の可能性が全くない訳ではない。負けた場合、博行が分担する賠償金は裁判費用を含めると二億円に近い。自宅も蓄えもすべて失ったうえ借金が残る計算だった。「覚悟しておいてくれ」と妻にだけは告げた。

悔いのないサラリーマン人生だったつもりが、悔いの残るサラリーマン人生に変るのが一番辛い。自らの存在理由が否定されることだと思った。しかし、裁判所通いが二年ほど続いた頃、セメダインUSAの業績が目に見えて改善されて来た。三年目で黒字になり、二億円余りの出資金が回収できたという朗報が入った。このままいけば数年で過去の損失は清算される。博行は退職のキッカケが摑めたと思い、社長に辞意を伝えた。社長は取締役相談役の辞任は認めたが、裁判のこともあるので顧問で残ってくれという。渋々ながら承諾した。

しかし、顧問とは妙な役職である。出社しても取締役会に出るわけではない。個室はあるが仕事はない。毎日ゆっくり出勤し、新聞を読んだり本を読んだりするうちに昼時になる。出前のそばを食い、三時過ぎには映画でも見に行こうかと考えるのがオチである。トイレへ行く途中、廊下で擦れ違う秘書課の若い女性社員に「このオジサン、なんでここにいるのかしら」という目で見られる。心身ともに老人になった覚えはないのだが、よく働き、よく飲んで、よく遊び、よくも躰が持っていると、われながら感心した昔を思うと夢のようだった。

一年間そんな生活をして、平成六年六月、六三歳で退社した。しかし、裁判所通いは続いている。翌年には被告人を代表して、原稿用紙で五〇枚に達する陳述書を書いた。二週間後に被告人尋問があった。さすがに緊張し、多少の記憶違いを指摘されたりしたが、裁判長の納得しているような表情を読み取って、社長以下他の被告人たちへの責任を果したと思った。平成八年二月八日、判決があった。主文は「一、原告の請求をいずれも却下する。二、訴訟費用は原告の負担とする」とあった。全面勝訴で、原告からの控訴もなく、無罪が確定した。その事実は嬉しかったが、なぜか気分爽快とはいえなかった。

川原博行はサラリーマン人生の最後で虚しさにつきまとわれた。被告人としての仕事がサラリーマン最後の仕事で、それが終った時、もうなにもすることがなくなったのである。

昭和三九（一九六四）年二月、松尾茂は三菱銀行池上支店出納係長の辞令を受取り、川崎市武蔵小杉にある家族寮にとりあえず単身赴任した。水戸支店には一一年八ヶ月いたことになる。転勤前に取引先の中古車販売店から一五万円で買ったオースチンで池上支店に出勤すると「今度の係長は新米のくせに車を持っている」と噂された。

一〇月に開幕するオリンピックを目指して、東京はどこもかしこも工事中だった。この二、三年の間に、世界はキューバ危機やケネディ暗殺で緊張しているが、日本は高度経済成長に浮かれている。新幹線が走り、高速道路が開通し、公共事業はわが世の春を謳歌し、銀行は莫大な利益をあげていた。自分のような者が車を持てる世の中になったのだから、日本の繁栄と平和は当分続くだろうと茂は思った。世界はもとより日本の現状も正確に把握できないまま、車の流れに委せてハンドルを握っているサラリーマンが、いまの世の中に生きている自分なのだ。

それにしても池上支店は忙しい。水戸で楽をしていたツケが一度に廻ってきたような気持だった。

四月一日の新築開店をひかえ、仮店舗は狭くて身動きもままならない。開店してホッとする間もなく、過労で風邪をこじらせ、咳込むと喀血した。結核を心配して病院へ行くと、気管支拡張症と診断された。喀血は気管支の血管が一時的に切れるのが原因で結核ではない。一安心、三日ほど休暇を取って職場に戻った。

池上支店に四年いて、永代橋支店の為替証券係長に転任した。永代橋界隈は隅田川沿いに食品問屋の倉庫が立並んでいて昔は運搬船の往来で賑わっていたのが、時の流れでトラック輸送が中心になった。そのため永代橋支店の窓口には月に三千枚もの為替手形が、食品卸問屋から持ち込まれるようになった。一方で、店の周辺はさびれ、ついに昭和四五年の三月まで店を閉じることとなった。多忙のうえに閉店休業が加わり、帰宅は深夜に及び、終電に間に合わなくなった。自然、茂の車が頼りにされる。永代橋から川崎の武蔵小杉寮まで、途中に住んでいる部下を乗せて走っていると、最後のひとりを降したあと、どっと疲れが出た。

そんなある日の新聞で、国民の九〇パーセントが中流意識を持っているという記事を読んだ。正直呆れ、違和感を覚えた。毎晩終電車過ぎまで働いて、２ＤＫの寮に四人家族で暮し、好きな絵を描く時間にも不自由している人間が中流とは！。自分も含めてこの国の人間はどこか狂っている。ベトナム戦争も中国の核実験も対岸の火事なのだ。大学紛争も反戦デモ騒動も、自分とわが子に関わりがなければどうでもいい事なのだ。昭和四三年にＧＮＰがアメリカに次いで世界第二位になったことを、わが事のように思い、自分も金持になった気分になっているのだろうか。そして今は、世をあげて大阪で開かれる万国博覧会ムードに浸っている。アポロ一一号が月面に着いて宇宙飛行士が拾ってきた石が、万博のアメリカ館に展示されるというニュースに、茂の子供たちも興奮して、万博に連れていけとせがむが、結局連れていかなかった。金も暇もなかった。おかげで父権は凋落し、しばらくの間は妻子の白い眼に耐える日が続いた。

それから一一年、東京周辺の支店をいくつか廻った。四〇歳代のなかばに課長になったが、そこから窓際族まではひとっ飛びの距離である。しかし、横浜駅前支店の相談係という閑職についた時から、不思議なほど体調がよくなった。支店で忙しく働く連中が残業していても、相談係の調査役殿は五時半を過ぎるとさっさと銀行を出る。カルチュアセンターで油絵を学び、画廊を覗く時間も出来た。母と弟の家族のいる水戸の実家へ家族連れで帰る余裕もある。理髪師をしていた姉はとっくに結婚して浦和で暮している。弟は茨城大学を出て地元の常陽銀行に就職した。民法の改正で私生児から嫡出でない子に変った弟が、銀行員になれただけ差別が減ったと思えば民主主義に賛成したい。母の気持も楽になったようだ。

なにか永い旅の終りが見えてきたような気持になり、老後を考えて横浜の近郊に自分の家を建てた。上の娘は女子大を出て就職し、息子と下の娘はそれぞれ能力に応じた大学と高校へ通っている。子供たちは新築の家に自分だけの部屋ができたことに大満足で、父権は急上昇した。茂も自分のためにアトリエまがいの部屋を作った。それだけの事を成し遂げた夫に妻も上機嫌で、改めて見直してくれたようである。

それにしても、まだ五〇歳前だというのに銀行ではもう厄介者扱いされるようになった。同年代のなにかと扱いにくい行員の掃溜めと噂されている本店公務部に、茂も配属された。そこでの仕事は東京や船橋の競馬場で動く現金の管理をすることだった。競馬のシーズンになると、金曜の朝、日銀から準備金として多額の現金を受け入れ、土日のレース後、なるべく早くアルバイトの女性と共に整理して日銀に持ち込む。返済する現金の多寡が銀行の収益に影響するので、資金の効率のよい運用はそれなりに難しい仕事なのである。金曜、土曜の夜は、翌日の早朝からの準備のため競馬場近くの安宿に泊ることが多かった。後半になって横浜場外の責任者を勤めたが、仕事の内容は変らず、そういう生活が一年半続いた。

競馬がシーズンオフになると茂の仕事もなくなる。長期の休暇をとることができた。休暇をとり、車に画材を積んで四、五日の旅に出る。余り観光客の来ない山奥の温泉宿か海辺の民宿に泊って、山や湖や海を描いて時を過すほどの幸せはない。もう何十年も絵を描いているが、茂の絵に人間の姿が描かれたことは滅多になかった。

五一歳になると出向の話が来た。五五歳の定年にはまだ間がある。延びる一方の平均寿命を考えると、何か将来の生活に役立つ仕事を覚えておきたいと思い、横浜の一族経営の不動産会社を選んだ。面接の印象がよかったのか「是非来てください」とお世辞を言われ、総務部長という肩書をもらった。横浜駅近くの繁華街に何棟もある貸ビルの運営管理を委された。和、洋、中華などの雑居料理店が入っているビル、事務所ビルなどの入退室、賃料値上げなど、営業、管理、税務まで一人でやるので結構忙しかったが、大銀行ではできない勉強ができた。大銀行では下っ端は規則づくめで働かされるが、ここでは「三菱さんのようにやっていては生きていけません」と言われた。税務署とのコネを最大限に利用し、法律の解釈もこちらの都合に合わせるのが経営の要諦である。これこそが人間の経済活動の原初の形だと思わせるような、裸の資本主義を見る思いがする毎日だった。

この時期、アメリカではレーガン大統領が「強いアメリカ」をアピールして大衆的人気を博していた。日本では中曽根首相が「戦後政治の総決算」を謳い、ナショナリズムが肩で風を切る時世になった。共に失政が多い「ロン・ヤス」関係の実態は主従関係に近かったが、デマゴーグとしては盟友だった。そういう時代に生きていることの無力感のなかで、松尾茂は自分の小さな世界の自由を守ることがますます難かしく、ますます大切なことになったと感じていたのである。


昭和四三(一九六八)年四月の定期異動で、武藤亮彦は上野支店勤務となり東京へ戻った。その後、二、三年で勤務地が変る、亮彦の支店巡りが始まった。単身赴任する同僚が多いなかで、亮彦は規則通り家族ぐるみで赴任した。その地域の情報は、その地で生活しなければ本当のところは判らないからだ。しかし、任地では大抵の場合、長期滞在者として扱われるから、亮彦のような立場の人間が地域社会に溶け込むには限界があると思わざるを得ない。

娘が生まれ、息子も生まれ、支店巡りが一〇年になった昭和四九年、高卒入行の同期生のトップを切って支店長になった。任地は利根川のすぐ北の守谷町で、俗にいう子店なので、行員数は三〇人前後だが、とにかく支店長になれたのは銀行員の出世競争の第一目標を突破したことになる。四二歳になっても、若い頃からの問題児的な傾向は続いていたが、銀行幹部を刺戟するような行動はやめていた。守谷町に来る前の支店で支店長代理をしていた時、行員の金銭絡みの不祥事を迅速適切に処理した手腕を本店で高く評価された。支店長に抜擢されたのはその論功行賞だという噂もあった。

支店長になったからには、他人とは違う自分の個性を発揮した仕事をしたいと思った。自分は職人タイプの人間だと思っていたから、規模の大小にかかわらず製造業の顧客の開拓を目指した。融資の申込みを受けた会社へ行くと、大抵の支店長はまず経理部へ行って帳簿を見る。しかし亮彦はまっさきに物作りの現場へ足を運ぶことにしている。

あるマーガリンメーカーを調査した時、例によって工場の現場で技師長に会った。話をしているうちに、その工場では原料の種類にかかわりなく同じ風味のマーガリンを作る技術が開発されていることを知った。亮彦はそこに注目した。マーガリンの原料には豚の油、椰子油など七種類ほどの油が使われるが、メーカーによって使用する油の種類が決っている。そのため年毎に変動する原料油価格に連動して生産価格も変動する。その頃、マーガリンメーカーがバタバタと倒産したのは、使用している原料油の価格が不安定なためだった。その点、どんな原料油でも使いこなす技術があれば、常に安定した品質と価格で市場に対応できる。亮彦は調査したメーカーの技師長の言葉に賭けた。当時としては破格の融資を本店に申請し、実現に奔走した。融資が決り、メーカーは生産規模を拡張して、期待通りに需要を飛躍的に伸ばすことに成功した。

思い通りに仕事ができた時は充実感がある。銀行員にも取得があったと思う。しかし、そういう仕事は全体から見ればごく僅かである。支店長にはその地域の有力者や、そのまた上の偉いさんからの要望が耳に届き、本店からも偉いさん絡みの融資の要請が、複雑なブロックサインで送られてくる。その処理を誤れば銀行員としての将来はない。権力を背景にした情実の世界といかに対応するか、合理と不合理のバランスシートの読みと操作に神経を使う日常だった。

それでもどうやら、支店長としての及第点を取り続けた。子店をいくつか統括する、行員数なら六〇人規模の母店と呼ばれる龍ヶ崎支店長を経験した。昭和六〇年には「科学万博つくば」を担当する県南事務所長を勤め、五四歳で母店のなかでもトップクラスの古河支店長になった。あと一年で定年である。一匹狼では生きられない能力を自覚して、辞めたくなる気持を抑え続けて、会社人間で過して来た生活にまもなくピリオドが打たれるのである。

それを楽しみにしていた矢先、膀胱腫瘍を患った。その時は簡単な手術で症状が治まったが、この病気は再発率が高いと警告された。神が掲げたイエローカードを受取ったと思った。予防のため毎週一度、古河から上京して東大病院に通っている間に、銀行の停年が六〇歳に延長された。銀行員稼業をオサラバする楽しみも五年先に延びたのである。しかし、本店からの要請で、五五歳でいったん退職し、関連の投資顧問会社の取締役に就任することになった。子会社でも役員は役員だからサラリーマンの勲章がもうひとつ増えた計算になる。投資は銀座支店にいた頃、日活株で儲けてからしばらく熱中した経験があり、その後も身分相応の株の売買はしてきたので、仕事として興味がある。ところが出社早々、社長に呼ばれ「きみは病気持ちなのだから養生第一に心掛けてくれ。仕事はなにもしないでいいから……」と婉曲に窓際族の宣告を受けた。

三年後、警告された通りに膀胱腫瘍が再発した。切開手術の後、抗癌剤治療を受けた。平成になったばかりの世の中はいまだにバブル景気に酔い痴れている。都市銀行も地方銀行も少数の例外を除けば、土地や株へ手持資金を湯水のように注ぎこんでいた。だれもがバブルは永遠に続くと信じているようだった。人伝てに常陽銀行でも、以前ならとても考えられなかった営業のやり方をしていると聴いた。

いま自分は本当の定年が来るのを窓際重役の椅子に坐ってじっと待っている。しかし、もし病人でなかったら、不本意ながら本店の指示に従って、不動産屋まがい、株屋まがいの怪しげな連中を相手にして、実体とはほど遠い融資の話をしているだろうと思った。名ばかりの役員である自分、充実と虚妄の間を往復しながら支店長席に坐っていた自分、辞めたい気持と争いながら個人の生甲斐を探して生きていた若い頃の自分、それぞれの自分は自分なりに工夫した「仮面」をつけて生きて来たのだ。

六〇歳になった日、武藤亮彦はその想いを一篇の詩に托した。

――酒に酔い痴れた／妙に底冷えをする誕生日の宵／書斎にひとり宙に幻を追う／ふと音もなくドアが開く／振り向くと　白刃が一閃／真二つになって飛び散った／四十年近く付けている／手塩にかけて創った仮面／もう世故の仮面はご無用／これからは素顔で生きなされ／秋水を収めながら言った／還暦という刺客だった／窓越しの夜空に／冴えた星の光が透けて見えた――

第六章　自我の行方・時代の行方

二〇世紀の最後の一〇年から二一世紀の初頭までに、われわれの主人公たちのほとんどが、職業人としての生活から非職業人としての余生の設計に重心を移した。

自然の法則にしたがって、彼らは老いと死に向って歩いている。しかし、この国が世界有数の長寿国になったため、余生の概念は変化し、人によっては職業人としての生活時間に匹敵する余生を生きる可能性がある。その生活時間を、自我の専有領域として制御しつつ、いかに充実させ、いかに耐えるかは、個人の裁量と時代の趨勢にゆだねられている。

平成三（一九九一）年二月、関済美は六〇歳で大成建設を定年退職した。最終職歴は本社営業部部長だった。系列会社への再就職の話はすべて断って無職を選んだ。

年金生活者になった済美は個人の自由な生き方を実現したいと考え、自分本位の時間割を作った。毎週月曜の夜、時事問題を英語で話し合うグループがあることをミニコミ誌で知って、参加した。

水曜は朝から妻と、地域の卓球クラブで汗を流す。金曜は筑波大学で宗教哲学のゼミを聴講する。月に二、三回、古くからの友人や会社のOB仲間とのゴルフを楽しむ。その間、妻のお供で音楽会へ出かけたり、国内、海外への旅行の機会もある。

この生活スケジュールが軌道に乗った、その年の暮、ソ連邦消滅のニュースを聴いた。自分がどのような世界に生きて来たのかを、改めて考えさせられた出来事だった。資本主義と社会主義という二つの価値観が争う世界を日常として生きて来た者の実感では、ソ連邦が革命後たった七四年で消滅してしまったとはにわかに信じ難い。一九一七年のロシア革命にはじまった社会主義国家体制が、二〇世紀最大の問題提起だったことは疑いないが、それが思想の領域で巨大な影響力をもったほどには現実社会の領域で影響力を持続できなかったのだと済美は思った。その一方、ソ連邦の崩壊を社会主義に対する民主主義の勝利と単純化して、悦にいっているアメリカにも不信感がある。

敗戦国日本は新憲法という民主主義の果実をアメリカから与えられた。中学生の済美はそれを平和と自由の約束手形として受取った。高校生になってからも、茨城学生連盟などのグループ活動を通じて、民主主義革命という自分にとっては社会主義革命よりも肌に合う夢の周辺にいた。しかし、東西冷戦と朝鮮戦争という生臭い現実の到来と共に夢は消えた。残ったのは、その後の済美の人生を拘束し続けた現実状況、アメリカの強大な支配力とその影の下の日本のエネルギッシュな利権構造社会だった。いまソ連邦の崩壊を見たように、もしアメリカの崩壊を見ることがあれば、歴史の皮肉に拍手している自分を想像することがある。

とかくするうちに、年金生活者の時間が二年、三年と過ぎていた。その間、ロンドンへバレエ留学していた長女がイギリス人と結婚し、夫婦で結婚式に出かけた。娘の夫は舞台演出家志望だが実績はなく、才能のほども分らない。妻は不安を感じているが、済美は娘が選んだ男を信じるほかないと思っていた。失敗したらやり直せばいい。次女は長女より先に東京のサラリーマンと結婚して孫も生まれ、妻を喜ばせている。一人息子は銀座のデパートに勤め、独身生活を楽しんでいて三〇歳を過ぎても結婚する気配がない。明治生まれの家長だった亡父と違って、済美は子供たちは成人したら自由に生きればよいと思っている。頼まれれば相談に乗るが、こちらからあれこれ注文をつけようとは考えなかった。

子供たちが出ていって空部屋だけが増えた家に、年金生活者の老人夫婦が平穏に暮す情景を、丹念に描いた小説を読んだ記憶がある。いま、それとそっくりの生活をしていて「あれは、しみじみと退屈な小説だったなァ」とおかしくなる。そんなある晴れた春の日、満開のしだれ桜の下にデッキチェアを持ち出し、何年振りかで、叔父の関貞の遺作の詩集を読み返した。——はるか遠い山脈の上の／ぼうとかすんだ蒸気の中に／私の死が棲んでいる

冒頭の詩の三行を読んで、その詩をはじめて読んだ中学生の自分のやるかたない気持が甦った。あれから半世紀、二九歳で死んだ叔父の倍以上も生きてしまった自分だが、自分の「死が棲んでいる」場所への想像力はない。不意に、ニューギニアの密林で戦病死したという叔父の「死にかた」を確かめたいという気持に襲われた。

防衛庁戦史室に出掛けて、東部ニューギニア戦線の中隊編成表のコピーを取った。叔父が所属していた中隊は総員一八三名、うち復員帰還した者は二二名に過ぎないことを知った。戦後の生死は

確認できないので、二二名の復員兵全員に関貞の死の状況について知りたいむね手紙を出した。六通の返信があったが、具体的に叔父の死に触れたものはほとんどなく、当時のことは忘れてしまいたいという気持が文面に漂っていた。ひとり、長野県伊那地方の寺の住職から、自分は当時小隊長で関上等兵の死に立会ったという返信があった。嬉しいような、怖いような気持で電話を掛け、面談の諒解を得てすぐ出発した。

蟬しぐれの伊那谷の道に車を走らせ、町はずれの古い寺へ着いた。八〇歳をこえて壮健な老住職は済美を快く迎え入れ、閑静な庫裏で対座した。老住職は中隊の戦死、戦病死者の氏名と命日を誌した和綴の冊子を差し出し、毎朝夕読経して冥福を祈っていると付け加えた。冊子には関貞が昭和二〇年五月三日午前一〇時にマラリアのため戦病死したと記載されている。老住職によれば、ニューギニア島中央部のウェファという地区のツイという処が最後の土地で、すでに敵軍との交戦もなく、密林のなかに粗末ながら病舎があり、看護兵もいたという。しかし敗戦の日本軍には食料も薬品もなく、死者のほとんどがマラリアと飢餓によるものだったとも告げられた。最後に、老住職は済美を瞶め「戦後、南太平洋の島々で人肉相食んだという風説が流れましたが、うちの中隊では断じてそのようなことはありませんでした。関貞さんは人間としての尊厳を保って亡くなりました」と厳しい口調で語った。

この人の言葉を信じようと済美は思った。理屈抜きで信じるのである。叔父は与えられた二九年の人生を、一冊の詩集、一篇の小説、数篇の随筆を書くことで燃焼させ、異郷での敗けいくさのなかで飢えとマラリアを体験し、密林の病舎から「私の死が棲んでいる」山脈の彼方へ去っていった。

その男の最後の言葉がなんであったか、済美はあえて老住職に聴く必要を感じなかった。関貞の「死にかた」は彼の詩のなかにあると思った。

さり気ない越境者のような気分で、済美は新世紀を迎えた。時間割り通りの生活も一〇年を越えた。その年の九月一一日にアメリカで起った事件をテレビで見た。直立したバターにナイフの刃先を突きさすように自爆機が命中し、火炎が噴き出し、やがてツインタワービルが崩れ落ちていった。しかし、これはアメリカの崩壊とはいえない。ソ連邦の崩壊とは別の次元の出来事だと思った。巨大な資本主義国家に起った悲劇的事故ではあるが、「ひとり勝ち」のアメリカがこれで潰れるとは考えられない。案の定、一九四〇年のルーズベルト大統領が「パールハーバー」で国民意識を結束させたように、二〇〇一年のブッシュ大統領は「テロとの戦争」に愛国心を結集させた。強者に与えた損害に対して、弱者が何倍返しもの代償を支払うのは歴史の教訓である。これでは拍手の仕様もない。

七二歳になった関済美は、戦争に敗けて民主主義の養子になった遠い昔を時折思い起す。もう一度、あそこから歩き直したら、自分もこの国もこの世界も、どこか違う場所へ行ったかもしれない。それがどんな場所であるのか「おれには分らん」と思わず声になった。

昭和六一（一九八六）年以降、宮本克は県北の大宮高校、旧制水戸高女を改組した水戸二高の教頭をそれぞれ二年間勤めたあと、福島県に近いかつて炭鉱町の高萩高校校長になった。教育に対する姿勢、歴史への視点に変りはなかったが、学校管理者の立場になると、自己主張にもおのずから限界が生じる。

克にとって三六年に及んだ教員生活は、歴史を教える喜びと悩みの連続だった。彼が教えたいと思う歴史は、文部省が教えようとする歴史と、その見方、考え方がしばしば食い違い、意見が衝突した。そのため怒り、抵抗し、絶望することが日常化していた。

平成三年三月、高荻高校校長を六〇歳で定年退職した時、克は疲れ切っている肉体と精神を自覚していた。鬱状態が激しくなり、自宅に引籠ることが多くなった。家族の他には滅多に人に会わない日が続いた。そんな時、書斎に置いたベッドに横たわり、少年の頃から愛唱している原民喜の詩『一つの星』を、しわがれた声で口ずさんだ。


私が望みを見うしなって／暗がりの部屋に横たわってゐるとき／どうしてお前はそれを感じとったのか／この窓のすき間に／さながら霊魂のやうに滑りおちて来て／憩ってゐた稀なる星よ

幸いなことに強度の鬱症状は半年余りで治癒した。いまにも四方の書架から雪崩れ落ちて来そうな書籍の山に囲まれた読書人の生活に戻ることができた。経済大国の地方都市水戸の片隅で、自由な個人としてどうやら暮していける年金生活者になったのである。

以来、健康第一と心得て、早朝一時間の散歩を欠かさない。気が向けば散歩コースの中間点にあたる水戸一高で、早朝練習のテニス部員とソフト・テニスに興じることもある。夏の甲子園野球の県予選がはじまると、暑さをいとわず水戸一高の応援に出かける。体力に自信がついてからは、頻繁に上京した。美術館や博物館、デパートなどで催される企画展を観て廻り、水戸では上映されないアート・シアター系の映画を楽しみ、東京ドームの巨人戦にも足を伸ばす。上の息子がブルーノート日本支社の企画部に就職したのを機に、モダンジャズをよく聴くようになった。年のわりには好奇心旺盛で生真面目なディレッタントなのである。

書きたいことも沢山ある。原民喜についてのメモは数冊になった。中野重治、唐木順三、橋川文三についても執筆用のメモがたまっていく。活字の上での付合いの永い菊池謙二郎をはじめ、水戸学にかかわる史書や文献に目を通すのも日常の習慣である。

地球が滅亡することもなく、二〇世紀が二一世紀に移ったのは目出度いことだったが、その間の日本国の動向ははなはだ面白くない。世の中で心配なのは景気のことだけで、その余の出来事はどうでもいいという市民意識の退廃が情ない。そうした国民の政治的無関心をいいことに、国政の舵取は右寄りに進んでいく。復古調の国旗国歌法にはじまり、盗聴のフリーパス化に等しい通信傍受法、国民総背番号制につながる改正住民基本台帳法、憲法第九条の削除を目標に捉えた憲法調査会設置法と続き、ガイドライン関連法に至って、自衛隊の国防軍化を視野に入れた、アメリカの世界戦略への完全追従の態度を明確にした。克にとってなにより腹が立つのは、まっとうな教育理念が記述されている教育基本法が、教育勅語的な愛国教育の立場で書き直されようとしていることだ。

「バカな国になった」と宮本克は書斎で独り呟いた。歴史は前進するという希望に出発した自分の歴史観が反故になる日だけは見たくなかった。

平成六（一九九四）年三月、武藤亮彦は六二歳で常陽銀行系列の投資顧問会社の取締役を定年退職した。日本経済はバブル崩壊の激震に揺れていたが、いまとなっては他人事である。「仮面」をつけて宮仕えする鬱陶しさから解放されたのがなにより嬉しく、職場への未練などまったくなかった。今後は職場関係の付合いとは一切縁を切る予定で、ＯＢ会などに出る気持はない。自由な個人になった喜びを、登山と陶芸で思いきり発散させるのが望みである。

敗戦直後、母の実家の蔵の中で見つけた山岳写真集で魅せられ、いつか登るのを夢みていた穂高へ、退職後早速入会した中高年の山岳同好の仲間と出かけた。しかし、二度登頂を試み、二度とも体力の限界を感じて諦めた。五五歳の時に患った膀胱腫瘍はいまのところ収まっているが、体調によって無理だと判断したら潔く諦めることにしている。自分にとって穂高は山容の印象が鮮烈すぎて、山頂には縁のない片想いの山かもしれないと思った。

それでも、三度目の穂高行に同行した。過去二回は天候とのめぐりあわせも悪くて、写真で見た穂高の容姿は雲と霧にかくされていた。三度目のその日は晴天だったが、中腹から山頂にかけてベールのような薄雲がかかっていた。登頂に向う仲間を登山道の途中の岩棚で見送り、一時間ほど陽なたぼっこして過していた時、突然、山にまとわりついていた雲が吹き払われた。目前に写真で見た通りの穂高の全容が、写真をはるかに越える圧倒的な存在感で出現したのである。息を呑む雄大さ、山肌の厳しさと量感が、中腹からそのまま山頂に達して、真青な天空に突きささっていた。「ついに出会った！　これが穂高なんだ！」亮彦は胸の中で繰返し讃嘆の声をあげ、至福の時を過した。

陶芸は、若い頃、益子の陶芸家佐久間藤太郎の知遇を得、工房に出入りして面白さを知っていた。

いつか自分もと思いつつ今日に至った。自由な個人になってすぐ、小さな電気窯を買い、嫁にいった娘の部屋を工房にして、道具を揃え、本を読み、やきものを創る喜びにのめりこんでいった。少年銀行員だった頃、写真に熱中して身分不相応な高級カメラを買込んで、自宅の押入れを暗室に改造して焼付機まで揃えたのを思い出した。その時は上司の「忠告」に嫌気がさして写真をやめてしまったが、いまは亮彦の陶芸狂いを咎める者はいない。

一年余り修業を積んで、老人福祉センターの秋の文化祭の即売場に作品を展示した。すると評判がいい。水差が五千円、小振りの壷が三千円、花器二千円といった具合に値がついて、なんと出展した一〇点余りを完売してしまった。趣味や道楽が金になる人を芸術家というなら、自分も芸術家になったのだと愉快な気分だった。「おれは銀行員なんかより陶芸職人になるべきだったなァ」と半ば本気で妻や子供たちに口惜しがって見せた。

山に登り、土を捏る。それがサラリーマン生活をオサラバして知った、生きる歓びであることは確かだったが、その幸福感に影のように寄添っている不幸の予感がある。ずっと昔から、詩や心覚えの文章などを書きとどめてきた亮彦は、新しくしたノートの最初のページに誌した。

——山を歩いていると、昔読んだ『楢山節考』のおりんばあさんのことを思い出すことがある。おりんばあさんは、子どもや孫たちが生きていくために、自分が山に捨てられるのを当然だと思った。私はいま、子どもや孫が生きられるために、おりんばあさんのように、自己犠牲的な、なにかをしなければと思うことがある。——

武藤亮彦は自分の晩年が、よく焼きあがった自作の陶器を、掌の中で愛玩している時の喜びと、それがいつ壊れても不思議でない現実世界を知っていることの哀しみとの、奇妙で危うい均衡のなかで過ぎていくのを感じていた。「万物流転だ」と思った。

平成六（一九九四）年六月、セメダインを退社した川原博行にとって、サラリーマン生活の終りは無為の生活の始まりだった。しかし、余生という付録がある以上、なにもしない訳にはいかない。加えて、退社後も株主代表訴訟の被告人という、もう一人の自分がいるので、家で酒を飲んでいても気分が冴えない。

そこで、一〇年ほどブランクがある剣道の道場通いを再開した。竹刀を構えた瞬間から六三歳の肉体に瑞々しい緊張感が甦る。全神経が勝負に集中して、余計なことを考えない。稽古が終って、汗がしたたり落ちる裸身に熱いシャワーを浴びる爽快感も心地よい。道場通いをして、毎年、日本武道館で行われる昇段試験に出ているうちに、平成一〇年に六段の免状をもらった。

株主代表訴訟に勝訴してからは、暇潰しの領域も手広くなった。千葉市の生涯大学に籍を置き、学生時代にも余り講義に出たことのない心理学を週に一度受講した。柄でもないと照れながら、フロイトやユングの著作も読んだ。水戸中学以来の親しい友人に頼まれて同窓会の幹事を引受けた。同窓の仲間で出している『知新』という同人誌の代表も引受けた。そういう仲間と酒を飲んだり、ゴルフをする機会も増えた。その一方で、俳句の同人誌の会員になり、陶芸教室へも通った。永いサラリーマン生活を支えてくれたお礼の気持から、年に一度、妻と海外旅行に出かける。

そんな訳で、退職後の生活も結構忙しく回転している。しかし、それで充実した余生を手に入れたかといえば「ノン」である。現在やっていることの総てが暇潰しで、自己満足にすぎないと思っている自分を知っているのである。サラリーマン時代、客観的に見ればつまらない仕事でも、仕事をしている当人には世の中のために役立っているという自負心があり、現に動いている社会に直接参加している充実感があった。それが退職を境に、会社という全体の中で、自分という個を表現していた状況から、姥捨山でなにかしら一人でゴソゴソやっている状況に変ってしまったような虚しさにつきまとわれている。

「自分の人生は自分の思い通りに生きる」と豪語していた博行だったが、思い通りに生きているという実感を得るには、現在の状況はなにかが欠落している。かつての博行にはビジネスの世界で情熱をもって闘う相手がいた。その闘いのなかで自らの存在を確認する領域があった。会社人間と言われて一向怯まなかったのは、自分は会社に滅私奉公しているのではなく、会社という組織と権力と対等な関係で、互いに利用し合いながら、個人の生き方を守り抜いたという自負と自信があったからである。

いま、博行の生活圏には苛烈で甘美な闘いの場所はない。同窓会や剣道、ゴルフの仲間、生涯学習や俳句や陶芸で知り合った人々など、気分よく付き合う相手に不自由はないが、自分の生き方を賭けて闘う領域は消えてしまった。余生とはそのようなものなのだろうか？

不満のないのが不満な、贅沢な悩みをかかえて、川原博行の余禄の人生は日々慌しく、かつ平穏に流れていくのだった。

昭和五九（一九八四）年の暮、五五歳の定年を八ヶ月残して三菱銀行を退職した松尾茂は、出向先の横浜の不動産会社にそのまま再就職して、更に六年働き、平成三年にサラリーマン生活を終えた。その日に備えて、前の年に母と子供三人で同族会社セントラル興産を設立して、水戸駅の南側の貸地にある事務所棟を買収し、さらにアパートを二棟建てた。不動産会社の経営は順調だった。そういう子供たちの生活設計に安心したかのように、平成九年、母が九五歳の長寿で苦労多き人生を終えた。

母の没後、遺された土地を遺言により三人の子供が相続した。二反三畝の田圃は水戸市の都市計画で、とっくに宅地化されていた。千波湖周辺に、市役所、美術館、スポーツセンターなどの施設ができたこともあって、地価は高騰していた。大都市周辺の戦前の「三反百姓」が高度経済成長の時代に「土地成金」になったのと似たケースである。区劃整理で削られた分を除いても、三人の子供が相続した土地は六〇〇坪に近い。

しかし、この程度の個人資産は次の代にいくまでに、固定資産税やら相続税やらでどんどん目減りして、自分たち兄弟の死と共に消えてなくなるだろうと茂は予測している。「子孫に美田を残さず」で、それもよかろうと思ったりする。これからは、自分自身が生きていることを喜べる時間が少しでも多いことを願うばかりである。

その意味では、茂の生活は年金と不動産経営で安定している。三人の子どもたちはそれぞれ家庭を持っていて、いつの間にか六人の孫のいるオジイサンになった。姉も似たりよったりのオバアサンになり、常陽銀行を退職した弟は水戸近郊のゴルフ場の支配人に収っている。

そんな訳で、茂は余生を、絵を描いたり本を読んだりしてくらすことを考えたが、町内の人たちに是非にと頼まれ、町内会長を引受けたのがはじまりで、地域の仕事に深入りしていった。

町内会長を一年やったあと、民生委員、老人会会長と、間を置かずにお鉢が廻ってきた。地域の仕事をすると、それぞれに問題があることが判る。町内会には、隣組制度を通じて地域住民を国の監督下に置いた戦争中の手法が温存されている。ゴミの収集ひとつ取っても、町内会に入っていないとゴミ出しのルールが判らないという不都合が生じる。若い人のなかには、町内会のような組織そのものに拒否反応を示す人が増えた。労働組合の加入率が下る一方の時代だから、それもひとつの見識だと思うが、その人たちがルールを知らないまま自分の都合だけでゴミ出しをすると近隣の人たちが迷惑する。本来は行政がやるべき仕事を町内会が世話をやいているのだ。

民生委員の仕事でも、生活保護や老人介護などの分野で、地域の実態をよく知っている民生委員の意見が、行政の権限や規則に阻まれることはよくあることである。なかなか下意上達とはいかない。老人会のような親睦組織でさえ、頭をかしげるようなことが起る。老人会主催の行事ならともかく、余り関係のない行事にも動員される。魅力のない行事なら参加をやめたらどうかと言いたくなるが、そうもいかないのが日本的組織の性格らしい。

それでも、地域に住民の組織があって便利なこと、それなりに機能して役に立つことがある。地域に暮す人々が、顔を合わせた時の挨拶にはじまって、相互扶助的な交際をすることは高齢化社会の現在では有益である。行政の下働きやボス支配は御免だが、自発的で自主的な、個人の自由意志に基づいた地域社会活動なら反対の理由はない。理想は遠く、現実は矛盾だらけだが、「まあ、仕方ないか」と茂が諦め顔になるのは毎度のことだ。しかし、諦めの心境でも引受けた以上は責任があり、自分の考える「あるべき地域社会」を目標に動き廻らざるをえない。すると、「松尾さんはよくやってくれる」と評判がよく、頼りにもされる。これが世の中の変らぬ仕組みなのかと、茂はもう一度諦め顔になるのだ。

幸い、地域活動で溜まるストレスを解消させる個人的な楽しみがある。アトリエがわりの自室で毎朝描きかけの絵に手を入れるのが日課である。年に二回のグループ展に出す絵を描きに、月に一度は小旅行に出かける。相変らず、あまり人の行かない土地を選んで、安宿に泊り、山や湖や岬や海の風景を描く。半世紀、飽かずに無人の風景を描き続けて、とうとう絵で食べていける人間にはなれなかったが、いまのところ、不確かな世界の騒乱も危機的状況も、松尾茂の絵を描く自由と歓びを妨げることはなかった。

平成三（一九九一）年八月、鈴木千里は四半世紀勤めた日本通信紙を六〇歳で定年退職した。厚生年金と持家があり、妻は柏駅前の婚礼場の美容室で働いているので、生活の心配はなかった。退職後は詩吟教室に通い、中国語講座を受講し、やがて本格的な漢詩を作りたいと思っている。老人会のグランド・ゴルフの幹事も引受けた。平凡を嫌っていた男が、平凡な老後の生活に満足しているように見えた。

ところが、翌年の正月早々、思いがけない災難にあった。夕暮れ時、ひとりでコタツに入って独酌を楽しんでいると、突然、目の前の障子が異様に明るくなった。隣家の物置から出火した火が母屋に移り、その炎が庭ごしに千里の家に迫ってきたのである。気が動転しながら台所へ走ってバケツに水を汲み、障子の向うのガラス戸に向って水を掛けた。同じ動作を繰返していると、折りよく外出中の娘が帰宅した。彼女は表へ飛び出し、近所の家に応援を頼んで走り廻った。駆けつけてくれた人々の消火活動のおかげで消防車の到着まで持ちこたえ、千里の家は類焼を免れた。それでも、全焼した隣家の母屋に面した部分はかなりの被害を受けた。

その改修工事に保険金や賠償金を大幅に越える出費があり、老後の生活に備えた蓄えが減った。どこまでツキに見放されているのかと恨めしかった。失った蓄えを穴埋めしたいと考え、働き口を探した。しかし、六〇歳を越え、特技もない定年退職者を傭ってくれる所は容易には見つからない。

ある日、新聞の折込広告で、柏市の県立公園が清掃作業員を募集しているのを知った。そこまでしなくてもと妻は反対したが、作業員でもレッキとした市の職員だと意地を張って応募した。一〇人の募集に三〇人余りの応募があり、選考会場へ行くと、自分より若い人が多い。それで半ば諦めていたのだが、月に二〇日の勤務で日当が八千円と判って、若い人に辞退者が続出した。四〇代、五〇代の所帯持ちに月収一六万円はいかにも辛い条件である。結局、六〇代の年金生活者ばかりが残り、千里も採用された。

公園作業員の仕事は清掃や草刈など野外の仕事なので健康によいと思った。しかし、それは気候のよい季節の話で、酷暑の夏、厳寒の冬ともなれば、健康によいなどというお気楽な話ではなくなる。直射日光に焼かれながら草を刈り、手足の凍傷の痛みに耐えながら雪を掻き、便所掃除をする辛さに自嘲の言葉も出ない。我慢することには慣れているつもりだが、この年齢になって単純労働しか働き口が見つからなかった自分自身が憐れに思えて仕方なかった。

それでも収入にはかえられないと思い、五年間頑張り通した。その後も体力が許す限り働き続けるつもりだったが、県の予算の都合で年長者からのリストラが決り、平成九年三月で首になった。「もうよかろう」と自らを説得した。先々を考えれば別な働き口を探す気持もなくはなかったが、六六歳という年齢からくる心身の疲労に先を越されてしまったのが実感だった。持家があり、妻の働きがあり、結婚した娘たちにも「もうやめて」と強く言われて、隠居宣言をした。六〇歳で定年退職した時の状態に戻って、徐々に元気を回復した。漢詩を作り、グランド・ゴルフに出かけ、知人に会えば、世界と日本の憂うべき状況を思い、慷慨談に熱が入る負けん気の強い老人になった。若い頃から夢みて来た「成功者」にはなれなかったが、一生を「駐在さん」で終った父に多少の親孝行ができたし、大勢の弟や妹たちに「頼れる兄さん」らしさを見せることもできた。三〇年連れ添った妻も不満はなさそうだし、娘たちも親孝行をしてくれる。収支決算すれば、そこそこの人生だったのかもしれない。しかし、どこか釈然としない思いがある。

鈴木千里は人生の節目節目に、迷いにつきまとわれ、希望に逃げられてきた。新しい服を着るたびに、なぜかボタンを掛け違え、それと気づかずに遮二無二歩いて来た人のように思えるのだった。

平成七（一九九五）年六月、武川康男は六三歳でバイエル社を退職した。役員再選はなかった。サラリーマン生活を、しかるべき企業の役員で終るのが目標だったから、達成感はあったが過ぎ去った生活への感傷はなかった。その合理的精神の健在を証明する生活記録がある。

――退職してすぐ、自宅の電話をファックス付に変え、税務署に事業届と青色申告を申し込んで、自宅に武川事務所を旗揚げした。と言っても、特別に何かをしたわけでもなく、ただ退任の挨拶を兼ねた葉書を出しただけで、実利に結びつくような反響は一切なかった。何日経っても自動的に仕事が来るわけもなく、日がな一日、碁盤に向って棋譜並べをして、家内に嫌味を言われたりしたこともあった。外で予定を二つ作って出かけると、中間の時間を潰すところがない。自宅に戻ってまた出直すのもバカバカしいとなると、ホテルのロビーで一見人待ち顔で坐っていたり、トイレへ行ったり、あるいは公園のベンチに坐るくらいしかない。これはわびしい。

そんな時、知り合いのさる会社の社長から、一定期間連続した翻訳の依頼があった。早速、その会社のワープロを借りて仕事をして、初めての報酬が振り込まれたのが、忘れもしない九月二九日のことだった。最初のうちは翻訳が本当にゼニになるのかいなァ、という不安感、請求書を書くことの違和感などもあったが、いまは慣れ、自動的に貰っていた給料よりも、これこそわが稼ぎと胸を張って受け取れるようになった。

ここで気付いたことは、サラリーマン時代の人脈は余り足しにならないということだ。考えてみれば、相手の大部分はやはりサラリーマンなのだから、自営業者の役には立たないのだ。そう思ったところで、古い名刺を四千枚余り処分した。武川事務所開業以来、できるだけの仕事をこなし、時には締切りがいくつか重なって、払暁三時四時までワープロを叩く日も一再ならずあり、退屈する暇もなかったが、さすがに最近になって、なんとなく虚しさが感じられてきた。――

二一世紀の最初の年が終る師走のある日、康男は一七〇センチの自分より背丈が伸びた高校生の孫息子と肩を並べて、渋谷の道玄坂を昇っていた。孫の母親は康男の長女で、東大の文学部を出て結婚し、息子を産んで間もなく離婚して家へ戻って来た。その翌年には法学部へ編入学し、司法試験に合格し、以後は知人の法律事務所で弁護士稼業をしている。進学も結婚も離婚も法曹界入りも、すべて自分の意志で決め、自立した人生を生きている多忙な娘にかわって、康男夫婦は赤ん坊の頃から孫の面倒を見てきた。孫が幼い頃から、康男は「こいつはおれの末息子だ」と公言していた。その「末息子」は健康で頭のよい少年に育った。彼がこれからどんな大人になるのか、さまざまな可能性を考えるのが楽しみである。

道玄坂の途中で、七、八人の学生風の男女と擦れ違った。屈託のない表情で、それぞれ携帯電話を耳に当てたり、手に握りしめたりしている。寒風に靡かせている長髪はすべて茶髪である。髪を何色に染めようが当人の勝手だとは思うが、康男の美意識では東洋人の顔立ちには黒い髪が似合うと思っている。普段はそれだけの感想で終るのだが、その日は孫息子と一緒だったためか、なんとはなしに、パリ留学の頃の自分を思い出した。

パリに着いた頃の自分には欧米人コンプレックスがあった。少年時代の「鬼畜米英」も、あるいは日本人全体の欧米人コンプレックスの裏返しだったような気もする。そして敗戦後、占領軍として現われたアメリカ軍に黒人兵が大勢いたのに違和感を覚えた記憶がある。自分が感じていた欧米人コンプレックスの根に人種差別の感情があり、欧米人コンプレックスとは白人コンプレックスだったことに気がついた。そうしたいわれのない白人コンプレックスや人種差別感情を、意識的にも無意識的にも、ある程度克服できたのは、実際にヨーロッパ社会で生活した、パリ留学と西独駐在員体験のおかげだったと思う。

茶髪の若者たちのグループが街の雑踏の中に姿を消していくのを見送った武川康男は、視線を傍らの「末息子」に移して、この少年ができるだけ早い時期に外国生活を体験できればよいと思った。

平成三（一九九一）年八月、塙治夫はカタール駐在大使からオマーン駐在大使に転任した。アラビア半島東端部に位置するオマーンは日本の四分の三ほどの領土に二五〇万人のアラブ系住民が住む国王親政国家である。石油や天然ガス資源に恵まれている一方、ペルシャ湾、アラビア海、インド洋に接している軍事的拠点として、早くからアメリカに目をつけられていた。

しかし、湾岸戦争の終結で、湾岸諸国も小康状態を取戻したので、オマーン着任後の治夫は、日本週間の開催や石油生産の半分を対日輸出している貿易友好国との、工業や農業分野での技術協力の推進に力を注いだ。

砂漠と岩山と海が鮮やかなコントラストを描き出す首都マスカットから眺望する中東情勢は、一喜一憂の連続だった。イスラエルに和平派のラビン政権が誕生し、PLOのアラファト議長との間に相互承認と暫定自治協定が調印された時は、パレスチナ問題の解決に希望を抱かせた。その一方で、米英軍によるイラク空爆が日常化して、フセイン政権と米英の相互不信は深刻化の一途を辿っている。

そうした状況のなかで治夫は帰国し、平成六（一九九四）年三月、四二年間勤めた外務省を六二歳で退職した。その年の秋、アラファトとラビンがそろってノーベル平和賞を受賞したのを嘲笑うように、一年後にはラビンが暗殺され、イスラエルには再びタカ派のネタニヤフ政権が誕生した。そしてまた、まともな武器を持たないパレスチナ人の絶望的な抵抗運動が再開され、自爆テロへとエスカレートしていく。

そんなパレスチナの悲劇に胸を痛めながらも、塙夫妻の東京都日野市での閑日月は進行していった。田園地帯を散策して俳句作りに励む。歩いて一〇分ほどの処に借りた家庭菜園で野菜作りに汗を流す。夜の食卓ではアラブ諸国の思い出に話が弾む。なぜ夫婦そろってアラブびいきになったのか。コーランは読んだが、イスラムの信徒になった訳ではない。国により、宗派により、一概にはいえないが、アラブ諸国の社会組織や支配形態には疑問を感じることが多い。権力者には一般民衆との乖離を感じる。にもかかわらず、アラブの人間と文化には奥深い魅力がある。人間とはなにかを本質的かつ日常的に考えさせる世界がそこにある。

その世界を描いたナギーブ・マフフーズの作品の翻訳に、治夫は夜遅くまでワープロに向っている。昭和五三（一九七八）年に出版した『バイナル・カスライン』につぐ『カスル・アッ＝シャウタ』『アッ＝スッカリーヤ』の三部作の翻訳である。いずれもカイロの下町の地名を標題にしていて、反英独立闘争が胎動する一九一七年から第二次世界大戦末期に至る時代を背景に、カイロの富裕な商人一家の三代に汎る変遷を描いた大河小説である。二部、三部をあわせて原稿用紙三千枚を越える翻訳は、退職後二年余りで終った。しかし、二〇年前に出版した一部の売行が悪かったためか、出版を引受けてくれる書店がない。アラブ文学は『千夜一夜物語』のような古典は例外で、近代文学、現代文学は日本では読まれないのが定説化している。作者のマフフーズが一九八八年にノーベル文学賞を受賞しても事情は変らなかった。出版費用を自己負担すれば版元になるという書店はあるが、恩給生活者にそんな余裕はない。

アラブといえば石油ぐらいしか思い浮かばない大方の日本人の無知と無関心に、アラブ世界を愛してやまない男は腹が立つのである。そして、一番腹が立つのはヨーロッパ人がつくりあげたアラブ観だ。一九世紀にはじまった英仏などの植民地政策のなかで、ヨーロッパはアラブを徹底した軽蔑のバイアスのかかった眼鏡で眺め、偏見と誤謬に充ちたアラブ観を流布させた。その流れは現在のアメリカやイスラエルのアラブ観に継承されている。欧米を規範として近代国家を作りあげた明治以後の日本にも、欧米流の間違ったアラブ認識がそのまま持ち込まれ、定着してしまったと治夫は考える。時代は変ったが基本認識は変っていないのである。アラブびいきの自分や妻が日本人として変り種だとは思えない。むしろ、極めて平均的で常識的な日本人だと思っている。その自分たちのアラブ認識と現代日本人のアラブ認識の大いなる違いは、自分たちがアラブ世界を体験的に知っているという違いだけではなく、いまだに大部分の日本人が欧米流のアラブ認識を疑うことをしないためである。知らないのではなく、知ろうとしないのだ。

平成一〇年、六六歳になった治夫に、水戸市にある常磐大学から非常勤講師の依頼が来た。国際学部に地域研究という講座があり、そこで中東問題を教えて欲しいという。願ってもない機会だと思い快諾した。週に一日、往復六時間かけて水戸へ通い、一度の休講もなく、アラブ世界の基礎知識を講義した。希望があれば時間外でも質疑に応じ、パレスチナ問題についても意見を述べた。その一年間の講義メモを整理し、『中東読本』という小冊子を中東調査会から出版した。

やがて二〇世紀が終り、二一世紀が来た。新世紀の幕開きが、二〇世紀の戦争では一度も直接攻撃されたことのないアメリカ本土へのテロ攻撃であったことに世界は衝撃を受けた。ブッシュ大統領は怒り狂い「テロとの戦争」を宣言し、国中が星条旗で埋めつくされた。しかし、それがどのような新型の戦争なのかは定かでない。とりあえずは従来の方式に拠って、非国家組織のテロリスト集団の支援国家と認定されたアフガニスタンが、アメリカの「正義と愛国心」の餌食にされた。次に餌食にされるのが、これはレッキとした国家であるイラクだというもっぱらの噂である。

アメリカの正義に抵触する国家、あるいは敵と認定した非国家組織を、アメリカとその同盟国が裁く「懲戒戦争」とでも言うべき新型の戦争が、二一世紀型の戦争として定着するか否かは予断を許さない。もっとも、この種の「懲戒戦争」は必ずしも新しい方式ではなく、日本が中国侵略を「膺懲」と呼んだように、戦争の論理としては古典的な方式だという見方もできる。

それはともかく、堉治夫の立場では、進行する世界危機のなかで「文明の衝突」などという暴論が飛び交い、大方の日本人のアラブ認識に「アラブといえば石油」のオソマツさに加えて「アラブといえば石油とテロ」などという危険なキーワードが流行するのを怖れる。いまこそ、半世紀に及んだ中東体験を梃子に、先の『中東読本』をレベルアップさせ、アラブ世界の人間と文化、歴史と社会を日本人に知ってもらう啓蒙書を書くべきだという思いが強い。

それは、アラブ世界で出会った愛すべき市井の人々の顔を思い浮かべながら、アラブ人とは何者か、イスラム文明とはなにか、自問自答しながらの作業になるはずである。人間的連帯を目標に、アラブ世界の過去と現在を貫く人間と社会について書くことは、欧米と日本の近現代史への批判になるだろうという予感がある。自分を含めた日本人が敗戦と戦後を生きたことで変革されたと思ったのは、大いなる錯覚であるのかもしれないのだ。

平成四（一九九二）年、吉村卓也はアラビア石油から出向中の新華南石油常務取締役を退職した。学生時代に思い描いたサラリーマン人生をほぼ予想通りに終えたのである。しかし、その翌年から付録のような気持で、中小企業事業団の省エネルギー・コンサルタントを引受け、講演や経営指導のため全国を廻るようになった。

大量生産、大量消費、大量廃棄という二〇世紀型の経済社会での省エネルギー問題を石油資源の視点から論じた「石油をめぐる知恵くらべ劇」という講演用のメモがある。

——石油産業が出現して一三〇年、いま人類は地球が数億年かけて生成してきた石油を、わずか二〇〇年余りの間に掘り尽してしまおうとしている。二〇世紀後半、人間の知恵は石油を高度文明社会の発展の源として、怖るべき勢いで社会構造を変え、経済を動かし、生活手段と生活環境を変えてきた。そこには、石油は安い値段で無限に利用できる資源であるかのような錯覚がある。しかし、安い石油を世界各国が平等に使って五、六〇年で埋蔵量を枯渇させるか、高価格化した石油を金持国だけが使って一〇〇年持たせるかの、厳しい選択が迫られているのが現実だ。そこから、石油だけ持つ国、石油ビジネスによってそれを支配しようとする国、石油を消費するだけの国との、三つ巴の壮大な知恵くらべ劇が開幕する。二一世紀はその知恵くらべ劇が刻一刻と終幕に近づく時代であることを知るべきである。――

五年間、中小企業事業団の仕事をして、六六歳になった卓也は肩書のない生活に入った。無職になっても多忙な男だった。付合いも趣味も広い。囲碁、麻雀、ゴルフ、パソコン、ピアノ、園芸、国内外への旅行など、席のあたたまる暇もない。

ライフスタイルが変って間もない頃、「石油をめぐる知恵くらべ劇」のひと幕にふさわしい事態が、古巣のアラビア石油で発生した。カフジ海底油田の採鉱権をめぐるサウジアラビアとの軋轢である。カフジの権益はサウジアラビアとクウェートが五〇パーセントづつ所有している。そのうち、サウジアラビア分が二〇〇〇年二月に期限切れになるため、採鉱権の継続交渉が行われた。しかし、サウジアラビア側から提示された厳しい条件に対応できる政治力も資金もアラビア石油にはなかった。そこで、交渉は日本政府主導で行われ、当然ながら政府のエネルギー政策が優先された。その際の政治の判断は、アラビア石油が採鉱する原油が半減しても、原油を売る国があり、石油の生産と販売に巨大な利権を持つ国際的なメジャー企業があるかぎり、日本のエネルギー事情に支障は生じないという計算だった。結果、交渉は決裂し、サウジアラビアはカフジ海底油田の自国の権益分の原油生産を国有化したのである。

クウェートが権益を持つ分については、アラビア石油の採鉱権が二〇〇三年まで存続しているので、カフジ鉱業所の完全撤退はなかった。しかし、カフジで失った原油生産量をカバーするだけの採鉱拠点のないアラビア石油は企業規模の縮小を余儀なくされた。卓也の在勤中は関連会社を含めて五〇〇人余りいた社員はリストラで半減した。国家と一体化していたアラビア石油の栄光の時代は終熄したのである。

同じ年の一〇月のはじめ、卓也は七年振りに中国に出かけた。旅の目的はビジネスではなく囲碁である。数年前からアマチュア主体の日中囲碁交流試合が行われていて、アマチュア六段の棋力のある卓也は誘われて初参加した。

この年の会場は雲南省の昆明で、一〇年ほど前に仕事で訪れたことがある。ヒマラヤに近い山岳地帯の風光と、その一帯に住む少数民族の風俗が印象に残っている。再訪して驚いたのは市街地が一新されていることだった。道路にも建物にも昔の面影はない。高層ホテルは豪華で、国民車の「上海」やソ連製の「ボルガ」だったタクシーが、「サンタナ」や「ボルボ」などの欧州車に変っている。街を歩くと、看板に香港や台湾の企業名や商品名が目立つ。中台関係ひとつ取っても、政治と経済の水面下の動きの複雑さを感じさせる。

交流試合では団体戦に出場して、貴重な白星を挙げた。過去四年間負け続けていた団体戦に、日本がはじめて勝ったので面目を施した。大会最終日のパーティーで、高原野菜の事業で成功したという三〇歳代の中国人と話しているうちにドライヴに誘われた。翌朝、午後の出発時間まで彼の愛車のベンツで郊外へ出かけた。対向車のほとんどない完全舗装の広い道路を一〇〇キロを越すスピードで走る。

途中の耕作地に、それと判る民族衣装の少数民族の人々の姿が見え、草原を移動していく羊の群れが現われ、たちまち遠ざかっていく。澄み渡った青空の下に、ゆるやかに起伏する大地があり、遥かに雪に覆われたヒマラヤの山々が望まれた。と、運転席の中国人の胸ポケットの携帯電話が鳴った。市場関係の情報交換らしい応答が終ると、日本の若者と変らない指使いで検索をはじめた。目前に展がる悠久の大地と、ベンツを運転しながら携帯電話でビジネスに励む、京劇俳優のような立派な顔立ちの壮年の中国人の対照の妙に、卓也はしばし感じ入った。

それから二年が過ぎ、アメリカのイラク攻撃がいつ始まるかと、世界が疑心暗鬼の状態にある二〇〇二年の歳末、卓也は水戸の家の掃除に出かけた。継母が亡くなり、卓也が相続した亡父の家は普段は無人で黴くさく、埃もたまっている。掃除をすませ、縁側に坐って亡父の自慢だった老松の枝振りを眺めながら焼酎のお湯割を飲む。

時代の行方が気にならないわけではない。もしアメリカがフセイン征伐を始めたら、またまた大勢の人が死に、難民が溢れ、報復が報復を呼び、世界に破局が訪れても不思議はないと思う。しかし、アメリカの思惑に振り廻されるのは、アラビア石油のサラリーマン時代から経験を積んでいるので、いまさら慌てても仕方がないと思っている。

それよりも、生きている間は自分らしく生きたい。いまでも人生多忙なので、具体的なプランまではいかないが、自分の経験を生かす仕事をしてみたい。日本人にも自立した国際人として活躍している人が大勢いる。しかし、役所や企業などの組織に属していると、卓也が海外で働いていた頃と余りかわらない自閉的ナショナリズムや集団意識に捉われやすい。どんな組織にいても、本質は自由な一個人として、外の世界に向って開かれた窓を持つような人間を育て、応援する仕事がしたい。

「夢かな」と呟いて、吉村卓也は手足を伸ばして立ち上がった。そんな時の姿かたちが亡父に似てきたと、最近よく人に言われる。

平成九（一九九七）年三月に、六五歳の鈴木昌友は茨城大学教育学部教授を定年退職して名誉教授になった。教育の現場を離れても、日常の忙しさは変らなかった。国や県の審議会や委員会、県立の植物園や博物館などの運営に参加する仕事は、自然保護や環境の改善に自分が役立っていると思える間は続けるつもりでいる。

教授時代から心掛けていたことに、県下の小、中、高校や市民講座などで、専門の知識を専門外の人たちと共有する試みがあった。名誉教授になったのを機会に、その仕事にもっと時間と手間をかけたいと思った。そういう気持になったのは、大学や研究機関の植物研究が昌友の考えとは違う方向に進んでいるように思えるからである。コンピューター技術の飛躍的な進歩と共に、植物学の分野にも莫大な費用が投入され、研究が高度化し、細分化し、実用化した反面、植物をそれが生育している現場に足を運んで、見て、触れて、時間をかけて観察する方法は主流とはいえなくなった。

「それは困る」と昌友は考えている。

植物学の応用技術面での研究成果が、たとえば世界の食糧問題や難病対策などに貢献するのは大歓迎だが、植物学の基本が植物と人間の直接的交流にあることを忘れられては困る。少年時代の昌友は植物好きな先生に連れられて野山を歩き、それぞれの場所で生育する植物と付合う喜びを知った。その先生が若くして戦死したのを知ったのはずっと後のことだったが、戦争で植物との仲を裂かれた先生の無念が痛いほど判った。だから戦後の民主主義の時代になって、一番よかったと思ったのは、軍隊を持たない、戦争はしないと明言した憲法が出来たことである。そのお陰で自分は植物一筋で生きてこられた。そうした自分の体験からも、いま大切なのは人間と植物の直接的な関わりを回復することだという気持がしきりにする。

栃木県境に近い県西の下館市で、中高年の生涯教育センターの講師をした時のことだった。ひとりの初老の女性が手を挙げて、「ニリンソウってどんな花ですか」と質問した。昌友は早速、植物学的な解答をした。ニリンソウは春植物で、春に芽を出して花を咲かせる。花の色や形はかくかくしかじかで、夏になると花は消える。質問した女性は納得した表情だったが、昌友は自分の解答がなんとなく気になった。なぜ、彼女はニリンソウについて知りたかったのか。知識を得ただけでよかったのか。二時間の講義のあと、呼び止めて尋ねた。返事はあっけらかんとしたもので、好きな演歌の一節にニリンソウが唱い込まれているのだという。「先生のお話で、どんな花かよく分りました」と言って、初老の女性は深深と頭を下げた。

「なるほど!」と昌友は目から鱗が落ちる思いだった。植物への興味の持ち方、近づき方は人それぞれ千差万別なのだ。自分は子供の頃、野山で植物と出会い、長い時間をかけて植物分類学という学問に至った。植物愛好家は程度の差はあるが、自分と類似したケースが多いと思っていた。しかし、演歌の一節から興味を持った人がいるように、小説の一行、映画の一場面から植物に近づく人もいる。実物は知らなくても、図鑑やパソコンの画面から学者顔負けの知識を持つサムライも出現している。

そういうさまざまな機会や動機を持つ人たちに、植物とじかに接する面白さを知ってもらうには、植物の種類や生態を知識として提供するだけでは、肝心な、なにかが足りないと思った。自分自身が広く世の中を見て、いまの世の中の状況に即した話をすることも必要だし、講義室を出て、市街地の植込みや住宅街の道端や庭先で、現に生きている植物と出会う機会を作ることも必要だと思った。普通の人々と植物との出会いの回路を拡げ、専門家的でないフィールド・ワークの方法を身につけてもらう。それは結局、昌友自身が初心にかえることでもある。

鈴木昌友はこれからの余生での自分の役割が見えてきたように思えた。

高比良和雄が建設省退職後一〇年目に当る平成四（一九九二）年に、『欧米の建設契約制度』を出版したことはすでに書いた。欧米諸国の公共事業の契約制度を詳細に調査し、比較検討した本の出版で、個人的には官僚時代に始まった生涯目標を達成したのである。

以後は元官僚の例に従って、建設省関連の会社や団体の要職を歴任し、平成一〇年六六歳で、そこが最後の勤め先になる建設計算センターの社長に就任した。若いコンピューター技術者の多い職場で、和雄にとっては閑職に近い、居心地のよい勤め先だった。

社長の仕事を淡々と処理する一方、老後の生活の準備をはじめた。郷里の茨城県笠間市に近い田園地帯に、建設省の退職金で買っておいた百坪余りの土地がある。そこに夫婦二人で老後を暮すのに適当な家を建てた。職を退いたら、しかるべき時期に松戸市のマンションを引払って、年金生活者にふさわしい晴耕雨読の生活をする予定である。

晴耕といっても、趣味の園芸か、ゴルフをするか、散歩に出かける程度であろう。しかし、雨読の方にはさまざまなプランがある。西洋古典音楽から民謡、カラオケ演歌に至るまで音楽の趣味は広い。そして、七〇歳に近づいた頃から、にわかに日本近代文学への関心が生じた。それにも好みがあって、森鷗外、夏目漱石、島崎藤村、永井荷風など、欧米諸国に永く滞在して、その地の生活と文化の影響を受けた作家に興味が集中している。興味を持つと、その人々の作品を徹底して読みたくなるのが性癖で、社長業に暇な時間が多いのを幸い、自宅に近い公立図書館から、手はじめに鷗外全集を一冊づつ借り出して精読した。ドイツ時代の鷗外の作品の背景にある歴史的事実や人間関係へと関心が拡がっていく。それについての資料を探し、調べて、自分なりの理解で、鷗外研究のノートを作った。二年余りの間に、研究ノートは鷗外から漱石、藤村、荷風と数を増した。役人時代が永く公共事業の契約制度の国際比較に熱中した「調査魔」の顔が、近代日本文学の作家と作品に向けられた趣きである。いまひとつ穿った見方をすれば、戦後、フランス映画に憧れ、外交官を志した少年の夢が、ヨーロッパを体験した作家たちの作品を媒介にして復活し、新しい夢となって蘇ったといえるかもしれない。

平成一三（二〇〇一）年六月、世界を震撼させたアメリカ本土での同時多発テロ事件の三ヶ月前に、高比良和雄は七〇歳になり、建設計算センター社長を退任し、肩書のない一個人になった。自由になって、作家研究熱はいよいよ嵩じた。パソコンに向って、鷗外についての小論文を書く準備をはじめた。そのための図書館の利用も頻度を増し、足廻りのよい松戸のマンション暮しが続いている。田園の家で余生を楽しむ生活は当分実現しそうにない。

二〇世紀の終りの一〇年、田辺良夫は周囲の友人知己が六〇歳を過ぎて次々とリタイアしていくなかで、麻雀と俳句と商売の三位一体のライフスタイルを楽しんでいた。

六〇歳代もなかばになって、都心に麻雀クラブ・チェーン店を経営している弟が、日本健康麻雀協会という組織を作った。健康麻雀とは「賭けない、飲まない、吸わない」の「三ない麻雀」だという。良夫の麻雀仲間なら「まさか！」と叫んで大笑いするか、黙って腰を抜かしそうな宗旨がえである。しかし、本人は大真面目で、会長の弟に協力して熱心に普及運動をした。協会の技術面の指導者に迎えたプロ麻雀士を後押しして、中国との麻雀交流にも乗り出した。

日中友好協会に何度も足を運び、半信半疑の中国側スタッフに「麻雀は賭博ではなく、中国が生んだ偉大な頭脳スポーツです。中日両国に共通する伝統文化です」と力説して、中国側の協力を取り付けるのに成功した。その結果、第一回の日中友好麻雀大会が一九九七年東京で開催され、中国選手三〇人の来日が実現した。

東京大会の成功で中国側も本腰を入れ、第二回大会を翌年秋中国で開催することになった。中国では麻雀が囲碁と並んでスポーツ種目に認定される日が近いと聞き、良夫は勇気百倍した。もし、二〇〇八年のオリンピックの北京開催が実現すれば、麻雀が参加種目になる可能性もあると思った。こと麻雀となると、良夫の夢は際限もなく広がっていく。

一九九八年秋、五六人の日本麻雀選手団は成田を発ち、上海経由で南京に入った。日中両国の合意で、第二回大会は第一回大会の東京の「東」を受けて、南京、西安、北京の三都市を転戦して、

「東・南・西・北」を完結させることが決ったのである。

南京は林立する工場の煙突から吐き出される黒煙が空を覆っている工業都市で、高度経済成長期の日本の工業都市そっくりの風景である。空港から観光バスで最初に案内されたのは『侵華日軍南京大屠殺遭難同胞記念館』だった。館内に入ると思わず足が竦んだ。展示品のひとつひとつが日本軍の残虐行為にかかわるもので、日本人にとっては直視するのが辛いものばかりだ。銃剣で刺し貫かれた血染めの衣服。市中に散乱する虐殺された屍体の写真。老若男女を問わず、むごたらしく殺された人々の恨みが館内に充満しているように思えた。

しかし、日本では「南京大虐殺などなかった」と主張する人たちがいる。自国の非を認めることを自虐史観だと批判する学者、政治家、文化人がいる。彼らは良夫たちが少年時代に教えられた「無謬の皇国史観」の復活を願っているように思える。常識的保守派を自認している良夫だが、日中戦争は日本が仕掛けた侵略戦争であることは常識だと思っている。南京で日本軍が多くの市民を無差別に殺したことも事実だと思っている。それが戦争の持つ醜い一面で、大虐殺が小虐殺であっても、起った事実の意味は変えようがない。「平和の大切さを考える時、ここは避けて通れない場所である」と良夫はメモ帳に誌した。

日中友好麻雀大会の会場には二五卓の麻雀台が並んでいた。中国と日本、それぞれ五〇人の選手が両国二人ずつ一卓を囲んだ。南京大虐殺事件の展示を見たあとなので、日本人選手にはいささか緊張感があったが、中国人選手のこだわらない態度に接して、安心して勝負に集中できた。言葉が通じなくても、麻雀用語は世界共通である。良夫は「友好第一勝負は第二夕月夜」と句帳に書いた。

南京から西安に飛んだ。翌日は丸一日、市内と郊外の観光に時を忘れた。中国五千年の歴史の雄大なスケールを思い、その印象を「城塞は昔のままや秋の暮」「行く秋やシルクロードの果てはるか」などという句に詠んだ。麻雀大会は卓数が二二卓、日本選手団の全員が団体戦に参加した。結果は団体戦は日本、個人戦は中国の優勝と、好い具合に分れた。

最後の訪問地の北京はすでに初冬の季節で、天安門広場には霙まじりの粉雪が舞っていた。一〇年前、この広場で民主化を要求する若者たちの血が流れたと思うと、複雑な想いがした。日本でも、良夫の学生時代に血のメーデー事件があり、その後も安保闘争や大学紛争など、反抗する若者たちがいた。良夫はいつも傍観者だったが、権力や体制に反抗する若者が存在するのは、多少の行過ぎがあっても社会が正常に動いている証拠だと思っている。その意味では、反抗する若者がまったくと言ってよいほど姿を消した今の日本は、むしろ異常なのかもしれないと思ったりもする。

北京の麻雀大会も西安と同じ二二卓が用意されていた。中国選手団には良夫と同年輩の退職した役人、大学教授、京劇役者、チェロ奏者、市場の商人、工場労働者など多彩な顔触れで、学生選手のなかに日本選手団の注目を浴びた美人大学生もいた。日本語を話せる人もかなりいて、ポン・チイの合間に会話も弾んだ。良夫にとっては麻雀と吟行という人生の楽事が二つながら実現した旅のフィナーレにふさわしい夜だった。「日中友好の牌音響く秋日和」で句帳を閉じた。

二一世紀になって早々、二〇〇八年のオリンピック開催地に北京が決った。麻雀が晴れてその舞台に登場できるかどうか、いまは期待の段階である。それでも七〇歳を過ぎた田辺良夫にとって、永生きする楽しみがまたひとつ増えたことだけは間違いなかった。

永田康平＝鄭康憲《チュンカンフン》は平成四（一九九二）年二月、還暦を迎えた前後に、双子の孫が生まれた。日大の歯学科を出て同級生と結婚し、松戸市で共稼ぎの歯科医院を開業している娘が二女の母親になったのである。孫たちに「オジイチャン」と呼ばれて眼を細めていたところに事件が起った。

康平の本丸である株式会社サンセラエコビイの役員で、やがて後を継がせるつもりでいた一人息子が、父親を保証人に銀行融資を受けて、自分のアイデアで始めた事業に失敗したのである。息子は責任を取ってサンセラエコビイを辞め、単身上京して新宿の食品市場の仲買人からの再起を努めているが、息子の借金の返済は保証人の康平の責任になった。

三〇代には兄の借金で苦労し、六〇代になって息子の借金返済に追われる身になった。完済には八〇歳まで生きて働かなければならない計算である。そういう事情で、サンセラエコビイの業務は当面停止した。出城のように別会社をいくつか作って新規事業を開拓して食いつなぐ方針を立てた。韓国や中国を相手にした商売に力を入れ、その方面の仕事は目下順調に推移している。若い頃から、康平の中にはリアリストとロマンチストが仲良く同居している。ペシミストだけは無縁で、冒険好きのオプチミストであることは自他共に認めている。

一九九八年二月、韓国大統領に金大中が就任したのは、なによりの朗報だった。新大統領の北朝鮮に対する「太陽政策」を熱烈に支持し、南北朝鮮の和解と統一が現実のプログラムとして動き出したと感じた。在日の朝鮮民族の一人として、統一に向って何か役に立つことをしたいと考え、茨城日韓協会の結成に奔走した。現在は日韓だが、やがて北朝鮮の同胞と一体となる組織でありたいと思った。妻の和子＝白桂順《ペクケースン》は韓国婦人会茨城県本部の代表としてソウルへ飛び、大統領夫人に会ってお祝いを述べ、応援を約束した。

朝鮮半島に南北統一の光が射したことは、鄭氏一族にとっても大きな喜びである。康平はその気持を具体的な形で示したいと考え、父の故郷の荒廃した墓所の改修を思い立った。兄と弟と相談し、三人で応分の金を出し合い改修に着手した。山林を拓いた広大な墓所には何代も遡って円型の塚が並んでいるが、大半は生い繁る草木に埋もれている。

父の実家から墓所までの道普請から始めて、草を刈り、整地し、塚を囲む石組を修理し、倒れた石碑を起して碑文を洗い出した。こうして、すべての塚が一望できるまでに半年を要した。面目を一新した先祖伝来の墓所にひとり佇んで、康平＝康憲は自らの人生、わが一族の変転、分断されている祖国と民族へと想いを広げていった。自分の心の中に描かれている、国境のない東北アジア地図が現実のものとなる日が来ることを、先祖の墓ひとつひとつにぬかづき祈った。

二〇〇〇年六月一三日、康平は那珂町の自宅で妻とテレビの前に坐り、北朝鮮から送られてくる映像に目を凝らしていた。ピョンヤンの順安空港に到着した金大中韓国大統領を金正日北朝鮮労働党総書記がタラップの下で出迎え、二人が笑顔で固い握手をするのを見て、涙がとめどもなく流れた。

第三者の視点では、南北首脳会談は始まりであって終りではない。両国関係にこれからどのような進展が見られるかは依然として未知数である。統一の前提である和解からして、思い通りにはいかない。首脳会談後、早速南北離散家族の再会が実現したが、規模は小さく、政治的セレモニーの範囲を出なかった。離散家族は再会に涙し、抱き合って無事を喜んだ。その人々の真情と政治的指導者の意図が一致するとはかぎらない。政治的にも経済的にも南北を隔てるハードルは高い。「太陽政策」の金大中はやがて大統領職を去るが、父親から権力を継承した金正日は死ぬまで「将軍様」であり続けるだろう。さらには北の指導者たちが、一〇年前に貧しい東ドイツが富める西ドイツに吸収された「統一の真相」を教訓にしない理由はない。

しかし、首脳会談をテレビで見た康平＝康憲には第三者の疑心暗鬼も逡巡もない。テレビに映った事実を信じ、信じることで拡大する希望を喜びたかった。その喜びは朝鮮民族のもので、他国家他民族のものではない。「金大中はよくやった。今度は金正日が応えてくれる番だ」というのが、康平＝康憲の唯一の第三者的発言だった。二〇〇一年の年賀状に書いた。「ソウルから北朝鮮を通って、アジア大陸、ヨーロッパ大陸を横断してロンドンに至る鉄路の速やかなる完工を祈る。その時には、第一号車で私はソウルからロンドンへ行く！」。疑うことを知らないのではなく、疑うことを恥じるオプチミストの面目躍如たる文面だった。

しかし、二〇〇一年も二〇〇二年も、南北和解は全く進展しなかった。「太陽政策」による経済援助は継続していたが、将軍様が相互訪問の期待に答えることはなかったし、南北の鉄道連結の事業に希望のもてる動きはあるものの、一号車でロンドンにいく夢が実現する見通しも立たない。

そして世界が「アメリカの正義」による「テロとの戦争」で大混乱するなか、日本では北朝鮮による拉致被害者の帰国を契機に、拉致問題があらゆるマスコミにとって、日朝関係の最大の関心事となった。憂鬱な気分でその報道に接するたびに、康平＝康憲は脳裏に刻みこまれている情景を甦らせた。一二歳の少年が水戸駅で目撃した、強制労働に連行されて来た同胞の行列である。あの情景と、帰国した拉致被害者の顔が重なり、過去と現在の国家犯罪の被害者と加害者の立場が入り乱れ、錯綜するのを感じる。

「なんという世界だ……」という怒りと哀しみが、オプチミストの心情に暗い影の部分を作り出す。永田康平こと鄭康憲は二〇〇三年の年賀状を書く気持が次第に萎えていくのを感じていた。

平成七（一九九五）年、立川雄三は劇団未踏の学校巡回用に、子供のいじめの問題をテーマにした児童劇『カムイが来た！』を書下した。朝鮮に住んでいたわんぱく坊主の頃、日本人巡査の朝鮮人いじめを、最初は理不尽と思い、やがて面白がるようになった自分自身の感情の変化を思い出しながら書いた芝居である。北区の小学校での上演後、雄三は舞台に立って子供たちに話しかけた。以下は朝日新聞に載った要約である。

――いま観てもらった劇のようなひどいことはないかもしれないけれど、いじめって、どこにだってあるんだよね。私の子供の頃からずっとあった。大人にだって、いじめはあるんです。いや、いじめは大人が発明したもので、それを子供たちが真似しているのかもしれない。だから、いじめは大人の責任なんです。私も大人の一人なんだから、なんとかしたいと考えて、この劇を作ったのです。この『カムイが来た！』を見たら、すぐにいじめが消えちゃうなんてことはありません。ああでもない、こうでもないと考えてみよう。そうしたら、いじめのことが少しでも分ってくるかも知れない。分ってきたら、いじめをなくすことに役立つかもしれない。そう思って劇にしてみたのです。人間はひとりひとり、みんな違う。顔だって体だって同じものではない。得意なこと、苦手なことも同じじゃないよね。だから、なんでもかんでも、みんなと同じにしなきゃいけないというのはおかしいよね。自分と友達の違うところを、すぐ嫌だと思わないで、違うところが案外いいじゃん、面白いじゃんと感じるようになれたら、みんなそれぞれ違うけれども、みんなとってもいいなと思うようになれたら、いじめはなくなるかもしれませんね――

『カムイが来た!』に続いて、雄三は戦後五〇年の記念公演『紺碧の海深く』を若杉光夫の演出で発表した。朝鮮の山奥の村と水戸市の借家を舞台に、戦争の時代を生きる一家族とその周辺の人々を描いた自伝的作品である。

時代と家族の悲劇的状況は、朝鮮から水戸へ戻った後半に集中的に描かれている。その中心にいるのが、転入学した商業学校でいじめに会い、自殺志願をするかのように海兵団に入隊した次兄である。雄三役の語り手が思い出を語る。

――その年、昭和一八年の夏休みに父母と三人で横須賀の武山海兵団へ一度だけ面会に行きました。面会所に現われた兄は白い作業着風の服装で、真深かにかぶった白い戦闘帽の下の顔は、まだあどけない少年のものでした。満面、人懐っこい笑みをたたえ敬礼する姿に、母はそれだけでもう涙に咽ぶ有様です。そうして、持参した赤飯などをおどろくほど沢山平らげ、見廻りの上官の目を盗んでは、毎日の訓練が想像以上にきびしいこと、間もなく駆逐艦に乗って前線へ出動することなど、声をひそめて話してくれました。二時間足らずの面会時間はあっという間に終わり、炒り豆や蒸しパンなど、みじめなほど貧しい土産を大事そうに上着の下に隠し持って帰って行きました。何度も何度も振り返りながら、点のようになって海岸の兵舎に消えていった、あの夏の日の光景を、私は生涯忘れることができません。——

水雷艦隊の二等水兵だった次兄は、南太平洋で米軍機に撃沈された艦と運命を共にした。終幕近く、次兄の亡霊が登場して痛恨の想いを語る。

——昭和の御代が六三年！　ぼくは大正一五年一月に生まれ、昭和とともに生きて、昭和一九年二月、たった一九歳で……というのに、敗戦が昭和二〇年と言ったね。それから四三年も続いたのか。信じられないな。昭和が四三年も、俺が生きていた二倍以上もの年月、安泰だったとは……やりきれないなァ、やりきれないよ……昭和なんか滅びれば良かったんだ。——

『紺碧の海深く』は両親の生存中には書けないテーマだった。次兄の戦死の広報が届いてから一〇年、笑いを失ってしまった両親を思うと、書きたくても書けなかった。それをいま雄三に書かせたのは、日本の現状への危機意識と、時流に抵抗する勇気を示したいという想いであり、なにより も次兄と両親の鎮魂を願ったからである。

二〇世紀の終りも二一世紀の始まりも頓着なく、雄三は妻の運転する小型車の助手席に収まって、毎日、劇場へ通う。稽古場へ顔を出すと一〇人足らずの若い役者たちをつかまえて、「きみたちはお喋りは上手だが、会話が下手だ。会話をしているつもりでも、それが相手との対話になっていない」などと説教する。一人芝居が流行するのは、予算だけの問題ではなく一人で喋る方が楽だからだと雄三は思っている。しかし、そういう考えが孫のような年頃の役者たちにどれだけ理解されているかは甚だ心もとない。うるさいジイサンだと煙たがられているだけかもしれない。演劇はそれが演じられている時代のものだから「おまえは古い」と言われても文句はつけられないのである。それでも、その若い役者たちに希望を托し、無理にでも手を組んで芝居を続けていくことが、七〇歳のジイサンの生甲斐である。

平成一三（二〇〇一）年の歳末に劇団未踏は創立三五周年を記念して『海から宙《そら》へ』を上演した。記念公演といっても、現在の財政状態では大作を手がける余裕はないので、学校巡演を念頭に大人の観客にもアピールできる芝居を目指した。子供の世界が変化しているように、親の世界も変化している。その変化の実体を見極めながら、子供と親の対話と交流の可能性を探る芝居を作ったつもりである。

そしてまた、一年が経ち、二年が去る。最近は酒の量も昔とくらべてずい分減った。居酒屋で飲んだくれていた時代は懐しい過去で、現在は自宅で妻を相手に焼酎を楽しむのが習慣になった。そんな時、口癖のように「おれが死んだら、おれの匂いはすぐに消せ」と言う。「そうしましょう」と艶やかな中年女になった妻は笑うが、そう簡単にいかない気持は伝わってくる。雄三本人も、まだやり残した仕事があると思っているのだ。急がなければという気持と、まだ時間の余裕はあるという気持がせめぎ合う毎日である。立川雄三にとって、死はそれほど近くはないが、それほど遠くもない道標のように思われるのだった。

了

あとがきにかえて

自著『映されない世界』（一九七七年刊）の「あとがき」に、三神（藤久）真彦はこう書いている。

> 　戦後を中学生として出発した私たちには、その時代の飢えと欠乏の感覚が身にしみています。しかし生きる気分はなぜか楽観的でした。その頃発刊されたアテネ文庫に、「暮しは低く思いは高く」というワーズワースの詩句が引用されていたのを、いまでも懐しさと共に思い出します。（中略）戦争に参加したことで生と死のぎりぎりの体験をした前の世代、高度経済成長によって食う心配から放免された後の世代にくらべて、私たちのなかには「暮し」と「思い」の深刻な対立が、人間の生存そのものを左右する形而上的課題として、未解決のまま定着しているような気がするのです。

中学二年の夏に敗戦。翌々年三月の教育基本法、学校教育法の公布により、県立水戸中学は水戸第一高校に移行し、6・3・3・4制のトップを切って新制高校生となった。この本にも書かれているように彼らは突如、生まれ育った「軍国主義の実家」から「民主主義という家の養子」になった。三神は、この〝養子〟世代の存在証明ということに、終生、こだわり続けたようである。

平成三（一九九一）年、水戸一高同期の有志と同人誌『知新』を発刊した。還暦を迎えるにあたり、また二〇世紀の終焉を前にして、戦中・戦後の特異な体験を遺しておきたいとの意図である。編集に加わったおかげで、中学・高校以来途絶えていた友人たちとの新しい出会いが生まれた。それは三神にとって、非常に刺戟的であり、同世代の生きる姿勢、生きてきた軌道を探る鉱脈とも思えたようだ。

平成一一(一九九九)年から約半年、本書に登場する一四人の方々の半生の軌跡を、聞きがきの形で取材すべく、録音機を携えて水戸を中心に東京近郊を廻った。二〇〇一年三月に一稿が完成。〇四年ごろまでに取材を追加し、改稿もして、いくつかの出版社を煩わせたが、折からの出版不況もあって刊行の運びには到らなかった。

二〇年来の友人で独立編集者の野中文江さんが、読みたいといってくださったのが、今年の一月ごろだったろうか。三神は昨年一〇月に他界していた。野中さんのご紹介で、論創社の森下紀夫さんが実に快く出版を引受けてくださった。なぜ、せめて一年前に野中さんに草稿をお預けしなかったかと、悔まれてならない。

本書はノン・フィクションの形式をとっている。しかし書かれた事実というものは、ありのままの事実とは違う。書いた人間のものの見方や感じ方によって否応なく色づけられ、その主観によって切りとられた事実である。つまりここに描かれた一四人の方々の軌跡とは、素材をお借りして三神真彦が構成、編集したものである。しかも一五人目の男である自身藤久真彦のことを、三神は一行も書いていない。三神の勝手を許容し、協力して〝養子〟世代のさまざまな生き方を公開してくださった一四人の方々に厚く熱く御礼申しあげます。ありがとうございました。

著者亡きあとの出版にあたり、坂口顯さん康さんご兄弟から心のこもったご支援をいただいた。感謝の気持でいっぱいである。お二人のおかげで私は前に進むことができた。顯さんは装丁を引受けてくださり温かい励ましをいただいた。藤久真彦の長年にわたる友人であり、映像の仕事では同志でもあった康さんは、すべての相談に応じ、絶えず適切な助言と協力を惜しまれなかった。そして前述したように、著者に会うことなく出版の労をとってくださった野中文江さんと森下紀夫さんに深く感謝する。

二〇〇九年八月一五日

藤久　ミネ

三神真彦（みかみ・まさひこ）
本名　藤久真彦。1932年東京生まれ。京都大学美学美術史卒業。岩波映画製作所における短篇映画の監督を経て、1970年代以降、大阪万博の東芝ＩＨＩ館、1985年つくば博のガス館など、博覧会やテーマパークを飾ったマルチスクリーン・ドームスクリーン・スーパー70ミリのエクスパンデッドシネマなどの脚本・監督。
著書　『流刑地にて』（第7回太宰治賞、筑摩書房）、『イベリアの肖像画』（筑摩書房）、『幻影の時代』（中央公論社）、『映されなかった世界』（日本経済新聞社）、『わがままいっぱい名取洋之助』（第10回講談社ノンフィクション賞、筑摩書房）ほか。2008年10月18日没。

民主主義の養子たち
——昭和19年入学水戸中学生の群像

2009年8月30日　初版第1刷印刷
2009年9月10日　初版第1刷発行

著　者　三神真彦
発行者　森下紀夫
発行所　論 創 社
東京都千代田区神田神保町2-23　北井ビル
tel. 03（3264）5254　fax. 03（3264）5232　web. http://www.ronso.co.jp/
振替口座　00160-1-155266

印刷・製本　中央精版印刷

ISBN978-4-8460-0834-5